新 潮 文 庫

うらおもて人生録

色 川 武 大 著

新 潮 社 版

3961

目次

解説　西部　邁

カット　和田　誠

はじめに――

最初に申しあげます。私は不良少年の出で、どこから見ても劣等生であります。したがって俗にいう劣等生諸君に親愛の情を抱いており、劣等生にしゃべりかけているときが一番気楽に、率直に、物事をしゃべれるような気がするのであります。で、この本も、学校の成績でいえば十番以内のエリートよりも、それ以下の成績の若者を念頭において記しだしました。

けれども私は劣等生をみじんも軽く見ておりませんし、自分を愛するごとく愛しております。それに、優等と劣等は、特長のちがいはあるにしても、本質的決定的にちがうとは思っておりません。原則的なセオリーは一緒のはずであります。ですから私自身はまぎれもない劣等生ではありますが、読んでくださる若い諸君（お母さまも含めて）は、あまり優等劣等にこだわらずに読んでいただきたいのです。

今、セオリーという言葉を使いましたが、私はこの本では、生きていくうえでの技術に焦点を合わせたつもりでおります。しかし、生きていくということは、もちろん、技術だけの問題ではありません。どう生きればよいのか、どう生きたいのか、そうするにはどうすればよいのか、自分が生きる姿勢を定《き》めるための諸問題が山積みしており、特に若い人に向かって人生を語る場合、そのことの重要さを私自身もしみじみ感じます。

ですが、ここではその問題を意識的に捨てました。率直にいって、私には、若い人の思想を誘導できる自信がありません。私自身は自分が育ってきた時代、環境、気質などによって、自分が選択し、育ててきた内心の方向のようなものがありますが、それを他人に押しつけることの怖さの方を人一倍感じてしまう始末です。私はその器ではありません。思想めいた、或《ある》いは道徳めいたことの示唆《しさ》がこの本に欠落していることの御批判もありましょうが、それは読んでくださる方が、ご自分の問題としてじっくり定めていくより仕方のないことのように私には思えるのです。無責任ないいかたをお許しください。

ただし、そのかわり、この世の原理原則、不確実でないと思える部分については、一生懸命に記さなければならないと思いました。原理原則をさとったから、それで解決するわけではありません。むしろ原理原則は愛嬌《あいきょう》のないもので、人間の望みに一から十まで沿っているとは限りませんから。

にもかかわらず、原理原則は、例外なしに誰《だれ》にも共通した部分であり、ここをとにかく認識して、そのうえで、原理原則に立ち向かう人間の自主的なものを造成していく、そういう手順かと思います。ですから技術論というよりは認識論ということになりましょうか。

それにしても、無学な私が記しますことで、学問的でもなく、下品な例証ばかりで顔をしかめる方もおありでしょう。まァしかし、泥《どろ》の中にも花と申します。たった一行、一語でも、若い人々のご参考になれば、これにすぎる喜びはありません。

うらおもて人生録

さて、なにから──の章

さて、どんなことからしゃべりはじめようか。

俺《おれ》、無学だからね。それから、特にはっきりと、他人のために役立つことをこれまでしたおぼえもないしね。それでもう五十すぎで、くだらん男なんだよ。俺なんかの商売は、しょっちゅう活字に名前が出るものだから、時に偉そうに見えたりすることもあるかもしれないけれど、俺なんかはそんなんじゃないんだ。まァ、ピエロに近い。ピエロだって、特に軽蔑《けいべつ》するにも当たらんけれど、普通の大人たちから見ると一種の欠陥車だからね。俺と話をするときに緊張することなんかないんだよ。

俺は、人に何かを教えようなんて思ってないよ。ただ、俺のことをしゃべるだけだよ。でも、君たちとは時代もちがうし、俺はもう古い人間だし、かみあわないことや、退屈な話がたくさん出てくるだろうね。それから、俺の欠点もたくさん出てくるだろう。でも、できたら、我慢して聞いておくれよ。こんなことをいうと嫌《きら》われるのは

わかってるんだけれど、俺は、君たちと、友人のような関係になりたいと思ってる。どこか一点でも気の合いそうなところがあったら、しばらく俺の話につき合って欲しい。へんな奴《やつ》でも、だんだん馴染《なじ》んでくると、いつか友人になってしまうものだよ。そうして、友人は多ければ多いほどいいんだ。悪友が混じってたってかまわないよ。友人というものはね、いうならば、話相手なんだ。もちろん、俺も君たちの話をたくさん聞きたいよ。手紙でもくれて、自分の話を聞かせてくれれば嬉《うれ》しいね。

俺ね、子供を作らなかったんだ。若いときにね、もうどうにもしようがない男で、どういうふうにしようがないかというと、普通の生き方なんてとてもできそうもなかったんだね。それで、こんな俺は、とても子供を作る資格なんかないし、かりに作ったとしても満足に育てられるような気がしなかった。俺みたいな不良少年あがりは、子供は、存外に、ちゃんと育てたいんだ。ふだん口に出さないけれども、内心でそう思ってる。ところが、ちゃんと、というのが、どうちゃんとなのか、どんなふうにすればいいのか、むずかしくてよくわからない。

それで、子供を作らなかったことを、ああ、よかった、と思っているわけでもないし、悔んでいるというわけでもない。赤ん坊の感触はいいな。けれども、子供が好きな方じゃない。実感としては、俺の子供がもし居たら、気味が悪いな、と思う。その

くせ、かつて無駄《むだ》に流したりおろしたりした水子が夢に出てきたりもするよ。まァこれは、老境の感慨にすぎないな。

子供がないと、自分の年齢を忘れていることが多いな。普通は、子供が育つにつれて自分の年齢を意識し、またその年齢らしいふるまいをせざるをえなくなるのだろうけどね。そういうことがないから、正月と誕生日ぐらいしか年齢を思い出さない。いつまでたっても、気持ちは不良少年のままさ。

もうひとつ、子供がないとね、若い人を見ると、皆、自分の息子や娘のように思えるんだよ。不思議だねえ。女は自分で産むからそのへん少しちがうだろうけれど、男は、そういうところはいいかげんだからね。よく考えてみりゃ、誰《だれ》の子だってたいしてかわりゃしないんだ。

これも、嫌われそうな言い回しだけれども、俺、なんだか、やたらめっぽう、誰にでも優しくしたくてしようがないんだ。もちろん、それはむずかしいよ。それに、俺は、ふてぶてしいところや自分勝手なところがあって、特に優しい人間だと思ってるわけでもない。だから、なおさらそうしたいのかな。そうできれば、皆を愛することができたらどんなにいいだろうと思う。思うだけじゃなくて、気持ちだけはそうなってる。

多分、もうそれほど長くは生きられないからだろうな。無茶苦茶なことばかりやってきたから、身体《からだ》がもう駄目さ。遊び人の五十歳は普通の人の七十歳だよ。もう十数年前から、ああ、これが最後の正月だな、これが最後の桜だな、これが最後の仕事になるかもしれないな、そう思いながらすごしてる。昔の友人はあらかた死んじゃったよ。皆、遊び人だから、早いんだよ。俺は何も信仰してないから、あの世なんてない。死ねばそれっきり。それで、以前とちがって、死ぬことが、なんだかあたたかい布団《ふとん》の中に入るような気がしてきたんだね。

だけれども、こんなふうに年をとる前から、やっぱり、誰かに、誰ということなく、優しくしたいという気持ちがあったんだ。そのくせひどい仕打ちをしちゃったり、勝手な真似《まね》をしたり、あるときは、優しくしたいという気持ちを邪魔なものに感じて居たりしてね。今、こんなことがいえるのは、いくらか自分に余裕ができたせいなんだろうか。俺は、しゃべっているうちにだんだん君もわかってくるだろうけれど、本当に今も綱渡りでね。その日暮らしなんだ。それでも昔にくらべれば、余裕なんだろうね。誰だって、人を愛したいし、自分も大切にしたいよなァ。その方が気分がいいぐらいわかってるんだけども、なかなかそうできないんだよなァ。

昔、小学校に行ってる頃《ころ》、一年上の男の子を好きになっちゃってね。ホモじゃないんだが、なんだか好もしいんだ。

池田って子だったな。授業と授業の間の短い休み時間は、校庭でドッジボールと相撲さ。野球は放課後。クラスごとにグループを作ってあっちでもこっちでもやってる。俺は一学年上の相撲のグループをいつも眺《なが》めていた。誰も、眺めてだけ居る奴なんて居ないんだ。俺だって、みっともないからね。それに、どうしてお前はやらないんだ、って問われても答えにくいからね、しばらく眺めていて、立ち去るふうを装うんだが、一人一人の取り口や個性がわかっていて感情移入してるもんだから、遠くからこっそり眺めたりして結局全部見てる。向こうもへんな子だと思ったろうな。

池田って子はね、瘦《や》せてて実に体がやわらかい。ただ、体力も膂力《りょりょく》もないもんだから、ねばりこむんだが、いつも勝ったり負けたりさ。身体を弓なりにそらしてね、得意は打棄《うっちゃ》り。コンクリートの上に白墨で円を描《か》いただけの土俵だから、俵でふんばれるわけじゃなし、打棄りなんて決まり手はあまりないんだ。池田くんはいつもそり身になってね、相手と一緒にもつれて、地面に叩《たた》きつけられる。それで怪我《けが》ひとつしないでゲラゲラ笑ってる。

あの蒟蒻《こんにゃく》みたいな身体や、笑顔や、もうなにもかも好ましいんだ。俺は自分じゃやらなかったけど、どうすれば勝てるか、眺めてるうちにコツはわかってくるんだけどね。でもそんなことして勝ったってしようがない。本当は俺は、池田くんみたいになりたかったんだな。どの相手とも、自分の特長ひとつで戦って、きわどいところまで持ちこんで、勝ったり負けたり。

小さなことなんだけどね、四十年以上たった今でもそのグループのさまざまな情景をはっきり憶《おぼ》えてる。その頃は女生徒とはクラスがちがうからほとんど接触の機会がないからね。だから女の子というと、夢想する性質のものだったな。それで男の子の方を現実に好きになる。もっともこれは俺だけのことかもしれないけどね。同じクラスでも何人かの男の子を好きでね。そういう気持ちははずかしいから絶対に態度には出さない。けれども今になってみると、池田くんや、あと何人かの人を好きになっておいてよかったと思う。もっとたくさんの級友を好きになってればよかったんだな。具体的に何かする必要はないんだが、むしろ内在させてるだけの方がいいんだね。うんと小さいときに人を好きになって、そういう無償の行為に近いものをいったん肌《はだ》で覚えておくのは無駄なことじゃないね。あ、スペースがなくなっちゃった。なんだか垂れ流しのようだが、俺のおしゃべりはいつもこうだよ。また来週。

人を好きになること――の章

人を好きになるということも、存外に簡単なことじゃないんだな。なんだって、ちゃんとやろうと思ったら簡単なものはないけどね。男が女の子を、女が男の子を好きになって、アイラブユーぐらいはいえるんだ。好きだよ、っていうくらいは簡単さ。だがそれで、相手もこちらを好きになってくれるとは限らないだろう。

誰だって最高の人を好きになりたい。けれども最高の人間なんてまわりにめったにいるもんじゃないからな。まず普通は、綜合点《そうごうてん》でいくとドングリの背くらべみたいな中から、なるべく点の高い、自分にあっていそうな者を、一人、選び出すんだろう。人を好きになりつけていないと、そういうときに、選び方も稚拙だったり粗雑になりがちだし、どうやって自分の気持ちの深いところを相手に訴えたらよいかわからない。

それよりなにによりね、まずもって、人を本当に好きになるということが、どんな状態をさすのか、わからない場合があるんだ。自分の気持ちがうまく測定できない。へんな話だけれどもね。好きになる、ということも、経験を積んで、自分なりのセオリーを作っておく必要があるんだ。

なるべく小さい頃に、男でも女でもいいから、誰かを好きになれるといいなァ。大人でもいいし、友だちでもいい。自分より小さい者でもいいし、犬や猫《ねこ》や鳥でもいい。数が多いほどいい。親を、本当に好きになれればもちろんいい。昔は兄弟が多かったから、自然にいろいろな社会的感情が発達したんだけれども、今は一人か二人という場合が大部分だからね、条件がわるい。いろいろな感情が内にこもりがちで、表現の訓練ができにくいだろうね。だから、自分で心して、そういう場を作っていかないとね。

人を好きになることと、人から好かれるということは、表裏一体のものなんだな。そうして、人格形成期を迎える前までの子供の頃で一番大切なのは、愛し、愛される、という経験を積むことだな。俺なんか、今になってみるとつくづくそう思う。次に大切なのが、健康。学問なんかその次くらいだな。

俺は駄目な子だったんだよ。二人兄弟だけれども、弟とは六つちがいだから、はじめのうちは一人っ子のようにして育てられてね。そのうえ、父親が四十すぎのおそい子持ちだったものだから、溺愛《できあい》というに近い。俺はいつも受け身でね。叱《しか》られる、とか、頭をなでられる、とか、或いは、何かしてもらえる、とか、そういうことしか知らなかったんだ。幼稚園に行くと、園児がたくさん居て、俺だけ世話を焼いてもらえるというわけにいかないだろう。

自分のことは自分でしなきゃならない。そんな当たり前のことが、気に食わないし、また実際にてきぱきと対応できないんだ。それで泣いてばかり。

お遊戯のように、定《き》められたことを皆と一緒にやることが、はずかしくてできない。駈《か》けっこみたいな人と争うようなこともできない。たとえ知識がある場合でも、手をあげて先生の質問に答えることができない。なんにもできなくて、劣等感ばかり育ってね。

小学校でもほぼそうだった。皆と一緒にいると息がつまるんだ。どうして息がつまるかというと、俺の場合なんかはね、もちろん劣等感が根底になっているけれども、教師や級友の後から歩いていくばかりで、自分が彼等《かれら》に何も与えることができないんだ。なんでもいいから自分もどこかで主導権をとりたいと思うんだけれども、その方法がわからないし勇気が出ない。つまり、交流ができないんだな。だからいつも居心地がわるい。

例の一級上の池田って子たちの相撲をね、休み時間にしみじみ眺めてる。他《ほか》の子から見るとうす気味のわるい子に見えただろうな。だけど俺はそうしてるよりしようがない。もともと一級上の級の子たちだからね。俺は参加しなくて当然ともいえるわけだから、俺にはそれが楽だったんだな。

毎日眺めているから、池田って子の一挙一動は、もう眼《め》の中に入れても痛くないくらいに好ましいんだ。けれども、他の子たちだってそれぞれ馴染《なじ》んでいる。山下くんという子もちょっと好きだった。小《こ》柄《がら》で、食い下がりの相撲でね。体が大きくて強い子、強引な子、ムラ気ですぐに勝負をあきらめる子、皆、持ち味があって面白《おもしろ》い。でも、池田くんが一番好きだ。そういう差は、自分が眺めるだけの立場だから、わかりやすいんだな。

同じ級になると、それがむずかしい。そこに居るだけで自分も参加しているからね。強い関心を抱いている子が何人もいるんだけれども、自分もかわいい。自分かわいさと、他の子を好きだという気持ちとが、どうもうまく整頓《せいとん》できないんだなァ。

成績がよくて、颯爽《さっそう》としていて、どう見ても好ましい感じの子には、何を話したらいいか、どういう口のききかたをしたらよいかわからなくて、へどもどしてしまう。面白いことをいう子には、面白さで競ってはわるいような気がする。いたずらっ子にも、いたずらでは競えない。どうもしようがないんだね。そのくせ、できれば自分も愛されていたい。めめしいんだな。自分がどのくらい級友に愛されているか、たしかめたい。

「――今度、転校するよ。引っ越すんだ」

とある日、嘘《うそ》っぱちを級友に告げちゃった。いいあんばいに、皆、びっくりしてくれてね。そうなるとひっこみがつかないんだ。その話題にだんだん勢いがついてきてね、十何人か、級の有志が送別会をやってくれることになっちゃった。でも、実際に転校はできないんだから、困っちゃったね。

「どうしたの、いつやめるんだい」

「うん、――引っ越しは中止になりそうなんだ」

なァんだ、という友だちの顔を見るのが辛《つら》い。余計な嘘をついたばっかりに、かえって友人から疎《うと》まれるタネを作ってしまって、本人はしょげるばかりでね。

でも、俺はまだ、親に溺愛されるようにして育ったから、いくらかよかったんだな。受け身ばかりで、どうやって愛すればいいのか、なかなかわからなかったけれど、それでも内心は、ずいぶんたくさんの人間を好きになっていたし、好きになろうともしていたんだな。

今、五十年近くたってね、まだ夢の中に、しょっちゅう出てくるんだ。池田くんたちは、今でも俺の夢の中で相撲をとってる。彼等のそこしか知らないからね、相撲ばかりとってるんだ。級友もたくさん出てくるよ。俺は中学の途中までしか学校に行ってないから、学友というものがすくないせいもあるんだけれども、いつまでたっても印象がうすれない。俺、夢の中じゃァね、今だに小学生だったり、中学生だったりして、ランドセルを背負って、級友と一緒にいるんだ。級友ばっかりじゃなくて、あの頃触れあった町の人たちもたくさん出てくる。ふだんは忘れているのに夢の中で出会って、おや、と思ったりね。

小学校でも中学校でも、俺は教室にいると息がつまって、サボったり、ズル休みしたり、いつも屈託していたのに、卒業するとなると、離れがたい。いい思いなんかひとつもなかったみたいだけれども、一人ずつばらばらになっていくのが心細い。また一緒になればいいな、と思う。めめしいんだな。だけれども、五十年、ほとんど一生に近い間、変わらずそう思ってるというのは、やっぱり相当なことだぜ。

俺、とにかく愛されて育ったからね、当時はそれがうっとうしくて嫌《いや》だったけれども、なんとなく、愛、というようなものを肌で知っているところがあって、愛、ということに関心があったんだな。ただ、どうやって人を愛すればよいのか、そのうえのセオリーがなかなか育たなかっただけなんだ。

男女共学じゃないから――の章

当時は男女共学じゃないから、級はちがうけれど、同じ学年の女の子が近所にいてね、新入学の頃《ころ》、その子の父親が、一緒に登校してくれ、というんだ。
「大通りを横断しなきゃならないから、よく気をつけて、うちの子を連れてってやってくださいね――」
それで二人で手をつないで登校するところを、その子のお父さんが写真にとったりしてね。客観的に見て、その子はスラリとしていて充分美少女だったし、できのよさそうな子だったんだな。でも俺《おれ》はまだ、色気づく年齢じゃない。ただなんとなく面映《おもは》ゆくてね、一緒に歩いていっても会話もないし、息がつまるんだ。トンボが飛んできて彼女の帽子にとまってね、いつもなら捕まえるところなんだが、手を出さずにじっと眺《なが》めていたり。
俺はそういうときに、いつもおじけづいてしまう性《たち》なんだな。相手の子が人間で、自分はもっと下等な生き物だ、そういうふうにどんどん自分を卑下していって、だから一緒に歩いているのはなにかのまちがいなんだ、そう思わないとおちつかない。この俺の役は、誰《だれ》か他《ほか》の子にゆずろう。俺、一人であとから行くから、いいよ。

意気地というものがない。それでまもなくわざと登校の時間をずらしたりして、彼女と一緒に行かなくなっちゃった。気の強い子なら、一緒に行かなくなったにしても、別の態度からそうなるだろうな。それで俺、その子と没交渉になって、そういう形で彼女を好いてたんだ。

エイコちゃんという子がいて、彼女は三つ四つ年下で、まだ小学校にも入学していなかったが、家の前の路上の遊び仲間だった。泣き虫でね。年齢以上に幼くて、世話も焼けるんだ。で、俺も、他の子と一緒にいじめたりする。不思議にこの子には俺も強いんだ。ところがこの子もかわいい子だと思ってたな。今もそう思うけど、エイコちゃんがどこかへ引っ越していなくなってしまったその当時、すでにはっきりそう思ってたな。

嫌《きら》いな子がいたかってえと、どうもあんまり思い出せない。いじめっ子もいたし、最後まで親しくならなかった子もたくさんいたんだけれど、嫌いというのじゃなかったな。Ｉというぶあいそうな、のそのそした子がいてね、何を考えてるのかわからないような子なんだ。ところがある日、キックボールでその子が蹴《け》り番になったとき、のそのそっと助走をつけて蹴ろうとして、ボールの上に乗っかっちゃったんだ。それで転んじゃってね。そういう好印象が一度でもあると、それからその子を見たとき、自分の眼《め》が和むんだ。どの子にも、たいがいそういう瞬間ってあるものな。

それで、自分が優越感を持つかというとそうじゃないんだ。俺はもっと駄目《だめ》だと思いたい。たいがいの子は俺より勉強できるからね。俺も駄目だけど、他の奴等《やつら》も、秀《すぐ》れているわけでもないな、そう思っておかしくなっちゃう。

小さい頃の俺は特にフニャフニャだったから、あまり他の子からいじめられなかったんだな。いじめっ子の目標は、眼の上のたんこぶのような存在の子に対してで、俺はほとんど他の子を圧迫するようなものを持ってなかったから。といって、皆に好かれたというわけでもないんだ。なにしろ友だちとの交の流が下手だから。

ゴミ屋さんというと、今、差別語になるのかな。市あるいは区の清掃員とかいうのかもしれないが、感じが出ないな。小学校のある大通りに、区役所があってね、朝、箱型のゴミ車がたくさん集まってくる。区役所の横手が坂になってる。ゴミを山と積んだ車が坂を転がるように並んでおりてくる。皆、身体《からだ》を空中に浮かして、梶棒《かじぼう》に両腕をかけてぶらさがって、ばたつかせた両脚でときどき地面を蹴ってね、すごい速さなんだ。あら、あら、あらィ、というふうに叫んでる人もあるし、大声で唄《うた》を唄いながらくる人もある。威勢がよくて、いなせなんだな。なにもかも蹴散らすような勢いで気持ちがいい。

朝でないとそれが見られないんだ。毎日、それをたちどまって見ていてね。もっとずっと見ていたいんだけれども、学校に行かなくちゃならない。低学年の頃は、俺もサボらずに登校していたからね。

そのうちにだんだんとゴミ屋さんたちの顔をおぼえてくる。若い人ばかりじゃなくて、中年や、もっと年を食った人たちもいるんだ。今日は、あの人はどうしたかな、と思ってると、あらあらあらィ、とその人が駈《か》けおりてきたりして、嬉《うれ》しい。たくさんの人を見覚えて、たくさんの人が全部駈けおりてくるまで待っていたい。

寒い雨降りの日だったけどね、ゴミ屋さんたちは藁《わら》で編んだ蓑《みの》を着ていてね、焚火《たきび》に背中を向けてあたっているうちに、蓑に火がついてしまったらしいんだ。火だるまになりかかってね、濡《ぬ》れた路上に懸命に身体をこすりつけて、やっと消したんだが、顔見知りの人だった。俺は胸がつぶれるほどびっくりして、大人の人たちと一緒にそのへんを走りまわってね。

その次は市電の運転手と車掌さんだったな。電車には乗らないんだけど、大通りで、次々にやってくる電車を眺めて、運転手さんたちを見覚える。皆、同じことをやっているようでいて、一人一人特長があるんだよ。それで大通りにたたずんでいて、あきない。たまに電車に乗ると、前部と後部に行って運転手と車掌の名札を見て手帳に書きとめる。それで名前をおぼえたりするが、たいがいは仇名《あだな》なんだ。今度はタヌキだ、するど、タヌキの次だから、次の電車は太っちょじゃないかな、なんて予想をたてたり。

級友とうまく交流ができない分、そうしたことで気持ちを伸ばしていたんだろうな。でも、今の若い人はかわいそうだと思う。いろいろかわいそうなところはあるんだけどね、こんなことでもそうなんだ。俺の小さい頃はとにかく自分のアイドルを自分で探せたし、それは自分だけのアイドルにしておけただろう。今は、テレビやなにかで共通のアイドルがどんどん配給されてきて、自分だけのアイドルにまで手がまわらないものなア。俺の父親が、よくいってたがね、昔は自分で玩具《おもちゃ》を造ったんだぞ、って。今、俺が似たようなことをいうようになっちゃった。

けれどもね、俺は、鬱屈《うっくつ》しながらいろんなものを眺めているうちに、自分と同じ年頃や身近の人でない、名前も知らずロをきいたこともない大勢の人たちに関心を持つことを、自然に覚えたんだな。いや、それは俺の能力というよりも、多分、俺がわりに愛されながら育ったおかげなんだろうけれども。

たとえばね、俺の父親は退役軍人の恩給生活者だから、毎日、家の中に坐《すわ》って、何もしないで鬱屈してる。電車の運転手や車掌もね、仕事をしてるけど、なんともいえない鬱屈に包まれて、退屈そうに働いている。父親を見ているような親愛感があったし、また大人の生活はそういうものだと思ったりする。当時は（子供は特に）社会のフレーズがせまいから、そんなところで物をおぼえたりするんだな。

市電の事故が新聞にのったりすると、どの運転手だったろう、と思って、大通りに行って、一台一台眺めて、運転手たちの表情や気配でなにかを知ろうと努めたり。

小さい頃の経験というのは、よかれあしかれ、意外に大きいんだね。幼児体験で、六、七割はきまってしまうところがあるな。だから困るんだな。君たちみたいな若い人でも、もうすでに固まってしまった部分があるからね。全部じゃないけれども、もういじくれないという部分がある。だから俺自身もだが、他人を見ていてもやりきれない。

自分の子がいたら、できるだけかわいがってやりたいと思う。自分の子じゃなくてもいい。親が子を、大人が子供を愛するなんてことは、やっぱり無償の行為に近いものだからね。愛されているうちに、肌《はだ》で、愛することを、無償の行為というものを覚えるんだな。

そうやって何代もリレーで、幼児を愛していって、積み重ねていかないと、人を愛することの素養がたくわえられていかないみたいだね。

速効性とはべつの話——の章

大勢の人を好きになって、どういうトクがあるかというと、どうってことないんだな。好きになっちゃったから好きだというだけのことで、それで特に自分の人生が開けるわけのものでもないし、かといって馬鹿《ばか》を見たというわけでもない。

俺の場合なんか、例の池田くんにしろ、女の子たちにしろ、ゴミ屋さんや運転手さんたちにしろ、こちらからその人たちのために何かしたというわけでもなくて、だまって眺めていただけだから、ソントクの起こりようがない。

行為するということは、何事によらず大切なことで、だから、ただ眺めて胸の中に気持ちをわだかまらせているだけじゃ、人々を愛した、なんぞと大きな顔はしてられないんだな。当然、与えたり与えられたり、なにか行為を加えていって、彼等との交流を深めていかなければ、愛したということにならない。

ただ、しかし、俺はね、小さい頃の経験としては、気持ちの中で関心を養っているだけでも、それはそれでよかったのじゃないかと思うんだ。

　ここのところは、俺、自信をもってはいえないよ。君と面と向かっているか、君の気心をいくらかでも知っていれば、もうすこしはっきりいえるかもしれないが、見知らぬ大勢の若い人を相手にしているこういう文章では、ちょっと臆病《おくびょう》になる。

　だから俺の場合ということだけれども、俺は、池田くんや周辺の女の子を好きになったのがきっかけで、どんどん広範囲の他人に関心を持ち出したんだね。そうして、消極的に眺めているだけだったんで、かえって、自分と直接利害の関係のない、見ず知らずといってもいいような大勢の他人のことを想《おも》うという、なかなか捨てがたいよい癖を知らず知らずに身体に備えていったんだ。

　もしも池田くんを好きになった時点で、彼と具体的に仲がよくなってしまったら、池田くんと直接に愛し合うことができたかもしれないが、その分だけ関係に個別的な枠《わく》ができてしまって、大勢の人々に関心を持つという方向に気持ちが伸びていったかどうかわからない。

　それに、何を、どうやって、相手に与えるか、これもちゃんとやろうとするととてもむずかしいんだな。与えているつもりで何も与えていなかったり、或《あ》るいは自己満足の快さを先におぼえてしまったり、ちゃんとしたことをやっているつもりで、実は小《こ》技《わざ》の類《たぐい》である錯覚に気づかなかったり、そこいらがきちんと測定できにくい。人に何かを与える技術というものは大人でもむずかしいからね。

もちろん、積極的な意欲のある人は、そうやっていってちっともわるいことはないんだろうな。錯覚をくりかえしながら物事をおぼえていくものだし、失敗をおそれない勇気を養うこともできる。俺のいいたいのは、俺みたいに勇気がなくてうじうじした奴でも、だから何もかも駄目だというわけじゃなくて、存外に貴重なものも身につけているんだな。で、その身につけたものを手離さないようにすること。

俺は成人しても、勇気の乏しい男になっちゃってたな。眺めてばかりいたために、いつも不特定多数の人のことが気にかかっているくせに、なかなか手が出ない。子供が溺《おぼ》れかけているときに、夢中で飛び込んで助けようとする人がいるね。ああいうことができるかな、と思う。実際にそういう極端な場に直面すると、火事場の力でひょっとしたらできるかもしれないけれど、ではもう少し極端でないケースで、何かを与える勇気が出るかというと、胸の中にその志があるわりには、あまり心もとない。だからどうも、なかなか理想的にはいかないね。俺の場合はただ、大勢を好きになることで、自分の感性の枠を拡《ひろ》げることができたということなんだろうな。

この場合の人を好くというのは、俗にいう人間好きとも少しちがうような気がするな。人間をよい生き物と思い、信ずる、というのとはちがうんだ。あるがままの大勢の人々にどのくらい関心が持てるか、ということなんだろうな。

で、好いたからって何かいいことがあるわけじゃない。こういうことってのは速効性のあるものじゃないからね。ただ、さまざまな人のことが気にかかって、七面倒くさく胸の中にわだかまって、それで薬に中毒するように、もっとどんどん多くの人のことに関心を持ちたくなるんだ。人間じゃなくても、小動物が対象でもいい。ただし、自分より小さい生き物が相手の場合、ちゃんと好きになっているかどうか、もう少しいいかげんな気持ちが混入している場合があるけれどもね。小鳥を愛している、などといって、小鳥に対する自分勝手な気持ちを育てているケースも多いから、それはそれではっきりとわけないとね。

　前々回だったか、大ざっぱに、子供の頃で一番肝要なことは、愛し、愛される、という経験。その次が、健康。その次くらいが、学問、と記してしまったが、もう少しくわしく書く必要があるようだ。

愛し、愛される、ということを一応知ったならば、その次に、それは非常に大事なことなんだけど、だからといってそれですぐにトクをするなんて思わないでほしい。これはぜひ知ってほしい認識だな。認識というより、覚悟かな。愛するということにかぎらない。大事なことというものは、簡単に損得の形になって現れてこないもので、そう思う必要があるんだよ。矛盾しているように見えるけれども、そこのところをきっちりと摑《つか》んでいくのが、大きな人間になるひとつのコツだよ。速効性のあるようなことは、まったく別なんだ。そうして、速効性のあることは成人してから覚えたっておそくはないよ。

かりに、心臓が一番大切だって、誰《だれ》かがいうとするだろう。けれども、心臓だけあればいいってもんじゃない。肺もあるし、消化器官もあるし、肝臓や腎臓《じんぞう》や神経や血管や脳髄や、いろいろなものがある。それらのひとつひとつをちゃんとマスターしていって、自分の特長や適性に当てはめて保持していくわけだからね。つまり、その基本のひとつなんで、だから心臓をきたえることは大切だが、それだけでどうなるってものでもないんだ。

俺の経験ではね、速効性は期待できないけれども、ずっとあとで、大人になってから存外なところで、ひょいと力になってくることがあるんだね。たとえば、ピンチになったり、ヤケになりかかったりしたときに。

俺は子供のときも、成人してからも、列からハミ出てばかりいたからね、しょっちゅう、ピンチの連続だったな。苦労した、というのとも少しちがう。自己流で、一匹狼《おおかみ》で生きているから、安定するわけがない。死にたい、なんて気分のところをとっくに通過して、よし、死のう、という状態が何度もあった。そこまでいかなくても、あ、もうこりゃ駄目だ、どうにもならん、てえときも多くてね、腰が抜けたように横たわったきりだったり、めめしく涙ばかり流れてきたり。それから、大病して気が落ちこんだり。

そんなふうに眼《め》に見えたピンチのときばかりじゃなくて、のんき気な顔をしているときでも、俺なんかいつもピンチと隣り合わせだからね。ひとつ曲がると、もう駄目だ、という気が頭をもたげるし、そうなるともがいても駄目で、あの気分になるのが一番怖い。

ところがこれまでなんとかそこを切り抜けられてきたのは、子供のときからやってきた貯金なんだな。どこでつながりがあるのかわからないが、どうもそうらしい。ふいっと、何十年も前のゴミ屋さんの顔や、口をきいたこともない運転手さんの顔なんかが出てくる。特定の身近の人よりは、そういう思いがけない人の顔が頭に浮かぶね。まるでトランプの手持ちカードのようにね。だからどうなるという理くつじゃない。でも、切り抜けたあとで、あの人たちのことを覚えていてよかったと、思うんだよ。

劣等生の弁――の章

中学じゃね、五十人あまりの級で、成績順位でいうと、俺《おれ》は五十人の中に入らずに、あまりの方だった。終始そうだったね。もっとも三年生の中途から勤労動員で工場ばっかりだが、まア劣等生の代表だな。

小学校でもそうだったけれども、勉強を、まるでしない。勉強する、とか、人に物を教わる、とかいうことがどういうことか、結局わからずじまいで学校に行かなくなってしまった。

これはその後の自分をかえりみて、ちっともいいことじゃなかったね。

たとえば英語のアルファベットなんかは、俺は自分の必要があって、小学校の四年生頃《ごろ》には完全におぼえていた。多分、親父《おやじ》にそれとなく、ぽつんぽつんと訊《き》いておぼえたんだろうな。その頃学校をサボッたり、家に内緒で映画を観《み》ることをおぼえて、まもなくそれが中毒になった。ストーリイや役者に魅《ひ》かれてなんてのは、最初のうちだけで、中毒するとそんなものじゃないんだね。

例の、見知らぬ大勢の人間を一人一人見覚えていくというのが面白《おもしろ》い。映画ばかりでなく、寄席《よせ》、レビュー、アチャラカ劇、剣劇、浪花節《なにわぶし》、旅回りの小劇団に至るまで、客席で眺《なが》められるものならなんでも観ていた。それで小学生としてはおそろしいほどの数の（おそらく何万という数だったろうな）そういうところにたずさわっている人間の顔を見覚えていったんだ。おぼえてどうするかというと、どうもしない。ただ、彼《かれ》等《ら》が毎日どうしているか、これからどうやって生きしのいでいくかを空想している。

外国映画の場合、主なるスタッフキャスト以外は、なかなか細かい紹介がすくないんだ。だから無名の人たちを知ろうとすると、映画のタイトルロールを眼を皿《さら》のようにして眺めて読みとっていくよりない。それで英語をおぼえる必要があった。

だから俺のは、英語表記のスタッフキャストをすばやく読みとっていくためだけの努力だったんだ。但《ただ》しその点ではものすごく熟練していく。傍役《わきやく》だの、細部の裏方の名前は、たくさんいっぺんに出てきてすぐ消えてしまうからね。多分、外国人よりも早く、名前だけは読めたと思うよ。リチャードがディックで、ウィリアムがビルで、ロバートがボブで、というような略称なんかもすぐおぼえて、くだらんことなんだが。

中学に入って英語の時間があって、級友と一緒に、エイ、ビイ、シイ、だのやるのがあほらしい。そのくせ俺が知ってるのは人名だけで、他《ほか》の単語も文法もいっさい知らないんだけれども。

俺の父親は恩給生活でヒマがありすぎる人間だったから、俺は四つか五つくらいの頃から、文字や、初歩の数学や、歴史や地理や、そうしたものをなんとなく覚えこまされていた。だから、そもそも小学校から、学校で目新しいことを覚えたという記憶がない。

これがよくないんだな。

ツボにはまると、まだ知る必要のないことまで知ってる。ところが全般的にはまるで学力にならない。

その全般にバランスのとれた知識というものが、なんとなく低く見える。どうして俺が学校に行かなきゃいけないんだろう、なんて思う。学校ってところは、なんだか行儀をよくして、教師に認められて、上のよい学校に行ける点を貰《もら》えばいい、そんなのつまらねえな、なんて。こ、こ、これがよくない。

映画館や小劇場ではただ客席に坐《すわ》って眺めていたくせに、教室ではただ坐って聴いていることができない。もっとも映画館でも、向こうが教えてくれようというようなものは拒否して、こちらは自分流に眺めようとするからね。だから教師も、ただ眺める存在としてなら一転して興味を持つんだ。教えてくれる存在としては、俺はどうもなかなか受けつけない。

実質は小生意気な生徒だったんだが、俺はあまり表面に出さないから、教師にはそうは見えないんだね。ただの劣等生に見える。ところが、ひっこみ思案で、ぼうっとした顔をしているだけじゃ退屈だから、何かやる。

何をやるかというと、どうせ教室に縛りつけられているなら、俺も何かを皆に教えたい。俺は教わるのは嫌《きら》いだが、教える方ならまだ面白い。ところが俺は学力がないから、教師と同じ方角から皆に何も教えられないし、皆だって、俺に何かを教わろうと思っている奴《やつ》はいない。

で、俺は教師とは反対の顔つきで、道化になって、学校じゃ教えない雑多なものを皆に伝達しようと思ったんだね。当今のようにテレビなどないから、雑学の伝達径路は乏しかったんだ。

俺は授業中に手早く小雑誌みたいなものを作って、小説めいたものやら雑文やら一人で書いて、こっそり級友たちに回す。これがけっこう読まれてね。おかげで一時間ごとに一号ぐらい生産しなくちゃならない。

だから教師のいっていることなど一言も耳に入らない。試験のときは、きれいさっぱり白紙というわけにいかなくて、うじうじと何か書こうとするが、教科書も読んでない、教師のいうこともきいてないから、何も書くことがないんだ。

三つ子の魂百まで、というけれど、今でも俺は似たようなことをやってるんだなァ。人のいうことはきかないくせに人に何かを教えたがる。道化を逆手にとってね。中学の頃からやることが進歩してない。馬鹿なもんだなァ。

知らない土地で道に迷ったりしても、なかなか人に訊こうとしないね。そのくらいなら一人で何時間でもうろうろ迷っている方が気が楽だ。

古来からの人間の知恵というものも、なかなかすばらしいものなんだなァ、と思いだしたのは二十七、八の頃だったかな。やっとその頃、少しずつ本を読みはじめたり、他人に対していくらか敬虔《けいけん》になったな。それまでは、内心で、誰を見ても、俺ほどじゃないけれど、ほぼ俺と同じくらいしょうがない奴だなア、と思って、それで好きになっていたんだ。

この点に関しては、出おくれもいいとこなんだな。

今にして思うと、高校ぐらいまでの学校というものは、知識を身につけるところというよりも、物事を教わる癖、物事を覚えるという癖、そういう癖を身につけていくところなんだろうな。一応、自分をできるだけ白紙にして、基本のところをなんでも素直に呑《の》みこんでいく。知識というよりも、自分が偏頗《へんぱ》(かたより)にならないように、バランスを拡げていくところだったんだ。

学校というところは、素直になればその点便利なんだな。とにかく順序だてていろんなことを教えてくれるんだから。

夏の高校野球をテレビで見ていると、選手というより大人の監督が、一投一打、指揮していて、選手は猛練習できたえた身体《からだ》で監督の指示を具現しているだけだ。俺なんか、偏頗だから、選手の野球じゃないな、なんて思ってしまうが、あれはあれで、いいんだろうな。他人の指示に対して素直になれるというのは、それはそれでとても大きいことだな。

ところが、そのあとで、なるべく早い折りに、専門課程に進んでからか、あるいは実社会に出てからか、姿勢の大転換をはかる必要がある。基本のところでは自分をできるだけ白紙にして、器を大きく拡げたら、そのうえで今度は、自分にうんとこだわっていく。これは大切なポイントなんだが、ここのところでは、逆に精いっぱい頑固《がんこ》になる必要があるんだ。

俺はその手順をまちがえたよ。手順があとさきになったものだから、いったん偏頗になった器がなかなか大きく拡がらない。

学歴というもの——の章

この文章はずうっと、学校の成績でいうと十番から以下の若い人たちと、そのお母さんたちを念頭において記しているんだけどね。特に、親愛なる劣等生諸君に。優等生は読んでくれなくていい。俺は優等生だったことがないから君たちの気持ちはわからない。

もっともね、中学で優等生だったからって、高校でも優等生とは限らないし、実社会でも優等生とも限らない。だんだんこみやられていくこともあるしね。読んどくに越したことはないからな。

受験地獄。

大変だね。

偏差値。

俺なんかが考えても、こいつはよくない方式だな。

でも、方式化はされていなかったけれども、俺なんかの時代でも、似たような恰好《かっこう》だったよ。教師は成績によって生徒を類別してあつかいを変えるし、生徒の方も微妙に自分の身分（のようなもの）を意識してふるまう。

学校というものは、どうしてもそうなるね。学校ばかりでなく実社会も似たようなものだ。これだけせまい土地に人間ばかりうようよいるんだから、どうしても競争が烈《はげ》しくなる。

そもそも、今、学問に深入りしようと思って学校に行く奴はごく一部だろう。たいがいの人間は、学歴を得るために行くんだろう。

学校の方でもそれを心得ているようなところがあって、能力に点数をつけて選別するコンベヤーみたいなことばかりしてしまうんだな。こいつ等、免許欲しくて点をつけてもらいたいんだろうから、すこしくらい非人間的な方式でもそうしてやるぞ。

もともとそう望んでるわけじゃないけれど、そう望むより仕方ないんだものなァ。

今、学歴無用論なんて意味がないと俺も思う。

昔はね、手に職をつける方法が、それでもいろいろあったんだな。たとえば職人さんなんかは、包丁一本、息子に持たせて、技術を仕こんで、それでずうっと一生、包丁握っていればその世界で食べていけるとか、そういう保証になった。親の生きてきたコースで息子もまた生きられるというね。

今、時代の動きが早いから、手に職つけてもらってそれが一生の保証になるかどうかわからんのだね。鮨屋《すしや》の職人が、下積みから苦労してやっと一人前になったと思ったら、鮨を握る機械ができてくる、というような時代なんだから。

算盤《そろばん》の一級の免状なんか、今、どういう意味があるかね。以前はそれも立派にものをいったんだがね。自分の一生の中でそう変わらないだろうと思っているようなことが、どんどん変わっていっちゃう。

お金でもそうだね。俺たちの年代だと、この四、五十年、お金の価値のものすごい変転をこの眼で実際に見ているわけだよ。ちょうど君たちの両親の年代がそうだろうね。現金を手に握っていたって、それがこの後の保証になるかどうかわからない。

それでもこういう不況の時代になると、皆守り腰になって、お金を貯《た》めるな。お金を何かに還元するよりも、まだしもお金そのもので持っていた方が安全かな、という気になる。それは守り腰というだけのことだ。お金以上に他のものがもっと信用できないんだ。

そこへいくと、まだわずかに通用しそうなものは、学歴なんだな。学歴なんて紙ッきれ一枚で、しかも実質は相当に怪しいものだけれども、今のところ、このパスポートはまだ当分通用しそうに思える。

もっと広がりのある、実質にひっついた人間査定の方法はないこともないんだがね。ひとつには人間がうようよ多すぎて、一人一人にきちんとした眼くばりをする余裕がないし、大人がそれを面倒くさがってもいるんだな。

もうひとつは、免状社会の方が体制側にとって好都合なんだな。ひとつの観点に沿って若者たちが育ってくるんだから。さまざまな観点からの査定をすると、いろんな人間が出てきてしまって世の中まとまりにくいやな。だからこの種のパスポートはあまり開発されないということもあるだろうな。

とにかく、よかれあしかれ、学歴は今一番すがれるパスポートなんだな。それ以外の私的パスポートは保証に不安がある。昔だったら、手に職をつけにくい条件の者が必死で勉強したんだけどね。今は皆、免状をとろうとするね。

学校が混《こ》むわけだな。

いやでもおうでも、そういう条件の中で、君たちは学校に行ってるのだからね。

しかも、だ。学歴を得たからって、それで終わりじゃないんだ。学歴はパスポートなだけで、入り口を入って、実生活は別にあるわけだから、学歴さえあれば人間がからっぽでいいというものでもない。

弱っちゃうね。

俺の中学の頃にクラスで首席をとおした男は、彼にはわるいけれども、もともと能力の点で、他の皆を段ちがいに離しているというわけではなさそうだったな。ただ、彼は他の皆よりもスケールが大きいんだ。

どういうふうに大きいかというと、学校側が与えるものをほとんど鵜《う》呑《の》みのように呑みこむんだ。まるで乾いた砂地が水を吸いこむようにね。当時は戦時体制だからね、学校側の体制もひどくかたよっていて、それに対して彼がどう考えていたか内心まではわからなかったが、とにかく在学中は、そういうかたよりまで含めて、もちろん学問も、伝達されることはすべて呑みこんでしまう。その態度が一日としてかわらない。素直、というふうにもいえるかもしれないし、誠実、実直。しかし、よく見るとそれがやはり努力なんだな。非常に素直になる努力。

他にもそれなりに努力している者は多かったけれども、他の者はいずれも素直という点で劣っていたな。なにかもう少し小さな主体性がどこかに現れてしまうんだ。たとえば、恰好よく優等生になろうとしていたり、小利口に要領でまとめようとしていたり、或《ある》いは、勉学そのものに自分の恣意《しい》（気ままさ）が現れていたり。

首席の男はそうじゃなかった。ところがね、彼は卒業するとほとんどわき目も振らずという感じで、英文学の世界に突っこみ、今、学者になってる。

中学の教室にいたときには、ほとんど何も特長を見せずにまんべんのない感じだったけれども、やっぱり内心では方針を確定させていたんだね。

俺は劣等生だから、他の誰《だれ》に対しても大きなことはいえないが、実際問題として他の者はそう怖いとは思わなかった。ただ一人、首席の彼には脱帽したんだな。

俺は素直じゃないから、そもそも彼の真似《まね》はできなかった。誠実でも実直でもないから、勉強というやつはどうしても駄目《だめ》だ。

だが、もう学校と本気で勝負するならば、彼のやり方は理想的だな。

まず第一に、限りなく素直になること。

第二に、しっかり胆力を練って、自分の走り方を考えること。

ちょっと相反しているようだけれども、この二つ、心棒なんだな。

俺はおそまきながら、実社会に出てから、いつも彼のことを念頭において真似しよ

う と思ったよ。なかなか急にはできなかったし、月日がたっても思うようにはできない。

だけれども、今でも、勝負の要諦《ようてい》はこれだと思ってるよ。

ところがね、学校で点になるのは、彼が学業に優れていることと、まじめな生徒であること、そういうものでしかないんだ。

彼の本当に秀《すぐ》れている髄のようなものは、点に現せない。この話、来週も続くよ。

俺の中学時代——の章

今は、不良って言葉は死語に近いらしいね。近頃《ちかごろ》は、非行っていうらしい。俺たちの頃は、不良少年。その時代の感じ方なんだろうけれども、不良っていうと、与太者ふうから、硬派軟派ふくめて、単なる落ちこぼれのアウトサイダー的生徒まで、語感にだいぶふくらみがあったんだな。俺に限らず、ちょっとした奴《やつ》は、俺ァ不良少年だから、なんて自分からよくいったものだ。

今は、自分で、非行少年だなんていうかい。そんないいかたをするとしらけるか。非行っていうと、不良よりも、なんか烈しいことをしているみたいな感じがするな。事実また、俺たちの頃よりも、やることが極端になってきているだろうね。新聞記事なんかばかりで判断しているわけじゃないが、俺たちの頃よりはだいぶエスカレートしてるだろうな。

無理もない、というふうにも思うね。

今はもう、はっきりとした悪、というものがほんとうにすくなくなっちゃってるものね。道徳に対する情緒が不安定になってる。それは君たちの責任じゃないな。だから、グレようとすると、よほどのことをやらなくちゃ、グレたことにならないんだよな。

大人でもそうだよ。ちょっと一服して、列を離れてやろうと思っても、手近に悪が転がってないね。昔は、そういうちょいとした悪がたくさんあって、ひょいと染まって、またすぐに列に戻《もど》れたんだ。今、君たちは、列からだいぶ遠いところまで行かないと、グレたことにならない。それで、大人がびっくりするようなことをやる。浮浪者を襲った子供がいたね。あの子供たちも、俺はかわいそうだと思う。あんなことまでしないと、悪い遊びをしたことにならないんだね。

ところが俺たちの頃も、不良少年の生き方はなかなか成立しにくかった。べつの意味で、不良になりにくい条件があったんだ。

戦時体制だったからね。

俺が小学生の頃、中国大陸で戦争が始まり、中学に入った年に戦火が拡《ひろ》がって太平洋戦争になった。だから、俺たちは皆、兵隊にとられて、よほどの幸運でないかぎり戦死するんだと思ってたわけね。

それが普通のコース。ほかにどういう道があるかというと、病気か刑務所。もちろん皆いろいろ考えるんだよ。戦死するにしても、それまでの間だけでも、要領よくしたいな、と思って、自分の学力の程度によって、将校になるための軍の学校を志望したり、下士官になるための少年兵のコースを志望したりする。あるいは、医者系や理科系に行って兵役を避けようとか。

戦時体制だから、戦争を軸に考えるだけだ。たとえば、教練をサボったりしたら、もうそれこそ生きようがないんだ。教練の点がわるければ、軍の学校だろうが民間の学校だろうが、どこも受けつけてくれない。中学生としての（どうせいつかは戦死するんだけれども）どんな未来もないんだね。

学校（体制側）と悶着《もんちゃく》をおこしても同じ、駄目さ。学帽に油をコテコテに塗ったりして独特な形にしたペテン帽をかぶったり、女生徒の宿舎をおそったり、こっそり巷《ちまた》で喧嘩《けんか》したり、そういう生徒は居たけれども、彼等《かれら》だって体制には逆らわない。むしろ要領がよくて、学校や軍にはいい恰好《かっこう》をする。ペテン帽かぶった士官学校志望というのが珍しくなかったからね。そんなの不良でもなんでもありゃしない。

俺はもっと本格的な不良でね。毅然《きぜん》として不良でいるわけじゃないが、そうしかできないんだからしようがない。だから教師が、少年飛行兵はいいぞ、なんてすすめても、乗らないんだ。

で、どんなわるいことしたかってえと、べつにたいしたことじゃないんだよ。教師を殴ったわけでもないし。あの頃、教師を殴るってことは、国家全体と喧嘩をするってことで、なかなか度胸が出ないよ。

まァ消極的に規律を乱す。それで教師に殴られる。俺は、気をつけッ、といわれると笑っちゃう方だからね。だから朝から晩まで、毎日殴られる。教師は国家だから、彼等の中には生徒を奴隷《どれい》視して面白《おもしろ》がっている奴がいる。俺は抵抗しないけれど、腹の中で、此奴《こやつ》、人間の死に方の中で一番苛酷《かこく》な死に方をしますように、と腹の中で呪《のろ》っている。

俺はしつこいから、あれから四十年、ずっと呪い続けているよ。戦後、全身神経症とかでのたうちまわって死んだ教師の噂《うわさ》をきいた。もっとも俺は自分の呪いも信じちゃいないから、関係ないんだがね。その人は、持病の梅毒が進行したというだけで。剣道の時間にね、同級生との試合が終わって、相手が蹲踞《そんきょ》（うずくまる）の姿勢に戻ってるのに、俺は面の中の手拭《てぬぐ》いがずれて見えなくて、まだ竹刀《しない》を振りまわしてた。ほんとは知ってたんだがね。この折に教師を殴ってやろうと思って、面小手をつけていない教師を相手だと誤認してる恰好で飛びかかった。でも本格的に殴りつける前に、おじけづいて止《や》めちゃった。それだもんだから教師は、お前、珍しくファイトを出したな、って賞《ほ》めたがね。阿呆《あほ》か。

もっとも、尊敬、共感、好意、それがごちゃごちゃになった気持ちを持たせてくれた教師もいたよ。すくなくとも三人。

一人は英作文の教師。今、英語学の権威で、日本で一番信頼度の高い英語辞典の編《へん》纂者《さんしゃ》の一人だそうだ。彼は戦時体制の中でも、自分の生地《きじ》を変えなかったし、変えようがないほど気高い人物だった。

あと二人はともに教練担当の老少尉《しょうい》と老准尉《じゅんい》。教練は俺はてんで駄目で、ずいぶん殴られたんだが、不思議なもんだなァ。このご両所はなつかしい。老少尉は、戦争末期の捕虜収容所長の責任を着て処刑された由《よし》。老准尉は先年、長寿を完《まっと》うして亡《な》くなった。ご両所ともに、俺みたいな不良少年の胸の中にも、人格を残している。

とにかく、体制にそむけば、生きて行ける余地がない、と思える。だから、生徒も基本的な規律までは乱さないだろう、と学校側は思っている。そこへ俺みたいな、まるでちぐはぐな者がいると、処理のしようがない。といって放《ほう》っとくわけにもいかない。自分たちが戦時体制に服しているのに、子供のくせにへらへらしているのは不愉快至極。俺が教師でも、そうだったかもしれないな。

俺の無期停学の直接の理由は、ガリ版同人雑誌の作成なんだがね。平和なときなら、これはクラブ活動の部類に入ることじゃないのかね。でも戦時中だから、規律に服さないことになる。皆で揃《そろ》って歩調をとる以外のことはやってはいけない。

もう、やってはいけないことばかりなんだよ。だからほんのちょっとしたことをやれば、本格の不良少年になる。皆がそうしないだけだ。

当時、退学というのは、その学校をやめてべつの学校に移ることができる。停学というのは、やめたわけじゃない。無期停学というのは無期懲役みたいなものだな。退学よりずっと重いんだ。

戦争非協力でそうなると、ともに戦っている日本人あつかいされないんだ。教師がここぞという眼《め》で見るんだね。

それに自分でも、内申書を書いてくれないから上級学校もだめ、兵役もだめか、と思う。やっぱり、ひしひしと困るんだねえ。

その一件で処分を受けたのは、俺と、もう一人、今大阪読売にいるO。

トコロテンB29——の章

今でも、よくおぼえているなァ。

俺も、Oも、自宅謹慎処分なんだけども、一人ずつじゃ心細いから、こっそり街に出てきて上野の山の公園の中なんかで落ち合う。そうしているところを補導協会の人(不良化防止のために各学校から教員が加入して街で若者をチェックする、今でもあるかな)なんかに見つかると、さらに面倒なことになるし、学生服を脱いでうろうろしていれば、今度は警察の管轄《かんかつ》だ。

でも昼間の公園なんか、ほんとうにだァれもいない。兵隊にとられない男は工場に徴用されて働いてるし、女子供は、ひんぱんに空襲があるから外出なんかしない。

人のいないところがいいから、公園で落ち合うんだけれども、静かでね、完全に、世間から脱落した実感が満ちてきてね。

それでも、ぽっつりと茶店なんかがあって、オバさんが所在なさそうにトコロテンを売ってる。街には食い物と名のつくものなんか何も売ってないんだ。トコロテンだって珍しいんだよ。

いくらだったか、ただみたいに安いんだが、すっぱくもなんともないトコロテンをすすってると、頭上のはるか上空を、B29（当時の大型爆撃機）の編隊がすぎていくんだ。白くすきとおるような色でね。

それを見上げながら、

「──おや、あっちも、トコロテンみたいだな」

なんて。

シニカルなギャグを飛ばしたつもりなんだけど、たいしておかしくもなくてね。

Oはわざとゲートルもつけずに、高下駄《たかげた》をはいたりしてたな。

別の日、やっぱり公園のはずれの崖下《がけした》の線路ぎわで寝そべってると（空襲の最中は電車が停《と》まってるんだ）、不意に、すぐそばに爆弾が落ちてね。

電車からおりて避難していた乗客たちが、ばらばら逃げ散る。俺もあわてて線路の上を走ったね。それでOに軽蔑《けいべつ》された。

俺たちは俺たちなりに、開き直ろうとしてたんだけど、やっぱり駄目なんだな。

今だと、無期停学だって学校内だけの問題なんだろうけども、戦争の烈《はげ》しい頃は、体制からはずされると、世間に身のおきどころがないんだ。

食い物のない頃だからね。自分の家で、乏しい食い物が膳《ぜん》に出てる。ごはんだよ、って呼ばれるんだけど、なんとなく、穀《ごく》つぶし、という眼で見られてるような気がするんだな。家族の誰《だれ》も、ことあらためてそんなことはいわないんだがね。

その頃、タブロイドに縮小された新聞の隅《すみ》っこに小さく出た記事があってね。品川の食肉処理場から馬が一頭、逃げ出すんだ。深夜の海岸沿いの道路を、西の方にまっすぐ疾駆《しっく》した。むろん追手《おって》も出たろうし、巷《ちまた》の人も取り押さえようとしたろうが、気丈な馬で、振り切って逃げた。

だが、どこまで走っても、彼の世界はないんだな。とうとう細い道に迷いこんで、とりかこまれて、彼は前肢《ぜんし》をあげて人間たちにむかってきたらしいが、捕まってしまう。

今でも、それに似た小さな記事を見ると、俺は息がつまってしまうんだがねえ。

戦争がね、あんなに早く終わるなんて、夢にも考えていなかったから、このままずっと、出口なしの道を一人で走っていくよりしようがないと思ってた。

それで、誰からも愛されない、ということは、かなり苛酷《かこく》なものだな、と肝に銘じて思ったんだな。

俺は小学生の頃から、列を離れてひとり遊びのようなことをやってきたから、わりに孤立には慣れているんだけれども、この時期のことは身体《からだ》にしみついて忘れられない。十五、六の頃だからね。Oはそれまで劣等生じゃなかったから、特に辛《つら》かったろう。

空襲で炎に包まれる、なんてことは、皆で一緒に不幸になる式のことで、孤立にくらべれば、リクリエーションみたいな感じさえするくらいなんだ。だから、俺は、他人を出口なしのところまで追いこむことができない。

もともと劣等生だからね。そういう自覚はあったんだけれども、この時期以後、特にそうだね。

嫌《いや》な思い出をひとつ記しておこう。

学校側の規定では、謹慎期間中はクラスメイトと会っても口をきいてはいけないということだったらしいが、あるとき工場の級友から連絡が来てね、Aをリンチするから出てこい、というんだ。

Aという級友は、ある日工場に遅刻してきて、教師から説諭を食っていた。その際、所持品検査を受けたらしくてね。ちょうど配布したばかりの俺たちのガリ版雑誌がポケットの中に入ってた。

それが、俺とOが検束を食った発端なんだな。級友の中には、Aを密告者として制裁すべし、という声があがる。Aはべつに密告したわけじゃない。雑誌の奥付（一番最後のページ）にあたるところに編集発行人として俺とOの名前が記してあるのだから。ただいくぶん不注意に、雑誌をポケットからのぞかせていただけなんだな。

当時、バンチョウ（不良の頭目）みたいな存在だったGとその一党が、制裁ごっこを面白がって騒いでるだけなんだ。

俺もOも、工場のそばのたまり場に行ってGたちに、そんな必要はない、といったんだが、彼等はききいれない。

「現にお前等は停学になってるじゃないか。それはAのせいだ。黙っている手はない」

「Aのせいというわけでもないよ」

「いや、Aの責任だ。男なら決闘しろ」

「Aも不運なんだ、べつに怨《うら》みはない」

「それじゃお前等、このまま泣き寝入りか」

すでにAは、工場の裏手の河原にひきだされていた。俺たちは、G一党にかこまれて、拉致《らち》されるように河原へ行った。教師たちの眼を盗んで、噂をきき伝えた級友が、遠巻きにして眺《なが》めている。観客の中には工員たちもまざっている。

Aは、俺やOへの処罰がきつかったのにびっくりして、自分でも屈託していたのだろう。まったく無抵抗で、うなだれて立ちつくしている。

「さァ、やれ、お前とOにまっ先に殴らせてやる――」

「お前とOが殴らなければ、俺たちが手を出せない。ぐずぐずするな――」

俺たちは背中を押されて、Aの前に立った。すると、うつむいたまま、Aが眼鏡を自分ではずした。

俺は、片手をあげてAの頬《ほお》をちょこっとさわった。次にOが、怒ったような顔つきで、これも形式だけ、Aの頬に触れた。

それで俺たちは、あとも見ないでその場から離れた。

Aには特に忘れたい思い出だろう。こっちも思い出すたびに自己嫌悪《けんお》に襲われる。

俺はどうも毅然《きぜん》としないで、態度が不徹底なものになってしまうんだな。

多分、それは〝自信〟がなかったからなんだろうな。

俺はとても内弁慶でね、自分一人だけのときとか、群集の中なんかにいるときは、とても頑固《がんこ》に、自分らしくなれるんだ。

ところが相手があって、相手と葛藤《かっとう》しながら自分を表現していくという場合に、自分をなくして相手のペースになってしまうわけではないけれども、どうしても、うじうじして自分らしさが不徹底になってしまう。明るい声で、自分を主張できない。

優劣に大差なし——の章

同時代、同年齢で、ほぼ同じ生活環境で、優劣の差にどのくらいの巾《はば》があるものなんだろうなァ。

俺《おれ》の見たところでは、綜合《そうごう》的な能力差は、それほど無いように思うんだけれどもなァ。

もっとも、だから優劣がないということでもないんだ。

ひとつの物差しで眺めた場合には、すくなくとも順位がつくぐらいの差ははっきり出てくるね。

現在の学校教育では、主として勉強という物差しで優劣をはかるわけだね。その見地から見て優等生も劣等生も出るわけなんだけれども、これは能力差というよりは、前に記したように、勉強する態度の差で定《き》まるようにも思えるね。

大ざっぱにいって、ほぼ同じ生活環境ではあるのだけれど、その環境に微妙な差もあって、たとえば商家の子と官吏の子では、勉強に対する切迫感がちがったりする。商家の子は優等生にならなければ家を継げばいいと思っているかもしれないし、勤め人の子は、自分でよい就職口をみつけるためにぜひ好成績をおさめようと思っているかもしれない。

尺度を変えて、喧嘩《けんか》の強いもの順に順位をつけると、がらりとちがう番付になる。しかしこれも決定的な能力差というよりは、喧嘩に対する態度の差で優劣が決するようにも思う。

では、世間知を基準にすると、またがらりと番付が変わるだろうな。道徳性を基準にしてもそうだし、団結力、活力、回転力、融和性、耐久力、外交性、基準はいくらでもある。そうして、これ、いずれも能力の範疇《はんちゅう》（区分）に属することで、劣等生に見えてもすべてにおいて劣等というわけじゃない。

俺、典型的な劣等生だったけれど、ひとつだけ同級生をリードしている部分があってね。それは、巷《ちまた》の雑学に強いということなんだな。動員先の工場から同級生を引き具して、浅草のレビューや軽演劇を案内する。不良にはちがいないんだけれども、当時としては、それは存外にまっとうな行為でもあったんだな。戦時体制の圧迫もあったし家庭を離れて寮生活で、うるおいがない。特に思春期だからね。で、皆、踊り子に眼《め》を慰めて気持ちのバランスをとる必要を本能的に感じていたんだろうね。単なる不良行為だったら、級の大半が俺を先達にして、そういう所をうろうろするわけがない。

その時期、俺は級の連中に対してあまり劣等感を抱かなかったよ。

まァ、それはともかく、学校というところは、個人個人の内にひそんだいろいろな能力を、勉強という点に集約して、能力判定をするところなんだろうね。だから、教師や親は、学校の定める能力判定を、全能力の判定というふうに思いこまないようにする必要があるね。

そうしてまた、生徒の方からすると（生徒はまだ子供だから、自分の判断に信をおけないんだが）、尺度が勉強に対する態度であり、その順位成績が自分の将来をある程度決めるような力を持っていることがわかっているのだから、自分の中にいろいろな方向で分散している能力のかけらを、一応、学校側の尺度に合わせて、できるだけ集中的に発揮する工夫をするべきだ、ということにもなるんだろうね。

ところが、普通は、生徒自身も、学校の定める順位を、自分のゆるぎない能力判定だと思いこんでしまうことが多いんだ。

俺もそうだったよ。

俺は、学業以外のところでの自分のさまざまな能力めいたものを、能力というふうには意識しなかった。だからすべてにわたって自信が湧《わ》かない。

俺のところにも、今、若い人がときどき遊びに来るんだけどね。一見して劣等生風だったら、まず、ちょっとした自信をプレゼントしようとするな。

なんでもいいんだ。彼の話を真剣にきいてあげる。それだけでもいい。彼の話に対してこちらの真剣な意見を伝える。他人と深い話ができた、ということだけでも、この年頃は、次から伸び伸びしてくるんだな。

あるいはね、こちらが彼のどこかを好いている気配を、チラと匂《にお》わせてもいい。彼が帰ろうとしたら、

「おい、もう十五分ほど、居ろよ」

こんななんでもない一言が、彼をリラックスさせる。この年頃で、劣等生タイプは、

人前でリラックスできればそれだけで能力差をいくらかでも縮めるんだ。彼のいいところが出てくるし彼もまたいいところを出そうとするんだね。

それで、次に、彼の現状の認識をさせる方向に話を持っていく。これはちょっときびしいこともいわなくてはならないが、もちろん急いでは駄目《だめ》だ。何回かの会見の間にそうしていくんだね。それで彼が、自分で現状認識をしていく最中に、眼の色が弱くならなかったら、また、小出しに自信を、その段階での自信をプレゼントする。

これをたがいちがいに、少しずつやっていくんだね。

相手が優等生風だったら、この順序を逆にする。

まず、現状認識だ。彼自身が思っているよりも、人間なり、世間なりのレベルは手ごわいこと。長所には必ず欠点につながる裏生地《うらきじ》がついていて、その両方を掌《てのひら》の中で馴《な》らさなければ安定しない、ということなどについて話す。

本当にすぐれた若者は、姿勢が柔軟で呑《の》みこみが早いね。そうでなくてもちょっとしょげてくれればいい。その次に、あらためて、自信をプレゼントする。

それからまたひき続いて彼の現状認識をつぶさにやっていく。

一番変わり目の乏しい、始末のわるいのは、優等生であろうと劣等生であろうと、何かを思いこんでいて、たとえば学校の成績などを唯一《ゆいいつ》の尺度と思って、そこから動こうとしないタイプだね。

これは時間がかかる。なにしろ、若い人だって、もう十数年生きてきていて、その間に思いこんでしまった概念が身体《からだ》にしみこんでいる。無理もないんだ。学生生活も競争社会で、その点ではかなり烈《はげ》しいからね。

中には、すっかり生き方や考え方が固定してしまって、優等生など、これまでの一式の生き方で、ずっとやっていけると思っている者がある。

まァ俺に時間がたっぷりあれば、ゆっくりもみほぐしてみたいんだけれども、どうしても急ぐからね、彼の概念破壊を乱暴にやらざるをえない。そうすると、もう来ないね。

だからそんなときは、彼にひっつくことをやめて、俺自身を例にする。

俺は、とにかく、旧制中学で、クラスでビリだったんだからね。それで学校を中途でやめちゃって、その後も勉強はまるでしない。多少の努力はしたといっても、そんなもの、他人だってやってる。

それで、どうして五十すぎまで、なんとか脱落せずに仕事をしてこれたんだね。一つしか尺度がないなら、俺なんかとっくに落伍《らくご》してるはずだ。おかしいじゃないか。

それからね、俺がどんなに劣等生だったか、ぶざまだったか、救いようのない阿呆《あほ》だったか、話すんだ。とにかく本人がいうんだからね。話のタネには困らない。

彼は笑ってる。

笑ってきいていてくれればそれでいい。嘲笑《ちょうしょう》であってもかまわない。とにかく笑うということは、思いこみを徐々にもみほぐしていくからね。

しかしそういうところからゆっくりとやっていく。普通は、笑ってばかりはいないよ。長所の裏生地に短所がひっついているのと同じく、短所の裏にも長所がひっついているところを感じてくれる。その感じ方の度合いで、俺は若い人を採点するんだな。

もう手おくれかな——の章

この前、ちょっと不気味な若者が訪ねて来てね。

といっても先方に害意があるわけじゃないし、こちらがひどく迷惑したわけでもない。いわば現代ふうで、それほど奇矯《ききょう》じゃないのかもしれないんだがね。

インタホンが鳴って、門のところに若者がいる。読者だけれども、俺に会いたい、という。今、寝ているから、とカミさんがいった。

俺は本当に、前夜からの仕事の合間にちょっと横になってた。俺は睡眠のリズムがこわれてしまう持病があって、持続睡眠がとれないものだから、俺の貴重な眠りを尊重してカミさんは俺がベッドに入ると電話でもとりつがない。それはこっちの話で、彼女の応待も説明不足だったかもしれないが、

「中で待っててもいいですか」

「急用なの」

「――用事なんです」

「わるいけどまたの機会にしてくれませんか」

「それじゃ、また来ます」

二十分ほどしてまたインタホンが鳴った。さっきの若者だ。今度は俺が出ていった。

高校一年生くらいかな。おとなしそうだが、固い顔つきをしている。緊張もしているのだろうな。

「用事ってなんだい」

「話をしてください」

「――今、へとへとなんだが、十分くらいでいいかね」

「あがっていいですか」

彼は坐《すわ》るとすぐに色紙を十枚ほどとりだした。これに何か書けという。

「こんなにたくさん、どうする」

「クラスの者に配るんです」

俺はとにかくへたな字を書いた。多分、マージャン好きなのだろうから、それ用にだ。こういうものはひょっとして後に残らないものでもないから、本当はいやなんだけどね。

彼がなにか話しかけてくるかと思ったが、黙ってる。高校かい、どこから来たの、と訊《き》いても、ぽつりと返事するのみ。

しかしその後でこういった。

「記念に、なにか貰《もら》っていっていいですか」

「――どんなものを」

「写真を貰えませんか」

「写真はね、プロの写真家の撮ったものは、著作権があるから俺の自由にならないだろうな」

「素人《しろうと》のでもいいです」

俺はなんとなく気押されて、一枚渡した。それで帰っていったがね。

俺はべつに腹を立てていないよ。迷惑といってもたいしたことじゃない。

彼は、俺の別名のマージャン小説を彼流に好いてくれたのだろう。それで一生懸命に住所を探して、わざわざやってきてくれた。電話で都合もきかずなんだか土足であがりこんできたような感じだが、いってみればお客さんで、俺の方もできるだけの答礼をする必要がある。

だから、彼は読者として当然の権利を使ったともいえる。

でも、どうも彼の無表情なところが気になるなァ。俺の作品を好いてくれたとして、どうして自分の好きなものに対しても、優しくないんだろう。もちろんまだ若いから、世間知に欠けていて、そのうえ緊張して直進になっているのはわかるよ。それで、そういう自分を、せめて、ふっと笑ってくれるとよかったなァ。

　時間があれば、この若者とちょっと話しこみたい気がしたな。ところが、ほんのちょっとしたことなんだけれども、ものすごく時間をかけても、彼と気持ちを通じ合わせることができるかどうか。ひょっとすると、彼の年齢になってしまうと、もう手おくれかな、という気がしたんだな。

　前回、俺も若い人を内心で採点すると記したね。俺は学校の先生じゃないから、採点はきっかけにするだけで何の意味もない。低い点だってかまわないんだ。話し方を変えるだけで結局同じことなんだから。

実際、愛嬌《あいきょう》のないいいかただが、手おくれということもあるんだな。人間は理くつでは変えられないからね。

ある程度育ってからでは、もうおそいな。十代が性格形成期というけれども、性格を得る手前の根元のところはその前の幼いときなんだな。幼いときにすることがあって、それをしないでいると、もう学校の先生がいくらやっきになっても、話し合うことがむずかしくなってしまう。

この欄は女性の方がよく読んでくださるらしいから、お母さん方に申し上げる。俺みたいな遊び人のいうことは女性はなかなか信用しないけれども、これはちょっときいてください。

子供が、たくさんの生き物に気をとめるように、援助してやってください。いろんな生き物が、それぞれさまざまな思いを抱いて生きていることを、ひとりでに感じとるように、配慮してください。但《ただ》し、その場合、人間のプライドを教える必要はありません。プライドは自然発生するもので、それでもう充分です。

ただ、なんの理くつもなく、他の生き物と接触するように。小動物でも一本の草でもよろしい。(特定のではなく、たくさんの、です)

自分の方が身体が大きかったり、動きが自由だったり、言葉が発せられたりするから、自然に優位を感じる。ここのところは放っておいた方がいいんだな。すると、親しい対象よりも、自分が優位だったりすることが、なんだかむずかゆいような、ばつがわるいような感じが湧いて、そのへんの気持ちを納得させるために、なおもっと相手に近寄ろうとする。あるいは、こだわりなくつきあうための工夫をするようになる。

まずたくさんの相手を好きになり、さまざまな角度からの自意識を産み、同時にそれらの物に対する自分の姿勢も造っていく。文化とは、これにつきるのです。

ここができていると、もう少し大きくなってから、自分より大きなものに対したとき、以前の図式を逆に使って自分より優位にあるものに対する自分流の姿勢が、おのずからできていく。

妙ないいかただけれども、俺の子供の頃《ころ》、戦争があってよかったとも思うんだな。周囲ぐるりが戦時体制で、戦時色を教わったけれど、まさか、戦争を好きになるわけはない。嫌《きら》いだけれども仕方がないと思ってた。それで、内心では、戦争に関係のないものを好きになった。

嫌いなものに対する対応と一緒に、好きなものに対する対応もいろいろ自分で工夫した。勢いあまって、俺はグレちゃったけれどね。だけれども、好き嫌いにそれぞれ切迫感があって、自分ではっきりつかんでたな。

今、平和だからね。実は直接殺し合わないだけで、少しも変わらずどろどろしてるんだけど、子供の眼《め》には、周囲ぐるりの有り様が、これは嫌《いや》だ、というふうに写りにくいからなァ。

これは嫌だから、したがってこれが好きだ、というところがあいまいになる。またそこをあいまいにしても生きられる。

だから自分で、一人で、そこのところを鍛えなくちゃならない。うんと幼いときからね。

好きなもの、嫌いなものにどう対処していくか。優しさ、きびしさ、とはどういうことか。

それが理くつじゃないんだ。身体の中に自然にたまってる知識なんだ。

もちろん、それですべてじゃないよ。

実をいうと、俺、こんなことを長々というつもりでこの欄をはじめたわけじゃないんだ。俺は、遊び人らしく、学校で教えないこの世を生きしのいでいくセオリーを、若い人にしゃべろうと思って書き出したんだ。

けれども、これまでのことが裏生地でね。この裏生地がないと、どんなセオリーを使っても、大きく持続していかないからね。

戦争が終わった時——の章

戦争が終わったとき、俺《おれ》は十七だった。それは八月の、よく晴れた暑い日だったがね。ラジオは一生懸命に言い方に気を使っていたけれども、ま、終わったんじゃなくて、負けたんだ、ということはよくわかったな。

ところが俺はそれでいっぺんに気が楽になったんだ。そんな顔つきはしなかったけれどもね。

とにかく、負けて、占領軍に皆殺しにされようとも、それは皆と一緒の災厄《さいやく》なんだな。

俺のクラスの連中はその前の春先に中学を卒業して、上級学校に行ってるわけだ。俺ひとり、無期停学でぽっつりと残されて、その俺ひとりというところがなんとも形容のできない心細さでいたところに、敗戦だからね。

で、また刑務所を出て実社会にカムバックできたような気がしたんだな。たとえそれが敗戦であろうとも、だ。無期停学だからって、占領軍から俺だけ他《ほか》の人よりひどい目に会うってこともなかろうぜ。

もっとも、戦争が終わろうとどうしようと、実際には俺の生き方に解決がついたわけでもなんでもなくて、やっぱり宙ぶらりんのままだったんだが。

その時分の俺は（今だってたいして変わらないが）脳天気《のうてんき》だったからね。親たちや他人が思うほど自分のことを苦にしてなかった。それくらい、戦争末期の自分の状態がへんなものだったんだな。

もう空襲もないし、兵隊にとられることもない。それよりなにより、一挙手一投足、きびしく律してくるような戦時体制の、あの息づまるような感じが世間から失《う》せて見える。

あ、これはなんとか、俺だって生きていけそうだ、と思っちゃったんだねえ。

俺は、もともとの素質が、どちらかといえば馬鹿《ばか》なんだな。それが生まれ育ってくる途中で個人的ないろいろな条件があったり、またその個人的なところにずぶっと深入りしたりして、世間とあまり融《と》けあわないから、よけいにやることがせまくなって、馬鹿がこりかたまっちゃうような具合になる。

では利口ならどうするかというと、急には答えも出ないし、転向もできないね。もう生まれたところの最初からコースをやり直さなくちゃね。そのかわり、馬鹿は馬鹿なりに、という工夫の余地はある。だから、馬鹿だっていいんだ。いいというより、仕方がないんだ。利口が武器になって、馬鹿が武器にならないということはない。

ことわっておくが、馬鹿で、投げやりに生きたって、楽じゃないよ。どちらかといえば、利口の方が、楽で、楽しい生き方ができる確率が多いだろうな。けれどもそうときまったものでもない。本命の人気は利口の方につくだろうけれども、穴レースはたくさんあるからね。

そこで、馬鹿は馬鹿なりに、という工夫が大切になるんだな。馬鹿が自分の特長ならば、利口に変質しようとしてももうおそい。馬鹿を鍛えていって武器にするんだね。

俺がここに記そうとしているのは、馬鹿の知恵だからね。

それはひとまずおくとして、敗戦直後の件だ。食うものもない。辛《かろ》うじて寝るところはあったけれど、皆、虱《しらみ》だらけでね。でもそんなことはちっともかまわない。

俺の父親は退役軍人で恩給生活者だったから、もう恩給はないし、蓄えもほとんどない。すでに還暦を迎えて、明日からどうやって家族を養おうかなんて、さかんに悩んでる。

俺にいわせれば、もうこの先やっていけそうもない、とずっと前から思って、自分の専売特許のようにしてきたことなんだがね。

(――ヤハハ、似てきやがったな)

馬鹿も利口も、そういう大きな運命のところでは一緒くたになっちゃうのは当たり前なんだがね。それがなんだか嬉《うれ》しい。親父《おやじ》やお袋と身近になったようでね。こうやって、皆、まる裸でおろおろしながらすごすのはシャレた生き方だな、と思ったり。

俺は中学も放《ほう》りだしちゃったし、かといって勤めるわけでもなし、どうしようたってどうもならないんだけど、それがあまり苦にならない。若い野良猫《のらねこ》みたいに、なんとなく毎日生きてるだけで面白《おもしろ》くてね。

どこもかしこも焼け跡ばかりだから、会社なんてほとんど復活してないからね、だから大人たちも皆ざわざわして外を出歩いてばかりいて、

「今、こんな品物があるんだけどね」

だの、

「進駐軍のジャンパー、いくらなら買う――？」

なんて、ブローカーみたいなことばかりしてるんだね。

俺も、お袋と一緒に田舎へ行って、野菜だの果物を背負《しょ》ってきて売ったり、露店商人になったり、いろんなことをやったな。

ときどき、親類の人が心配してくれて、焼けビルにできたヤミ屋の商事会社なんかに給仕まがいで勤めたりしたけれども、どこも一カ月と続かない。

そりゃァやっぱり、一人で道ばたで物を売ってる方が自由だからね。

「お前は丈夫だから、病気で寝ている子よりはましだね――」

ってお袋にいわれた。

俺も、好んで元気な顔をしてるところがあったな。ときどき、上級学校に行ってるはずのクラスの友だちのことを思うと、不安が湧《わ》いたり、複雑な気分になったりするんだけどね。でも俺は学校みたいなところは駄目《だめ》だから、進学しなくてちょうどいい、とも思ってた。

もっとも、学校が駄目なくらいだから、会社だの工場だのって集団になるところは、よけい駄目なんだ。

これを読んでくれる人の中に若い人がいたら、ちょっと質問をしてみたいけどね。君は、自分を働き者だと思うか。それとも怠け者だと思うか。

今、定職があって働いていても、一概に働き者だとは定《き》められないからな。

まァ俺が思うには、どんな条件の中でも、どうあっても働くのが嫌だという人は、ごくすくないだろうね。

怠け者というのは、ツボにはまらないと働かない人のことだと思う。自分が好むことしかやらないんだね。

働き者は、どんな条件でも、とりあえず働かなくちゃならないし、働こうとしているんだね。

成人してしばらくすると、大半がそうならざるをえないんだけれども。それにしては、今は、労働というものが、味も素っ気もない、自分の望みとかけ離れすぎている恰好《かっこう》のものが多いから、特に怠け者は自分のツボを発見しにくいね。

敗戦直後の数年間はそうでもなかったんだな。まだ世の中の機構が整わなかったから、誰《だれ》でも勝手なことをやって、なんとかその日が送れた。

今の若い人は、本当に困るだろうな。自分のツボじゃなくて、世間のツボにはまって生きなければいけないように仕込まれるんだから。

だけれども、ここが曲者《くせもの》なのは、世間のツボというやつは、あるように見えて、ほとんどないいんだ。いや、実際にはなくもないんだが、それは先輩たちで占められたツボでね。なかなか割りこめない。先輩たちのツボにはまって、行儀よく露払いをして順番を待っていると、やがて自分にそのツボが回ってくるかというと、そうともかぎらないんだ。

横綱の土俵入りに露払いをして、それが横綱になる手順かというと、そうじゃないだろう。

しかし、世間のツボと無縁には暮らしにくい。それが困る。特に怠け者タイプの男だと不便だな。だから親たちはやっきになって、働き者タイプに仕上げようとするんだけどね。

掏摸《すり》になれない——の章

　その頃《ころ》——というのは敗戦直後の頃のことだがね、俺は、まったく世間なれしなくてね。
　前にも記したとおり、雑然とした世間を横眼《よこめ》で見ている点では、ひどく早熟だった。小学校の高学年では内外の映画を週五本平均として年間二百五十本、もっと見ていたし、芝居、寄席《よせ》、野球や相撲、その他の見世物なども見つくして、大人が劇で演ずるパターンなどあきあきしていたし、踊り子でむんむんした小劇場の楽屋や、淪落《りんらく》した男の姿なども この眼で眺《なが》めていた。セックスがどういうものか、なんてことも十歳頃には知っていたな。
　けれども俺は群れの中に入らないからね。不良少年といっても、硬派でもないし、軟派でもない。いつも一人遊びなんだな。だから、いろんなことを眺めて知っているだけで、自分はなにも参加していない。

子供の頃に、掏摸に猛烈にあこがれたことがあってね。あれは、小学校の四年生の頃だったな。

有楽町の駅の階段をおりて改札口にさしかかろうとすると、うしろから、俺の身体《からだ》すれすれに、さっと駈《か》け抜けていった男がいて、とたんに俺もぐんぐんひっぱられた。胸のポケットに入れていた小さな財布の紐《ひも》が、その男の洋服のボタンにからんでいて抜きとられているんだ。ただしっかりした紐で、俺は首に巻きつけていたから、紐が千切れずに俺の身体ごとひっぱられていたんだね。

それでどうしても無理とみて、男は不機嫌《ふきげん》そうに、

「――やあ、ごめん、どうしたのかなァ、これ」

なんていって、ボタンから紐をはずして改札口を出て行ってしまった。俺は例によって、だまって見送っていたんだがね。

どうもすっかり感心しちまった。

前から来て、すれちがいざまに紐をボタンにかけて抜くのは、まだやさしそうに思える。うしろから、眼にもとまらぬ早わざで、紐をボタンにひっかけていくのは、どうもすごい。

どんな商売にも、奥ゆきのはかり知れないところがあるな。俺は芝居や寄席をたく

さん見ていて、芸人の世界に近接していたけれども、自分が舞台に立とうとは一度も思わなかった。自分はどうも暗いから、客席でじっと彼等《かれら》の芸を見ている方が合っているらしいと思ってたんだ。

だけれども、個人芸というものに興味はある。勉強は駄目だから、なにか手に職をつけてみたい。

掏摸というやつ、この芸ならば、俺にも合ってるかもしれない。

映画や芝居の見すぎで、ロマネスクに考えていたせいもあるかな。

掏摸という職業は、実際には、和服の時代の技術なので、洋服になってそれまでの名人上手というものがどんどん通用しなくなっていたらしい。戦後の掏摸は、だから何人かで組んでとりかこんで奪うという暴力的なものにかわってしまって、芸ともいえないものになった、という話を後年その世界の人にきいたことがある。でも、その頃はまだ、追い越しざまに紐をひっかけていく腕の持ち主がいたんだからな。

とにかく俺は、ポケットからすっと取る練習を部屋で一人でやってね。子供が忍術にあこがれるみたいに。

それで、夕方のラッシュの時に、国電の上野―新橋の間を行ったり来たりしながら、狙《ねら》った。毎日だね。子供だからあまり人の注意をひかないが、きっとすごい眼つきをしていたろうね。大人より背が低いから、混雑の中で立っていると、ちょうど洋服のポケットのあたりに眼が行きやすいんだ。

ひと月以上、毎日、そうやって洋服や手さげなんかをにらみつけているとね、おかしなもので、十人のうち三人くらいは、ここに財布があるぞ、という感じが伝わってくるんだな。実際にそこにあったかどうかをたしかめたわけじゃないけれど、絶対にここだ、と確信が持てる場合があるんだ。

ところが、手が出ないんだよ。

ちょっと二十センチほど、手を動かせば、というそのちょっとが、動かない。畜生、と思ってしんしんとにらみつけるけれども、駄目。

とうとう一度も手が出なくて、もう才能がないと思って、あきらめちゃった。

その時分は、俺みたいな奴は大きくなっても生きようがないと思っていたから、掏摸でも一人前になれたら、と思ってたんだな。そのくらい、世間知らずでもあったんだ。

それで敗戦後の話だけれどもね、ヤミ市があっちこっちにできて、大人たちが誰も彼もブローカーみたいなことをしている。

その真似《まね》をして、ゴム長靴《ながぐつ》がどこそこにあるという話をきいてきて、ブローカーの人に伝えたことがあるんだ。

ヤミ相場はこれこれだから、このくらいの値なら商取引として成立するというようなことを教わって、値段を相手に提示してね。

「だけれども、あんたの取り分がこれくらいなくちゃいけないだろうから、××円で売ればいい」

といったら、そのブローカーが笑ってね。

「お前、人を使ってるようなことをいうな。そんなことは俺がきめるんだ」

といわれた。

そんなことにわけもなく赤面してしまう。どうも大人の社会での口のききかたがよくわからない。わかってるような気がするんだけれども、自分で口をきいてみると、チグハグになっちゃうんだな。

それでただひっこんでいた方がいいんだけれども、何かしなくちゃ、銭が無いんだからね。

ざわざわしている大人たちの中に混じって、小ばくちなんかやると、案外に勝っちゃう。十七歳なんて年頃は、生命力が一番さかんな頃だから、ある程度、注意ぶかくやると、ひとりでに勝てたりするんだな。

それに勝負ごとなんてものは、ただ自分の利害だけを考えていればいい。あんまり他人を配慮しなくてもすむからね。対応がまずくても、非常識でも要するに勝てばいいんだ。そのうえ、勝ち負けが、誰の眼にもはっきり見える。

あ、ここに、俺にもやれそうな芸の世界があったな。

なんてね。

――友だちは学校に行ってる。大人たちはブローカーだ。よおし、それじゃ俺はばくちでひとつ一人前になってやろうか。

なんて、これも甘い考えなんだけれどもね。その頃は、ヤミ景気があったし、進駐軍の軍票景気というやつもあったし、混乱期で無警察状態でもあったしね。

昼間から、そういうところに入りびたって、どべどべしてやってる。そうしているうちに自信もついて、少し強い連中ともやりはじめる。

一方また、自分より弱いと思える大人を、うまく誘導して、適当にカモるコツもおぼえる。

その点だけでいえば、ばくち打ちは幇間《ほうかん》（たいこもち）に似ているんだな。カモの旦那《だんな》方に面白《おもしろ》く遊んでもらって、自分は少し勝つ。日当をもらうようにね。たくさん勝つと客が離れるから、地味に長続きするように少し勝つんだ。

年少でも、自信がつくとそうやって場の空気をリードしていけるようになるんでね。軽口も出る。大人の気持ちを先読みもできる。

ところがねえ、いつのまにか手なれたそういう場所ではしゃべれるくせに、普通のところでは無口になっちゃうんだ。

電話に出て、モシモシ、というあの慣用句がなかなかいえないで、もじもじしちゃう。ベルが鳴るたびに、出るのがはずかしくて、恐怖だったね。

どこも辛抱できなくて――の章

その頃の俺《おれ》はひときわ甘っちょろかったし、世間知らずだったから、小さなヤミ会社に勤めてお茶くみなんかしてても、どうも辛抱できないんだな。学校というコースでさえしくじった自分が、実直な会社員に適応するわけはないと思う。

といってお袋と二人でかつぎ屋をしてるのもなんとなく心もとない。

どこかに、他人に管理されないで生きていく方法はないものだろうか。

小ばくちみたいなもので、ときどき大勝ちをする。もちろん負ける日もあるけれど、差し引きなんとか儲《もう》けになるんだ。懐中がパンクさえしなければ、十六、七の小僧でもなんとか一人前にあつかってくれる。

昨日まで長い戦争で、人々は遊びなんか忘れていたからね。年齢に関係なく初心者が多いんだ。そのうえ、たいがいの人がヤミ商売で日銭で生きてるから、そういうことに手を出しやすい。現在でも、ばくちは、日銭の動く商業都市でさかんだね。

もっとも現今なら、職なしでばくちばかりやっていたら、どういう理由があろうと、まず落伍者《らくごしゃ》だろうな。その頃だって下郎の生き方ではあったけれども、今のような管理社会の場合とちょっとちがう感じもあったんだ。ほとんどの人がヤミ商売にどこかで関与して法律違反をしてたんだからね。

戦争中とちがって、自分一人の欲望でじたばたできるのが嬉《うれ》しくてね。俺はその頃、狩人《かりゅうど》のような気分でいた。魚や獣じゃなくて、人間の懐中を狙う狩人だね。そうしてこれもけっこう、原則的な生き方のひとつじゃないかと思いはじめた。

ということはかなり荒《すさ》んでもいたんだろうね。なにしろ同じ年頃の奴等《やつら》はみんな学校に行ってるんだから。自分だけコースからはずれている不安定さを押さえつけるために、威勢を無理につけていくんだな。

それでみるみるばくちに深入りしちゃった。

マージャンなんかも今とちがって、背広にネクタイしめた人はあまりやらない頃でね。クラブに入っていくときに道の左右を見渡して、誰《だれ》か知人に見られてやしないかな、と気をつけるようなところがあったな。でもマージャンは、町中にクラブもあったし、賭《か》け金も小さいし、まだ健全娯楽に近い方なんだ。

俺が深入りしたのは、もっと他《ほか》の種目。ここではばくちの解説をする気はないからあまり記さないが、明けても暮れてもばくちばかりやっている連中が、自分の金だかどうだか知らないけれど、びっくりするような大金を賭けて戦っている場所、そういうところに入っていったんだね。

さすがに俺みたいな十代の男の子なんていなかったよ。

俺、ひどくずうずうしいところと、ひどく臆病《おくびょう》なところがあってね。小さいときからはずれてたから、人のやらないことをやるというのはわりに平気なんだ。そのかわり、皆がやっているなんでもないことが、なかなかできない。

下のクラスでちょっと強いと相手が避けるようになるし、自然に上のクラスに行く。そこでまた強いと、その上のクラスでないと相手がみつけにくくなる。ばくちってそういうものなんだがね。

ところが、俺はまだ小僧っ子でそんなに金を持ってない。親もとにだって財産はないしね。やっと、方々で勝ちためた小金を、後生大事に握っているだけだから、一度負けちゃったらとりかえしがつかない。借金になったら払えないしね。だから、他の大人たちのように、気軽に手が出せないんだ。

でも、気持ちだけは生意気でね。これでとにかく食いついてやろうと思ってる。こういう場所で、なんとかしのげるようだったら、専門のばくち打ちになってもいいと思ってた。

それで最初、大人たちのすることを眺めていたんだ。生半可《なまはんか》なことで手を出したって、かならうわけがない。相手はみんなプロみたいな人たちばかりなんだから。

それまで方々で少しずつ戦ってきて、勝負ごとは、偶然なんかで勝ち越せるもんじゃないことはわかってたし、皆がそれなりに一生懸命やってるんだから、それ以上に一生懸命にならなければ基本的に駄目《だめ》だと思ってた。

学校のときだって、そう思ってたんだよ。気まぐれの努力や、山をかけて当たったりするような得点は、結局長い道中をしのぐ力にはならないことはわかってた。勉強してる奴は、やっぱりちゃんと勉強してたな。けれどもどういうわけか、俺は、皆と一列に並んで行儀よく勉強するということができなかった。

今度はひとつ、やってやろう。学校とちがって、一列じゃない。皆、ばらばらでね。

他人に管理されていないということは、自分で自分を管理していかなくちゃならないわけだが、自分流の管理方法でやろう。それなら俺にだってできるかもしれない。その相手がばくちだということが、どうもエキセントリックで、お母さん方は顔をしかめているでしょうね。これはまァ、乱世という時代と、若気のせいと思って、もう少しがまんして読んでください。

俺はしばらく手を出さなかったね。そういう場所に毎日行っていたわけじゃないけれど、行くたびに隅《すみ》っこに坐《すわ》って、大人たちのやることをじっと眺めてる。とにかく眺めてるだけなら自分のお金はへらないからね。

ああいう場所じゃ、誰も、なんにも教えてくれないよ。小僧っ子だからって親切にしてくれるわけでもない。そのかわり一人前にあつかってくれる。

学校とはちがうな、って思ったな。学校はだまって坐ってれば、先生がみんな説明してくれるんだから。ところが俺みたいな奴は、説明なんかしてくれない方が居心地がいいんだ。

先輩たちみんなの知恵を盗もうと思って、眼をぎらぎらさせて眺めていたよ。

それでいろんなことを勉強したな。俺にとっちゃ、生まれてはじめて、一生懸命に勉強したみたいだね。

まず第一に、なにがわかったかというと、すべてがうまくいくということは、ありえないんだな、ってことだ。

そういう場所には当時のすごい顔ぶれが揃《そろ》っていてね、皆、方々を勝ち抜いてきた連中ばかりなのだろうけど、やっぱりいくらかの実力差ができる。それでも全勝はいない。競馬でいうと実力に一馬身ほどの差もないんだ。だから、ぼんやり見ていると、皆、勝ったり負けたりに見える。

それでいて、あるときからふっつり消えてしまう人がいる。そういう人は結局勝てないとあきらめたか、負けつくしてしまってもう来られなくなったか、どっちかなんだな。

勝ちっぷりがあざやかで、眼をみはるほど強いと思えるのに、やっぱり続かなくて消えてしまう人もいる。

その反対に、しこしこと目立たないで、主のように居坐っている人もいるしね。

今まで町中でやっていて、あれは強いとか、これはカモだとかいってたんだけれども、このクラスになると、誰も、強い弱いなんてことはいわないんだ。いや、口先ではいうけどね、実はそんなことあまり問題にしてないんだな。

皆、技術は相当のものを持ってる。精神力もそれなりに強い。そういう皆が持っているものは、ゼロと同じなんだな。

それ以外に、他人が持ってないものでなければ武器にならないんだ。

といって、完全に他を引き離してしまうような武器なんて考えられない。

それでは、何が武器になるのか、ということなんだがね、それは又来週。

プロはフォームの世界——の章

《なにもかもうまくいくということはありえない——》

ばくち場で、まず第一にわかったことがこれだと、前回に記したね。

これはまァ、当たり前といえば当たり前で、たいしたことじゃなさそうに思えるだろ。

けれどもね、なかなかそうでもないものを含んでいるんだよ。今になってみると、これは俺が実社会に出て、はじめて自分の力でつかんだ認識だったんだな。

なにもかもうまくいくわけじゃないんだから、なにもかもうまくいかせようとするのは、技術的にはまちがった考え方だ。

少年よ、大志を抱け、という言葉があるね。あれは気力の問題。もちろん気力は大切だよ。

そのうえで、技術としては、どこで勝ち、どこで負けるか、だ。

大相撲なら、一場所ごとに区切りがつくから、十五勝全勝ということもおこりうるんだがね。

ばくち、特にプロばくちは、毎日毎日ただ続けてやっていくだけで、今場所が終わって新番付、なんてことじゃないからね。十五日間連続して勝っているという人はそう珍しくない。だけれども、ひょっとしたらそのあと連敗するかもしれない。今、十五勝〇敗だって、それは、十五勝十五敗、いや、十五勝三十敗の可能性だって含んでいるものなんだ。

極端な話だが、十五連勝しているときに、あ、俺は強くなったな、もうこれでなかなか負けないぞ、と思ってしまうのは、気力の問題としてはプラスになるかもしれないが、はたして正確な認識であるかどうか疑わしい。

俺の経験として、ばくちのことで語っているけれども、ここのところを、実人生、あるいは、生存競争、というような言葉に変えて読んでくれてもいい。

気力というものはね、トーナメントでいえば予選クラスなら、キメ手となることもある。ばくちでは、気力と反射神経、この二つの能力の充実は欠かせない。実際そのとおりなんだよ。だけれども、少し上位のクラスで気力や反射神経に欠落があるなんてのは、そもそも居ないんだ、前にも記したが、皆が持っている能力は、武器とはいえないね。

それじゃ、ムラのある予選クラスとだけやって、全勝してったらどうか。

そういうわけにいかないんだよ。お互い生活がかかっている場合、全敗しそうな相手に向かっていくかい。お互いに勝てそうな相手を選《よ》っていって、その結果、力差のあまり無い同士が集まることになるんだ。だから勝ったり負けたりなんだ。

プロばくちでは力量のクラスによってレートもちがうからね。楽勝できる相手とやって勝ってもレートが安いから、勝者の方からいっても損なんだ。

実社会でもそうだろう。楽に入れる学校よりも、もし望みがあるならいい学校に行きたいだろう。

さてそこで、皆が具備している基本的能力に加えて、もうひとつ根底に認識の能力がないといけない。

認識というと小むずかしくきこえるがね。物事をごまかされないようによく見るということだな。

誰だって世の中のことをすべて経験するわけにいかないから、自分にそれほど近しくないことは、一応概念で心得て知ったつもりになっていることが多いだろう。

ところが実際にそこで戦うなら、概念じゃ困るんだ。不正確だからね。

ばくちは強い方が勝つという。これは概念。勝った方が強い、これはいえないこともない。しかし、強い方が勝つかどうかわからない。大体、強いだの弱いだのというのは、思いこみでね。

だからプロは、強弱なんてことをあまり問題にしない。わかっているのは弱い者はまずいないということ。あのクラスのレギュラーならば、皆それぞれふさわしいいいものを持ってる。

自信は、それとは別だよ。

誰でも一生のうちで、気力体力が最高に充実するピークのときがあって、そういうときは（格や実力に応じて）強い。けれどもだからといっていつも強いとは限らない。

天才というふうに見える人も、たしかにいるがね。それは早熟でピークがうんと早く来た人なんだな。

プロという観点からすると、一生のうち二年や三年、強くて、ばくちでメシが食えたって、それはアルバイトみたいなものだ。ばくちのプロなら、ほぼ一生を通じて、ばくちでメシが食えなければね。

アマチュアなら別だよ。他に職業があって、ばくちは趣味でやってるのなら、ピークの間だけ打って、勝てなくなったらやめてしまって本職に専念すればいい。

プロはそういかないだろう。そうして、ばくち打ちじゃなくたって、人は誰でも何か本業を持ち、何かのプロになっていくわけだから、プロのセオリーを身につけなくちゃならない。

俺は、その頃《ころ》、ばくちで一生、身を立てていこうと思ってたから、それにはどうすればよいかと思って、一生懸命、先輩たちを眺《なが》めていたわけだ。

するとわかったのは、プロは持続を旨《むね》とすべし、ということ。

少しでも長く、一生に近い間、バランスをとってその道で食わなくちゃいけない。

プロ野球に見物人がたくさん押しかけてくるね。スタンドの客は、好きな選手が、今夜、快打してくれるのを望んでいる。

だが選手はちょっとちがうんだ。もちろん凡打するよりはヒットが出た方がいいが、選手の目標は、年間打率であり、通算打率さ。試合はその晩だけじゃない。

全勝は理想的だよ。だが全勝を狙《ねら》えば、たくさんのロスを覚悟しなくちゃならない。

ホームランはかっこいい。四本五本とヒットをかため打ちするのもスタンドを湧《わ》かす。だが、そのためにフォームが崩れてはなんにもならない。

今、当たっている選手がいる。第一打席で長打を放った。また打ってやろう、どうしてもそう意識する。それで平常よりも大振りになって三振する。ここのところですでに彼は小さなミスをやってるんだね。そのミスが溜《たま》っていって、スランプがくる。ピークからすぐにスランプに移行するわけじゃないんだ。スランプは、ピークのときに勢いあまってフォームを崩すことから次第にやってくるんだ。

以前、何かで読んだんだが、広島カープに白石という監督が昔いてね。彼は王シフトを考えた人だ。

王が打席に立つと、守備を右翼方面にかたよらせる。だから左翼へ流し打ちをすれば簡単にヒットが打てる。

「当分、レフトへ打たれてもいい」

と白石監督は思ったんだね。

「流し打ちをすればフォームが崩れるだろう。いったんフォームが崩れると直すには時間がかかる。だから王シフトは、実は、王選手の打撃フォームを崩すのが狙いでした」

ところが王は、流さずに、いつものとおりライトへがんがん引っ張ってきた。それで王シフトのもくろみは失敗でした、と白石はいってたな。

どの道でもそうだけれども、プロはフォームが最重要なんだ。

フォームというのはね、今日まで自分が、これを守ってきたからこそメシが食えてきた、そのどうしても守らなければならない核のことだな。

気力、反射神経、技《わざ》、それ等の根底に、このフォームがある。まず、自分流のフォームをつくらなければならないんだがね。それは一生を通じて自分の基礎になっていくものだから、あやふやな概念で組み立てるわけにはいかないだろう。で、この話はまだ続くよ。

一一三の法則――の章

前回、プロはフォーム、という話をしたね。

普通の市民は、こんなことべつに必要な知識ではないのだけれど、ばくちのセオリーをひとつだけ、例にあげて説明しよう。

もっとも簡単なもので、丁半《ちょうはん》という古典的ゲームがある。丁は偶数、半は奇数。サイコロを二つ投げて、合計の目が丁か半か、それだけを当てるゲームだ。確率は二つに一つ、五分五分だね。

五分の可能性なら当てやすい、と思うかな。ところが五分五分という奴《やつ》は確率どおりなら、引き分けだね。引き分けでしかないものにお金を張る意味はない。はずれたら、元金を失う危険性をはらんでいるんだから。六分四分、55対45、すくなくともこうした数字でなければ、長くはやれないね。

お金を張るためには、五分五分に見えるものが、このやり方をすれば六分四分になるんだ、というそのやり方を考えつかなくてはならない。

今、丁か半か、どちらでもいいけれども、どちらか一方に千円張ったとする。丁に張るとしようか。

ところが目は半だった。千円とられてしまう。

また、もう一度、丁に千円張った。

目は、半。また千円とられた。合計二千円の負けだ。

今度は丁に三千円張った。すると当たった。

合計でどうですか。一勝二敗だけれども、千円プラスしているだろう。
一、一、三。もし三度目にもとられてしまったら、今度は、七千円張る。この理くつは簡単だからわかるね。一、一、三、ととられてしまったあとに五千円以下を張るのは、セオリーの上では無意味なんだ。
一、一、三、七。ここで当たれば、一勝三敗だけれども、二千円プラスしているだろう。
一見、五分五分の確率だけれども、張り方によっては、二回に一回当たらなくても、勝てるわけだね。そうするとばくちは、当てることが大事なのではなくて、張り方が大事なのだ、ということがわかるだろう。

ここまでは簡単な理くつだ。

この原理を効果的に使用するためには、現状の自分のツキの状態を、できるだけ綿密に認識しなければならない。そういうものは数字にはっきり出るわけじゃないから、完全にはつかめない。まァそこが、ばくちなんだけれどもね。とにかく、自分のツキの状態を、一瞬一瞬、測定していく眼を、いろいろ工夫して養うわけだね。

目は二つに一つなのだから、本来なら、二回に一回、当たっていいわけだろう。

ツイているときは、張るたびに当たってしまうときがある。二回に一回なら楽に当たるときもある。反対に落ちているときは、はずれる方にばかり張ってしまう。

今、三回に一回なら当たるだろう、と思えるときなら、一、一、三、でいいわけだ。むろん応用問題だから、二回に一回は必ず当たると思えば、一、五でもかまわない。

一、一、三、七。計算の上ではこれでもプラスするけれど、五分の確率のものが、四回に一回しか当たらないような状況のときは、ツイていないときで四回目だってはずれるかもしれないだろう。

だからこういうときは、最初の一がすでに張れないんだよ。手を出さないで黙って見ているんだ。

最初の一を張った以上、必ずすぐに回収できる見とおしが立たなければならない。そうでなければ、たとえわずか千円でも張らないんだ。

アマチュアはね、次の目を、丁か、半か、あれこれ思案して当てようとするんだね。十回張ると、とにかく六回は当てて、勝ち越そうとする。

プロは、極端にいうと、一勝九敗でも、一勝すればプラスになっているように張る。次の目が、丁か、半か、そんなこと考えたってわかるものか。どうしても次の目を当てなければ勝てないなら、それは偶然の争いで、そんなものやったって商売にならないから、手を出さない。プロは遊びでやっているわけじゃないからね。

なぜ、こんなことをくどくどと説明したかというと、ばくち打ちですら、プロとアマチュアとでは、これだけの差があるんだ、ということをいいたかったわけだ。

今あげたセオリーはほんの一例だがね。ばくち打ちは誰《だれ》一人として、こんなことを口外しないよ。仲間だろうが友人だろうが、誰にも教えない。それは、ここのところが核心だからだ。

皆、自分一人で考えて、覚《さと》っていくんだね。俺《おれ》も、十七、八の時分に、こうしたことを一つ一つ考えていったんだよ。逆にいうと、ここのところが、覚れない人は、落伍《らくご》していく。一時期、腕力にまかせて強い人はたくさんいるけれどもね、長い目で見ると、穴ぼこに落ちてしまうんだ。

つまり、これがフォームなんだな。フォームというのは、これだけをきちんと守っていれば、いつも六分四分で有利な条件を自分のものにできる、そう自分で信じることができるもの、それをいうんだな。

ちがういいかたをすると、思いこみやいいかげんな概念を捨ててしまってね、あとに残った、どうしてもこれだけは捨てられないぞ、と思う大切なこと。これだけ守っていればなんとか生きていかれる原理原則、それがフォームなんだな。

だから、プロは、六分四分のうち、四分の不利が現れたときも平気なんだ。四分はわるくても、六分は必ずいいはずだ、と確信してるんだね。またここで、四分わるいからといって揺れてしまったんではなんにもならないからね。

わるいときも、いいときも、動揺しないで同じフォームを守っている。それだから六分勝てるんだからね。

アマチュアはこれが守れないのは無理もない。別に本業があるわけだからね。一生を通じて主力をそそぐわけにいかない。

たとえば高校野球のようにね。甲子園で全力を投入しなければ、明日も明後日も投げるわけにいかないんだからね。一発全力主義、これはアマチュア方式なんだ。

プロは、フォームの世界。つまり持続を軸にする方式なんだね。一生に近い間、落伍するわけにいかないから。

もし、明日のことを考えないで、一回こっきりの勝負だったら、プロより強いアマチュアはたくさんいるだろうよ。

俺は、後年、ばくち打ちの足を洗って小説書きのはしくれになったろう。そうすると、ここのところで、うーんと唸《うな》るんだな。

小説書きもプロである以上、フォームの世界なんだ。通算打率、持続、を重く考えなければならない。ところがこういう何かを創《つく》っていく仕事は、一作に全力を投入しなければならないことでもあるんだ。だから、プロ式とアマチュア式と両方必要なんだな。理想的にはそうなんだが、なかなかうまくいかないな。

それはともかく、成人すれば誰でも職業を持つわけだし、何かの面で、何かのプロなんだな。外に仕事を持っていなくても、主婦だってプロですよ。

だから、皆、フォームが肝要になってくるわけだな。

ばくちは勝ち負けがあるから、ひとつひとつの結果が端的に現れてくるから、シビアだけれども例としてわかりやすいね。けれども実生活は、もっとあいまいで、そのときそのときには形勢がわかりにくい。だからなおさらしっかりとフォームを意識しないと流されてしまう。

ことわっとくが、フォームに既製品はない。自分で手縫いで作るんだよ。

九勝六敗を狙《ねら》え――の章

この二、三回に記したことを、簡単に復習するよ。
《プロは、一生を通じてその仕事でメシが食えなくちゃならない》
《だから、プロの基本的フォームは持続が軸であるべきだ》
《しかし、なにもかもうまくいくということはありえない》
逆にいうと、フォームというものはけっして全勝を狙うためのものではないんだ。六分四分、たとえわずかでも、いつも、どんなときでも、これを守っていれば勝ち越せるという方法、それをつかむことなんだ。

フォームはプロの命綱だぜ。だからまず、しっかりしたフォームを作ること。一生を通算して勝ち抜くためにはそれしかないんだ。

さて、ばくち場の大人たちを見ているとね、派手に大勝ちを続けて皆から一目おかれている人がある。ははァ、この人、強いんだな、と俺も思うけれど、だんだんそういうことにごまかされなくなるんだな。

――今はたしかに強いけど、ずうっと強いかどうか、わからないぞ。

だから、単に今強いというだけで、その人を手本にするわけにはいかないね。

もちろん、弱くちゃ困るよ。プロがその本業で負けてたんじゃ、お話にならない。

けれども、勝ちまくってしまうというのも、ちょっと危険なんだな。誰だって勝ってるときは気分がいいからね。全勝に近い成績をあげてしまうのは、フォーム以外の運を大きく食っているからだということを忘れてしまうんだね。で、大多数の人が、自然にまかせて、アマチュア式に思いきり勝ってしまうんだ。

まァ、それはそれでもいいんだけどねえ。

ばくち打ちだって、ばくち打っているだけじゃなくて、個人生活もあるからね。ばくちの勝負ばかりに運を使っていればいいというものじゃない。自分の人生すべてを、なにもかも含めて、六分四分のうち、六分の利をとっていくというのでなければ、運の制御（自在にコントロールすること）をしたことにならない。

ばくちで勝って、健康を害する。

こりゃァ、大負け越しだね。

ばくちで勝って、人格破産。

これも、大負け越しだ。

ばくちなんかやっていれば、大なり小なり、人格を崩すけれどもね。それも程度の問題で、人格はなるべくそこなわない方がいい。

仕事で成功して、人格破産。

こういうふうにおきかえて考えてみてください。

その時分に、こんなふうに整理して考えていたわけじゃないんだけどね。まァ、十七、八の時分だから、勘で、要所要所をつかんでいくんだ。

そうやって眺《なが》め直してみると、俺にとって、本当に一目おかなければならない相手は、全勝に近い人じゃなくて相撲の成績でいうと、九勝六敗ぐらいの星をいつもあげている人なんだな。

これも、そのときたまたま、九勝六敗が続いているという人じゃなくて、口に出したりなんかしないけれども、はっきり、九勝六敗くらいの維持を目標にしてやっている人だ。

これは、その人の生き方を眺めていると、わかるんだ。

ちょっと地味で、もちろん数はすくないんだけれど、いるんだよ、こういう打ち手が。

俺はその時分、若気《わかげ》で、一生を通じてばくちをやっていこう、つまりプロになろうと思っていたから、そのためには一人一人と対戦して、勝ちしのいでいかなくちゃならない。八勝七敗でもいいから、そうしていかなくちゃプロで生き残れない。

やがて、だから九勝六敗タイプと戦わなければならないんだな、と思って一生懸命眺めていたんだ。

十四勝一敗の選手を、一勝十四敗にすることは、それほどむずかしくないんだ。

ところが、誰とやっても九勝六敗、という選手を、一勝十四敗にすることは、これはもう至難の技だね。

それで、この道を（どの道でも上位にいけば同じことだが）長くやっていると、相手はそういう選手ばかりになるんだ。

相撲を眺めていてもそうだね。

十両あたりの位置なら充分確保できる力量の力士がいる。彼がたまたま体調もよく、ツキもあって、十両優勝をしてしまい、番付がぐっとあがって幕内に入った。ここで実力の相違で、思いきり叩《たた》きつけられて、大負け越しをして又もとの十両に戻《もど》る。それで十両なら勝てるかというと、自信も崩れ、フォームも崩れて、やっぱり大負け越し。本来の力量の位置も保てずに幕下にさがってしまう。よくある例だ。

相撲はまだ一場所ごとに区切りがついて、番付が変わるから、わかりやすいが、ばくちも、普通の市民生活も、べつに区切りがあるわけじゃないから、星勘定がしにくいんだな。

十四勝一敗は、だから、十四勝十四敗の可能性もあるわけだ。

それで俺は考えたんだね。

これは勝ち星よりも、適当な負け星をひきこむ工夫の方が、肝要で、むずかしいことなんじゃないのかな。

その時分は、まだ若くて、気力も体力も充実しているから、わりに勝てるんだね。放っておくと、大多数の人のように十三勝二敗ぐらいで、いい気になって、持続が軸、ということを忘れそうになるんだ。

俺、ほとんど銭無しでやっているんだから、ばくちで負け越すわけにはいかないんだよ。大負けすれば払えないんだから、持続もクソも、その世界へ出入りできなくなる。

勝ち越さなくちゃならないが、前記したように、ばくちで勝って、健康や人格を台なしにしたくもない。

自然にまかせて勝つということは、うっかり、そういう大黒星を背負《しょ》ってしまう可能性をひきいれることでもあるんだね。

といって、パチンコで千円、すってしまった、なんてことは、負け星にならないんだ。負け星という以上、なにかの形で当方に傷がつくようなことでないとね。

だから、九勝六敗の、六敗の方がむずかしい。適当な負け星を選定するということは、つまり、大負け越しになるような負け星を避けていく、ということでもあるんだね。

そうしてまた、六分勝って、四分捨てる、というセオリーが、ここにも通じるんだ。実は、この神経がフォームとして身についたら、ばくちに限らず、どの道でも怖い存在になるんだけどね。

むろん、むずかしいよ。一生を通算して九勝六敗を続けるなんて不可能に近い。俺なんか、この当時、九勝六敗を狙っているつもりで、七勝八敗になったり、六勝九敗になったりしてしまう。けれどもこれを意識するとしないのとでは、やっぱりちがう。

名前を出してわるいんだけれども、向田邦子《むこうだくにこ》さん、仕事に油が乗りきって書く物皆大当たり、人気絶頂、全勝街道を突っ走る勢いだった。それで、飛行機事故。

向田さんはばくち打ちじゃないんだから、悲運の事故ということだ。

けれども、もしばくち打ちが飛行機事故にあったら、不運ではなくて、やっぱり、エラーなんだな。

ばくち打ちは、運というものを総合的に捕まえてコントロールしていくことに人一倍の神経を使っていなければ一級品とはいえないわけだから。

はた眼には、その人の全体が見えないから、運の制御は、あくまでも、自分が自分の全体を眺めて、気をつけていく以外にないんだ。俺は、ばくち場で、まず第一にそのことを習ったよ。

立ちどきの問題──の章

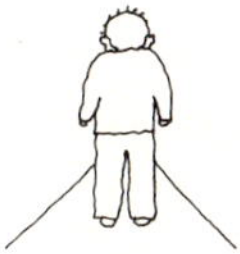

九勝六敗とか、八勝七敗とか、数字の星勘定みたいなことを、このところ濫発《らんぱつ》してるんだけれど、これはむろん話をわかりやすくするための便宜的ないいかたで、現実の日常生活をわきで誰《だれ》かが眺めていて星取表をつけていくわけじゃないんだね。

まァ、ばくちみたいなことに限れば勝ち星負け星がはっきりつくかもしれないけれど、いくらばくち打ちだって、ばくちだけがこの世のすべてじゃない。自分に関するさまざまなことを、すべて星勘定にしていかなければならないから、それは自分でできるだけ精密に意識していくよりしかたがない。

それは、いってみれば大づかみな、〝感じ〟みたいなものだ。

ことわっておくけれども、これは、運に関する星取表だよ。実力に関してではないよ。

実力は、なんとか努力して、一定の水準をいつも発揮できるようにしておかなければならない。

では、運とは何ぞや、ということになるが、運とは、人間の知恵でははかりがたいし、人為的な努力ではどうにも手が届かないものの総称なんだな。

だから、運に左右される、としかいいようのないことが、たしかにあるんだけれども、運という固形物が具体的にあるわけじゃない。運とは、技術や気力体力以外のもの、俺《おれ》はそういうふうに使っているね。

さて、今、ひとつの勝ち星をかりに数字で、10、としよう。このうち8は実力だ。しかし勝因の2は、その他のもの、つまり運だった。こう量れる場合がある。

しかし、10のうち、実力は2ぐらいしか出せなくて、8は運だった。こういう場合だってある。

負けたけれども、完全に実力負けだったと判定できる場合、不運の負けという場合、あるいは、負けはわずかだったけれどもそれは好運に助けられたからだ、といえるケース。いろいろあるな。

つまり、運を効果的に使っている場合、無駄《むだ》使いをしている場合があるだろう。

ところで、何もかもうまくいくということはありえないように思われるから、したがって、運も、無限にあるとは思えない。だから無駄使いをするのはよくないんだな。

ここでちょっとまた、ばくち場の例を出してもいいかい。ばくち場のレギュラーメンバーならば、プロであろうと、旦那《だんな》衆であろうと、技術的にはそう差がないものなんだ。

差があったら、レギュラーではいないだろうからね。だから旦那衆だって、単なるカモじゃないよ。

ばくち場のばくちは、どの種目でも共通したひとつの特長がある。それはゲームに区切り目がなくて、自分の意志で立とうとしないかぎり、いつまでも終わりなくやっていられる。これは一種のハウスルールで、洋の東西を問わずそうだよ。丁半、ばった撒《ま》き、チンチロリンなどの和製のもの、ルーレット、ブラックジャック、ポーカーなどの洋ダネ、いずれもそうだろう。

麻雀《マージャン》みたいに半チャンで区切り目があるものはやらない。一時間に一回くらいしか銭のやりとりをしないものはばくちと思っていない。あれはゲームだという。それもあるけれども、区切り目があると、勝っているときに誰でも立って帰ることができる。

ばくち場では、きりなくそのままの態勢で勝負が続いているのだから、勝っているにしろ負けているにしろ、未練が残って立ちにくいんだね。

しかしその晩の勝ちのピークという刻《とき》があって、そこが立ちどきなんだ。旦那衆だって甘くないからね。ここで立てば一番いいというタイミングはちゃんとさとっている。

誰にだって山あり谷ありで、当夜の最高峰で立たずにいると、またしばらく谷間が続くことになる。

それはわかっているが、旦那衆はなかなかすぐに立てないね。ここですっと帰れば、情がわるくなる。レギュラーである以上、憎まれては損だから、もう十五分か三十分、居坐《いすわ》って張り流して、当夜の勝ちの中から少し場に還元し、情がわるくならないようにして帰っていく。

この十五分か三十分の張り流しの重なりが、長い目で見ると、相当なハンデになってしまうんだ。

プロはそうじゃない。立つべきところで、きちっと立つよ。しかも情がわるくなく、だ。

その晩、調子がよくて勝ちはじめると、どのくらいの時間に勝ちのピークがやってくるか、すばやく読むね。それで必ず立ちどきがやってくると思ったら、その数時間も前から、立ちどきにぴったり立てるように、言動を工夫し、場の空気を巻きこんでいく。

もちろんいつも同じ工夫じゃ効果がないから、新工夫に苦労するね。

一例をあげようか。

たとえば金額で枠《わく》をつけていくね。

「——今夜の俺の目標は百万円」

と、まァいいはじめるとする。

「百万勝ったら仕上るよ。俺を立たせたくなかったら、百万、勝たせないこと」

なんて。徐々に勝ちが溜《た》まっていって、ピークに近づくと、そのカーブが急激になる。

「さァ仕上るぞ、仕上るぞ」

連呼しはじめて、

「さァもう少しだ」

間断なく、百万、百万、と連呼し、

「ほうら、百万、仕上りました」

両手を突いておどけて頭をさげ、さらにちょっときびしい表情になって、

「わるいことしました。洗わせてもらいます」

旦那衆はしようがなくて、わっはっは、と笑うほかはない。

旦那衆はピークに達してから、はじめて立つ工夫をする。プロはあらかじめ見越して、工夫したあとで立つ。ここのちがい。

場にもう一人プロがいるとしよう。プロBは、プロAがツイていてピークを迎えるな、とやはり早くから読んでいる。するとプロBは、プロAをピークで立たさないように工夫し、その言動をやんわりと妨害する。

プロ同士の争いはここにポイントがあるんだよ。けっして、一回一回の勝負に当ったのはずれたのと騒いでるんじゃないんだ。片方は、立ちどきでいかにきっちり立つか。片方は、相手の立ちどきに立たさないようにするかが勝負なんだ。五分でも十分でも延長させればそれだけ相手のロスが増える。

ということは、プロセスの一瞬ずつを追っていくと、みんな、勝ったり負けたり、なんだね。もし実力の下まわる者がいれば、谷間が長く、山頂が短いというだけで、やっぱり勝ったり負けたりなんだ。

強い弱いといったって、技術がある程度揃《そろ》っていれば、あとは運なんだ。勝つチャンスは皆に回ってくる。

そうすると、運をどれだけロスしないか、ということなんだね。

不運で負けるのは仕方がない。

問題は、不運以外の要因で負けを招いてしまうことだ。

相撲でいうと、勝ったり負けたり、初日勝って白星が先行すると、たがいちがいに白星と黒星が重なっていって十五日間で八勝七敗で終わるね。

初日負けたとすると、黒白黒白とたがいちがいにいって、七勝八敗だ。

白星先行の場合が、ツイている時。

黒星先行の場合が、ツイていないケース。このときは追いついて五分になったときがやめどきだね。

ばくちも、実人生も、十五日で区切られているわけじゃないから、好きなときにやめられる。が、実際は、八勝七敗でやめるか、七勝七敗でやめられるか、という差だともいえるんだな。

だから、やめるときのたったひとつの負け星が大きく物をいってしまう。そのくらい微妙なものなんだよ。

黒星の算《かぞ》えかた——の章

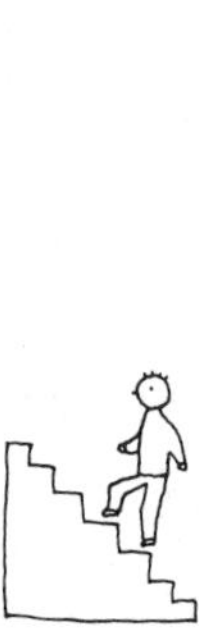

さて、ばくちをやっていると人生がわかるようないいかたにきこえるかもしれないが、けっしてそんなわけではないよ。

俺の場合は、たまたま、というか、戦争があったり、いろいろと諸条件が重なって、早目にグレて、自分でもいくぶん開き直ったような顔つきで、ばくちからだっていろいろなことを教わったと思っているが、その気になれば何からだって教わることはたくさんある。いうまでもなく、ばくちをやらなきゃ、なんてことはひとつもない。

大体、あんまり特殊な世界にはまりこむことはすすめられないね。といって、行儀よくしていればいいってものでもないけどね。

特殊な世界というやつは、どうしても偏頗《へんぱ》（かたより）になる。偏頗なだけに特長をつかめることもあるが、半面、どうしても失うものが大きい。

俺はばくち場から得たもののかわりに、あとになってみると、ずいぶんいびつな姿勢を身につけてしまった。俺なんか、自分でいうのはおかしいが、ばくち場経験をへた男としては、比較的、怪我《けが》をしていない方だよ。それでも駄目だね。

　まず第一に、遊び人は、自分の好きな生き方しかしないんだ。どんなに真剣にやっているようでも、好きなことしかしないから、やっぱり恣意《しい》（わがまま）で生きてるんだね。

　俺は十七でばくちをおぼえて、二十二くらいで一応足を洗ったんだけど、この恣意の癖がなかなか抜けないで、少しずつでも直すのにずいぶん長い年月がかかったな。まァそういうことはまたあとで記すけどね。

　第二に、ばくちは、自分の都合しか考えない。自分が勝てばいい。これは下郎の生き方なんだな。

　普通は、自分の都合も考えるが、それだけじゃない。他人の都合も同時に考え合わせる。他人と提携（タイアップ）して生きていこうとするね。

　ばくち打ちはその点、最低だな。人格破産はこういう部分から拡《ひろ》がっていく。もっとも自分の都合だけで生きているのはばくち打ちだけじゃない。堅気《かたぎ》の人にだってたくさん見受けられるね。俺は遊び人も尊敬しないが、だからといっていわゆる堅気も尊敬しないよ。いいかえれば、劣等生も駄目にちがいないが、優等生ってだけでもいいとはいえない、ってことかなァ。

俺が尊敬するのは、何商売でもかまわないが、できるだけ他人の役に立とうとして生きている人たちだ。

ところが、他人のためだけでは生きてられないね。自分のために、まず生きなくちゃならない。このへんのところも、理想的なのは、九勝六敗くらいの線かな。

ばくち打ちの足を洗ってからも、例の星勘定をする癖がついてね。なんにつけても、漠然《ばくぜん》と暗算をする。

勝ちすぎて、急ぎ足になってはいけない。これは足をすべらせて転倒する原因になりかねない。

けれども、後戻《あともど》りは、できるだけしたくない。

平凡ないいかただけれども、一段ずつ、一段ずつ、進みたい。

ばくちを打っている頃は、ほとんど銭なしでやっているんだから、ばくちで負けるわけにはいかない。この部分では白星を稼《かせ》ぎたい。

それからまた、トータルで負け越しになるような大きな黒星を背負《しょ》いこむわけにもいかない。たとえば、健康や人格をそこなうとかいうことだね。

といって、全勝はできもしないし、したくもない。

目標は九勝六敗だ。

とすると、どういう黒星を背負いこむか。

まァこれは自分で自由自在に選ぶというわけにはいかない。そんなことができたら、全勝だって至難じゃない。

自分のまわりに近寄ってきたさまざまな黒星の可能性の中から、適当なものを選んで自分の黒星にひきこむ。或《ある》いは、自然に黒星がついてしまったのを、ただ認識するだけでもいい。

たとえば、俺の場合、他《ほか》の同級生はいずれも上級学校に行っている。俺は行っていない。皆は上級学校の金ボタンのついた制服を着ているが、俺は、制服が着られない。

あ、これは一点の黒星。

そう思っちゃう。

トータルで負け越しにつながるような大黒星かどうか、ちょっとわからないが、とにかくこれは黒星だな。

例の中学で一緒に懲罰を食った友人はなんとか大学にもぐりこんでいたけれど、俺のところに遊びに来るときは学帽をはずしてポケットの中に隠してくるんだ。配慮してくれてたんだね。

けれども、俺は、負け惜しみじゃなしに、わりに平気だった。

「大丈夫だよ。俺、もう黒星として処理しちゃったから」

そう口に出してはいわなかったけれどもね。

平和になったんで、公園をアベックが歩いていたり、焼けビルにできたダンスホールが混雑したり。ところが俺はばくちに必死で、女の子をひっかけたりする余裕がない。

（――いいや、女なんかいらねえ）

けれども、これも黒星にかぞえちまう。普通の男の子がやっていて、俺がやれないことは、とにかく黒星。

生家に帰らなかったからね。マージャン小説の主人公がときどき往来で寝たりしているけれども、実際、往来に寝たり、地下道にうずくまったりしてたんだ。

ドヤ代ぐらい持っているときもあるんだけどね。元銭の減るのが惜しいから、そういうところには使わない。

で、これも黒星。

とにかくばくちで勝たなきゃしようがないんだから、元銭は少しでも多い方がいい。だから電車にも乗らない。メシもろくに食わない。普通の市民が使うところに一銭だって使うのが惜しい。

それらを全部、黒星に算《かぞ》える。そのかわり、ばくちではツキますように。そう祈ったな。

それでとにかく負け星がある程度たまって、安心してばくちで勝つ。

なにもわざ負けなんかしなくても、自分の状態を眺《なが》めて黒星を意識するだけでもいいんだ。それでなければ、当時の俺にばくちでわざ負けなんかできるものかね。一生懸命やって、負けるときは本当に負けてたんだよ。だから、すこし負けが重なると、九勝六敗のつもりが七勝八敗にも六勝九敗にもなることだってある。

ところが、だんだんそうもいかなくなってね。

ばくち打ちをやめても、星勘定だけはしていたからね。年をとるにつれて運がツクということが、すくなくなってくるんだね。

そのうえ、身の回りには、負け越しにつながるような大黒星がぐるりととりまいているんだ。健康の面でも、事故運の面でも、人間関係もそうだし、仕事もだんだんむずかしくなる。

もう、負けをひきこんでバランスをとるなんて、キザなことをいってられない。一生懸命、白星をひろっていかないと勝ち越すのもむずかしい。

俺の今の年齢になったら、八勝七敗なんて、奇蹟《きせき》に近いね。若いときの十三勝二敗くらいと同じことだ。だからもう今は、内容的には七勝八敗、六勝九敗目標。それ以上の大負け越しをしないようにということになる。

ところがたまに、ツイてしまって初日から五連勝なんてことがある。そういうときが本当にむずかしい。チャンスのあとはピンチで、五勝二十敗なんてことではしようがないからね。

この頃《ごろ》は、運のいいことがあったあとは、どうやってバランスをとっていくか、真剣に考えこんでしまう。

運は結局ゼロ──の章

くどいようだけれどもね、もうすこし星勘定の話を続けるよ。

というのは、この話、中途半端《はんぱ》でやめちゃうとなんにもならないんだ。誰《だれ》か若い人が、それじゃ自分も真似《まね》してやってみようと思ったとしても、不正確にやると、底なしに不正確になってしまって、結局はわがままな星勘定になる。それじゃやらない方がいいくらいなんだな。

なにしろ星といったって、かりの記号で、きちっとした形のあるものじゃないからね。

それで今考え直してみたんだが、勝ち星とか負け星とかいういいかたは、あまりうまい表現じゃないのかもしれないな。昔の言葉の、禍福《かふく》（わざわいとしあわせ）は糾《あざな》える（よりあわす）縄《なわ》のごとし、あの、禍とか福とかいう字の方がぴったりくるかもしれない。

今、いいことがひとつあった。これははたして実力に応じたものだったか、それとも運不運の問題だったか、または実力と運がどの程度にまざりあっていたか、それを確かめたい。

誰だって正確な判断なんてものはなかなかできやしないから、ここのところでは大ざっぱでいいんだけれども、大ざっぱではあっても、できるだけ大筋をまちがわないように。

この星勘定は、実力でどうしたということよりも、運の部分をどのくらい消費したか、ということに重点があるんだ。運の制御（コントロール）が目的なんだから。それで、まず自分の現在の実力がどの程度のものかを意識しておく必要があるね。それも細密にすることはないが、実力は不動のものじゃないから、そのときどきの自分の状態の中で判断しなければならないね。まァ慣れるとそれほど苦にならずに、自分を客観視（外から眺める）できるようになるよ。十代という年齢は、そういう自意識をきたえる時期でもあるんだね。

そうして、運（不運）というのは、実力以外のすべての要素、だ。

これもぼんやりしたいいかただが、手広く考えておいた方が掌《てのひら》からこぼれおちないからね。認識というやつは、細部まできちんとしなければならないときもあるけれども、大づかみな正確さが大事というときもあるんだ。

さて、ここに実力の一勝と、好運の一勝とが二つ並んでいるとする。

実力の一勝は、勝ちとしては固いけれども、運を使わずにすんだ、と考えることもできる。好運の一勝は、もちろん運をはなはだしく消費している。

　反対に、実力負け、不運負け、のときもそうだね。実力で負けた場合、負けは負けだが、運を消費してはいないね。不運負けというのも、運を消費していないように見えるが、この場合は運に乗れるかもしれなかったのに、なにかの理由でちぐはぐになったのかもしれない。すると、場合によっては、使うべき運を使おうとしなかった、ということかもしれない。そうならば、やはり運は流れている。このへんを点検する必要がある。

　そうして星勘定全体を、この眼《め》でひとわたり見渡して、運の部分を独立させた星勘定をつくっておかないといけない。そうでないと、あとで、ひっかけテンパイにふりこむよ。

なぜ、実力と運とを大別するか。いささか観念的に思えるだろうが、これはぜひ必要なんだな。

実力とは、すくなくとも、コンスタントに戦える部分だ。

ところが、運は、コンスタントではないんだ。なにもかもうまくいくことはありえない、というのはこの部分だね。そうして、運というものは、通算してみると、結局、ゼロなんだ。ゼロというより、原点、といった方がいいかな。

これは、わかりにくいだろうね。

俺《おれ》たちにはまだ分析できない部分のすべてを運と呼んでいるね。するとこれは風向きみたいなもので、一瞬の時点なら東風が吹いているとわかるが、すぐ西風になるか、北風になるかわからない。それで長い間には、どちらの方からも吹いてくる。どちらからでも吹くのなら、ゼロみたいなものだな。

自分一個で考えてみても、好運のときがある。不運のときがある。運には定量があるわけじゃないが、プラスとマイナスがかみ合って、一生を通じてみると原点と考えた方がいい。

運（不運）はあるように見えるし、実際に瞬間的にはあるんだが、結局はないのと同じことなんだ。他の考え方よりは、この考え方の方が、俺は実際に即していると思うね。

俺たちの一生は、どの人の場合でもひとつの円だとする。実力と運とが奇妙におさまって、ひとつの円になっている。円の大きさが、結果的にちがうように見えるのは、本来はプラスマイナスゼロでも、一瞬一瞬はゼロではない運を、どう利用し、どう使っていくかということだな。

だから、星勘定をして、運の使い方に対する自分の作戦をたてていく必要があるわけだね。

また、ばくちの例になるけどね。ばくちの総量を、百としよう。

このうち、四十くらいは、一般に、セオリーとなって、どうすればコンスタントに勝てるか、という道が明らかにされている。

けれども、四十対四十じゃ、互角でおたがいにセオリーが極《き》め手になっていない。セオリーというのは、前述の話の実力に当たるね。

だから、明らかになっている部分を、一つでも二つでも、拡《ひろ》げていくことだ。百をすべて明らかにするなんて、皆、不可能なんだ。そこで、百をすべてあきらかにできない以上、偶然に頼るしかない、などと思わずに、着実に、四十一、四十二、とセオリーを開発していくんだね。

俺は、あの当時、五十五、くらいのセオリーで戦っていた、としよう。相手は五十四、だった。この一点の差が、長い間に極め手になるんだ。

あとは、五十五のセオリーを、エラーせずに、いかにコンスタントに使うか、だね。プロなら誰しも、そこをきたえる。自分がつかんだセオリーを全開させること。勝負の基本は、まずこれだよ。勘で、百をつかむことじゃないんだ。自分のつかんだ五十五を、完全に使いこなすかどうかだ。

ところが上位者同士になると、お互いにそうなんだね。放っておけば、エラーはしない。五十五対五十四、セオリーの争いならば、きわどい勝負になってしまう。

そこで、相手の神経を揺らして、セオリーを完全に使いこなせないようにさせるための作戦をこらす。これが勝負の次の眼目だ。この例は、前にも記したね。

余の部分、つまり運は、その場その場では勝負がつくメドになるんだけれども、お互い固定した武器にはできない。なぜなら、コンスタントではないし、結局プラスマイナスゼロに帰着するんだから。

むずかしいだろうか。しかし、ある程度の実力者だったら、勝負の図式は実はこうなるのだよ。そうして、レギュラーメンバーなら、皆、ある程度の実力者だ。どの世界でも。

だから、ばくちは、強い者が勝つとはかぎらないけれども、長い眼で見て弱い者が勝つということは、万に一つもないんだ。

ところがね、この説明だけでは、まだまだうわっつらなんだな。俺のいうことは、だんだんきびしくなるよ。まだ奥が、どっさりあるんだよ。

実力勝ちというけれども、どんな一勝でも、運をまるで使わないというわけにはいかない。いいかえると、生きている、というだけで、すでになにがしかの運を使っているんだな。けっして、権利で当然生きているわけじゃないからね。そこでだ──。

実力は負けないためのもの——の章

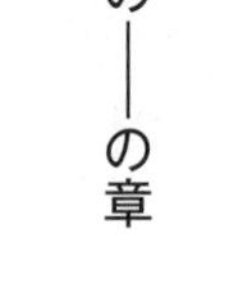

ただ生きているというだけで、すでになにがしかの運を消費している、というところで先週は紙数がつきてしまったね。

その続きなんだが、たとえば、今生まれたばかりの赤ん坊だって、生き続けている以上、親の努力とはまたべつに、運の方も使っているんだな。

平和な時代に生きていると、まず生きているということが根底に当然あって、問題は、どういうふうに生きるかということだと思うかもしれないけれど、ただ単に生きているということがすでにしてかなりの運を使っている、そういうふうに思う必要があるんじゃないかな。

だから、九勝六敗でも、八勝七敗でも、勝ち越すということが、むずかしく貴重なものになってくるわけだね。生きている、という段階で相応の運を消費していて、そのうえに、いかに生くべきか、というところで勝ち越しを狙《ねら》わなければならないのだから。

ところが先週、運の量をいえば結局ゼロ、というか、プラスマイナスで相殺《そうさい》されてしまうんだ、と俺は記しているんだな。矛盾しているだろう。

我ながら、奇妙ないいかたをしてると思う。ここのところがむずかしいところで、実際のところ、俺もどういえばうまく伝わるのか、弱っちゃうところなんだ。とにかく、しつこいようだけれども、もう少しくわしく記していかなければなるまいね。

おさらいになるけれど、運という言葉は、俺の使い方では、セオリー化されていない（我々にとっては明確になっていない）部分の総称として使っているんだね。

だから、運を眼の前にとりだして、これはこういうものです、なんていってるんではないんだ。そんなことは俺にはできないよ。

ただ、セオリー化されていない謎《なぞ》の塊のあつかいかたを記しているわけだね。この厄介《やっかい》なものを、俺はこういうふうに意識している、ということをね。

それでだ、一瞬のところでつかまえようとすると、すごい好運もある、すごい不運もある。運というやつは或《あ》る量があって、その中で上下しているように見えるんだな。ちょうど天気のように。

日本晴れみたいな日もあるし、雨の日もある。嵐《あらし》の日もある。だけれども結局は、空があって、地上があって、我々が感じる大気というものは或る調和を保っているだろう。天候の変化はひとつひとつのプロセスではあるけれども、全体をいびつにさせるような力ではないんだね。

運の部分というものは、たしかにある。それで運を消費したり、補塡《ほてん》したりしながら生きていく。補塡というより、倹約といった方が正確かな。たとえば運に恵まれて、実力以上の華々しい生き方をしてきた人が居るとする。でも死んでみなければ全体のバランスシートはわからない。死に方が、大きなマイナスにあたるようなむごたらしいものかもしれない。

それでも、運のバランスシートは原点にならずに、貯金のようになにがしかのプラス、或《ある》いはマイナスが残るかもしれない。でもその時点で死なずにピリオドが先に伸びるとすると、原点に帰する方が多いのではないかな。

どうもそういうものなんだな。うまいところでピリオドが打てればいいんだけれども、ばくちとちがって、すっと立ちあがって帰ってくるわけにいかないからなァ。

太く短く、という言葉があるね。太さを主にすれば短い。長さを主にすれば細い。昔の人は、そこいらを勘で捕まえて、セオリー化しようとしたんだな。それで、因果ということを考えた。

たしかに、技術的にまずい生き方をすれば、まずい結果に通じる。その逆もありうる。原因が結果を呼ぶということは、実力の部分ではそのとおりに近いんだ。つまり、セオリー、技術、で処理できる部分のことで、だから自分の備えている実力は、かっちり出せるように習練しよう。

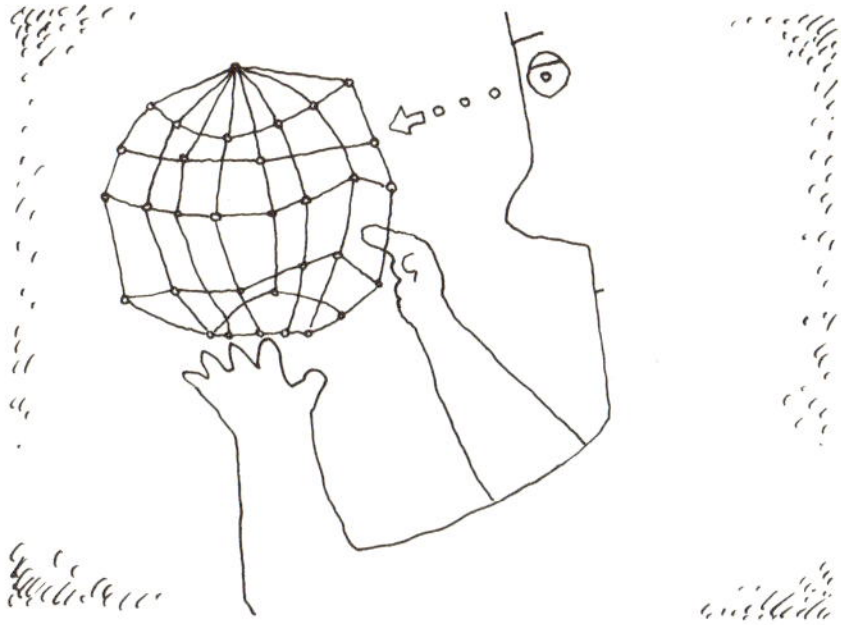

ところが運の部分では、因果なんというやさしい図式では解明がつかないな。道徳なんてのも関係ない。まじめにがんばったからいいことがあるはずだ、というのは実力の部分。運の部分までこれをあてはめると、測定が狂うよ。

それで困るんだ。たしかなことは何もわからない。ただひとついえることは、この部分では、わかったぞ、などと思いこまないことだな。思いこみは動脈硬化で、なんにつけよくない。

ところが矛盾にきこえるだろうが、手をつかねて自然の運命にまかせてもいられないんだね。わからないながらに、工夫をこらしてもがきたい。

いいかい。ここいらへんの俺のいいかたは棒のように受けとらないでおくれよ。言葉を受けるキャッチャーの方にセンスが要求されるよ。くりかえすけれども、実力の部分では毅然《きぜん》と、運の部分では用心ぶかく、手さぐりでおずおずと。

さっき、運を消費したり、補塡、倹約したり、と記したけれども、運の消費をおそれてはいけません。

勝つためには、その時点でのすべての力を、使うか、あるいは使うつもりで待機させているようにしたい。実力だけでは、相手と大差がないかぎり、きわどい勝負になってしまうのだからね。

実力というものは、負けないためにあるのです。負け越さないために、実力を習練するのです。

負けないためでなく、勝つためならば、実力プラスアルファ、なんでもかでもの助けを借りなきゃ駄目《だめ》だ。

前にもいったろう。どんな一勝でも運の助けを借りないものはない。ただ単に生きているだけでも、なにがしかの運を使っているのだからね。だから中途半端に倹約なんかしないで、運はどしどし使うべし。

ただし、今ここで、勝ちをとりに行くのならば、だ。

全勝は危険だし、できない。一生を通じてすべてに勝つ者はいない（というふうに考えた方がいい）。では、ここは攻撃でなく、守備を固めるところだ、というそのときに、運は、できるかぎり倹約すべきなんだ。

偶然に恵まれて、守備がうまく守れた、なんてのは、一種のエラーと思うべし。守備は、実力でおやりなさい。こんなところで運の無駄使いをしていると、ここぞというときに、運を使おうとしても使えなくなるよ。

俺はばくちでこれをさとったから、またばくちの例になるけれども、ばくち場の中では、たとえ百万円でも、一千万円でも、鼻ッ紙の一種とおなじなんだな。

それでばくち場を一歩出ると、三百円のメシを食おうか、五百円のにしようか、なんて考えるんだ。

これがなんでもないように見えて、実はむずかしいんだよ。お金を賭《か》けているときに、これは大金だ、なんて思ったら、びびっちゃう。鼻ッ紙さ。そうでないと、攻撃力がフルに使えなくなるからね。一千万円勝てるチャンスに五百万しか勝てないのでは、差し引き五百万円のエラーなんだ。このエラーの方を重く見るよ。なぜかというと、いつも勝てるわけじゃないから。実力だけなら、理想的にたたかっても、プラスマイナスきわどいところになるはずなんだから。勝てるときにいくら勝てるか、というのが重要なんだ。

俺たちは金持ちじゃないからね、金持ちならばくちなんかしない。あとであのときケチケチ張ってれば、今頃は楽にその金を生活に使えるのに、なんて悔やむんじゃないかと思って、辛《つら》いがね。だがやっぱり、ここが勝負というときは、限度に近く力を出す。そのかわり、そうでないときは一円の無駄も惜しむ。コツはこの落差なんだね。

眺《なが》めるということ──の章

毎回、えらそうなことをいってるけどね、たったこれっぱかりのことをわかるのに、転んだりはねたり、どろどろになってたんだから、まァ、俺もたいした男じゃないんだ。

けれども、わかる、ってことは、言葉でわかったりすることじゃないんだからな。わかる、ってことは、どういうことかというと、反射的にそのように身体《からだ》が動くってことなんだな。

ばくちにかぎらず、人生すべて応用問題だからね。そんなこと俺だってわかってらァ、と思うかもしれないが、まァちょっと待ってくれ。基本的な公式を、わかった、というだけじゃ、あまり意味がないんだよ。

わかる、ってことを、なめないでもらいたい。では、どろどろの体験をしなくてはならないかというと、そんなことはもちろんないね。本当は、体験をするのも悪くはないと思うけれど、人間の一生は存外に短くて、一人の人間がたくさんのことをする時間がない。体験をせずに、したとほぼ同じくらいのことを身につけることができれば、とても有利なんだな。

ただし、体験をオミットしているわけだから、いいかげんのところで、わかった、なんて思わずに、感度を精密に働かせておくれよ。

近頃《ちかごろ》、知人たちからこの一連の文章に関してよくこういわれる。

「君はせっかく、若い人たちに向かってものをいっているつもりかもしれないが、あれはちょっと、まだ彼等《かれら》にはわかりにくいんじゃないかな」

そうかな、とも思う。

そうでもないんじゃないかな、とも思う。

誰《だれ》でもすぐ納得するようなことを書いたってしようがない。そんなことはたいがい、なんらかの意味で不正確だ。人生の万象《ばんしょう》（さまざまの形）はいずれも、ちょいとむずかしい。なぜなら、真実というものはすべて、二律背反《にりつはいはん》（相反する二面）の濃い塊りになっているからだ。

まァそれはまた後でつつくとして、若い人の方が感度がいいからね。学校の成績なんかに関係なく、かなりのことをすらりと理解するよ。ただ、若い人は体験がすくないから、とかくなめるんだ。どんな小さいことでも、ちゃんとわかるにはそれなりにむずかしいんだからね。なめてトクをすることはないぜ。

さてそれで、前に、鉄火場に足をふみいれはじめた当時、とにかくじっと眺《なが》めてすごした、と書いたね。俺は新しい世界に入っていったときは、ばくちに限らず、納得するまで眺めることにしている。なかなか本格的には手をおろさない。眺める、ということはとても大切なことだと俺は思うね。

眺めて、とにかくできうるかぎり、新しいものを、身体にわからせていく。ちょいと小むずかしい言葉を使うと、認識するというやつだな。

ばくちは特に危険に満ちているからね。元金保証の世界ではないし、俺は財産があって遊びにやってたわけじゃないんだから。軽い気持ちで手が出せない。

それで、何を眺めるか。いろいろあるけれど、まず第一に、他人の様子を実例にして、基本セオリーをできるだけ多く発見する。第二に、しかしながら具体的には、応用問題なのであるから、そのことをちゃんと身体におぼえこませる。

ルールや金の賭け方、ばくち全般に通じる心得は、俺はすでに知っていた。新種目の特徴を頭に入れる、それが第一の段階だ。ここまでは、わりに多くの人がやる。

応用問題ということは、つまり、一見すると公式につながっていないように見えるくらい、一瞬一瞬は、例外やハプニングや不運に満ちているということだ。公式は長い眼《め》で見た確率に通じるものだからね。

一瞬一瞬の現象は、おたがいの実力プラスアルファで成立してるんだ。だから、プロセスでは思いがけないことばかりに出会うはずだよ。

その例外に、いちいちびっくりしてはいられない。それでは身につけたセオリーすら満足に使えなくなってしまう。例外にひるまず、どんな例外にも身体が反射的についていくことができるかどうか。それには、一万例、二万例の例外を眺めることがまず必要だ。何万例の例外を、頭のひきだしに整理してしまっておければ、一人前だが、まず、眺める経験を積んで、実際は例外に満ちているということを身体にしみこませ、身体をなれさせなければならない。

バレーボールと同じだね。どこにボールが飛んでくるか。ボールはセオリーや実力で動いていると同時に、ハプニングの要素も加わっているわけだ。

そこで反射的に身体が動く。

これが、わかった、ということなんだよ。

百人が百人、千人が千人、万人が万人、ここまで眺めていない。どうしても、途中でわかったつもりになって、身を乗りだしてしまう。十万人に三人か四人くらい、そういう奴《やつ》がいる。それで結局、上級者の勝負は、そういう奴等のぶつかり合いになっていくんだ。

わかる、ということはとてもむずかしいことなんだから、そうして、こういった文章では筋道を記すだけで、とても一人一人をそこまで誘導できないから、できるだけくわしく記すつもりではあるけれどね。受けとり手の君たちの方が、こんな文章でも、じっと隅々《すみずみ》まで眺めて、体験するに近いくらいにわかってもらわないと、なんにもならないんだがね。

ばくち（に限らず）では、用心深さが第一の条件。

用心深くない人は、まず駄目。

たいがいは、そのつもりになれば、用心深くなることはできるね。

けれども、それだけじゃ第一関門なんだ。用心深くじっと眺めて、できるだけ手広く認識することができるかどうか。手広くというのは、かなり手広いよ。ただ生きているというだけで、すでに運を使っている、その運まで計算しなければ、計算とはいえないんだからね。

電車に乗って目的の場所に行くだろう。これは単純な（というより日常的な）セオリーに沿って行ったんだが、しかし着くまでに、無数の眼に見えにくいハプニングで埋まってもいるんだね。それを考え合わさないと、その行動を手に入れたとはいえないね。

で、用心深さを下敷きにして、認識を深める、これが第二関門。

それから、第三関門は、以上でつかんだことを、観念的でなく、身体にしみこませられるか、どうか。

ここまでが、準備段階だ。

ここまできたら、攻撃に移ろう。攻撃とは、準備段階で貯めた実力を土台にして、運を使うことだよ。つまり、運に賭けることだ。

しかし、攻撃のセオリーにいく前にもうすこし、このへんをみっちりやろう。

今回のばくちの例は、君たちが実際の世の中に出ていくときの問題としては、もう少し補足（つけくわえること）する必要があるかもしれないな。

ばくちは、ただ眺めてだけいることも可能だけれども、普通、新しい生き方に挑戦するときは、眺めてだけいるというのはむずかしいね。

でも、俺はそうやって来たんだけれどもね。俺は二十二歳くらいのときにばくち暗黒街から一応足を洗って、普通の市民社会で出直しを強《し》いられた。それからこっち、ずっと新段階ずくめだったよ。次回はそのことを例にして記そうね。

また予選クラス――の章

俺《おれ》が二十一か二というと、昭和二十四、五年頃だな。生家にほうほうの態《てい》で舞い戻《もど》って、しばらく何ものをいわずに眠りこけていた。

それで、おそまきながら、堅気の方角に転向しようと思った。理由はたくさんあるけれど、まァひとくちにいえば、ばくちというものにへこたれたんだな。

世の中が少しおちついてきた頃で、そのうえ公営ギャンブルも盛んになるし、街のばくち場はさっぱり客が寄らない。当時の俺の仲間は、ヒロポンが嵩《こう》じて廃人寸前の奴、強盗にふみきってしまう奴、いろいろいるね。残った奴も、栄養失調だから足なんかおできだらけで蒼《あお》ぐろくふくらんでいるんだ。カモを捕まえなければ医者にも行けない。惨憺《さんたん》たる有様だったね。

俺も唐辛子中毒で胃をやられてものが食えない。でも、そのとき脱落して足を洗ったのは俺一人で、あとは皆がんばっていたな。たいがいは家出人だから、足の洗いようがないんだ。

俺はとにかく帰るところがあるからこんなときは徹底できない。逆にいうと、東京に生家があって、両親もいるなんていうのは、もうその条件だけでばくちの世界では一流にはなれないんだな。

プロばくちの世界は超ハングリーでないと駄目さ。神経の揺らしっこで負けちゃう。上位陣に行けば行くほどそうで、それで負ければ致命的な傷を負ってしまうんだから。これは、がんがん叩《たた》かれる前に、退《ひ》こうと思ったんだね。

それで具体的に手傷はそれほど受けなかったけれど、堅気になるとなればこの四、五年はまったくの寄り道。

なにしろ、学歴職歴なんにもなくて、かんばしくない評判ばかりがあるんだから。当時、俺が国電に乗ると、サッと人が俺のそばから離れて、一メートル四方くらい空間ができちゃった。それくらい、異様だったんだな。

そんなだから、人並みに働こうと思っても、誰も世話などしてくれないね。で、新聞の三行広告を見て、自分が探すしかないんだ。

その二年ほど前に、生家の知人の世話で、某出版社に見習い編集者で半年ほど籍をおいたことがあった。編集者という職業には興味があったんだけれども、なにしろばくちを打っているまっさかりだから、会社に出勤するヒマがないんだな。

夜どおしばくち場だし、昼間だってろくすっぽ寝てられないくらいそちらの用事があるし、大きな勝負になると一週間でも十日でも打ち続けでまとめる。気になっているんだけれども、会社には、一週間に一日か二日くらいしか顔を出せないんだ。

二十歳前の小僧ッ子が、たまにひょっこり会社に出てきたと思ったら、机にうつ伏してぐうぐう眠っちゃったりしてね。自分の態勢が会社の方に向いてないんだから、クビが当然。

それでも、校正、レイアウト、原稿とりの要領、ほんの申しわけ程度にかじっているから、今度、三行広告を見ても、どうしてもそちらの方向に眼がいくね。

もちろん大きな会社の募集はそんなところに出ていない。かりに出ていたって、立派な会社の募集に応じる気はさらさらないんだ。こちらにそんな実力がないことはわかりきっているんだから。

俺のそのときの目標は、マイナーな会社、できれば超マイナーな会社。

そういうところなら、少しは俺にだって相撲をとらしてくれるかもしれない。なにしろ俺は、市民社会の中では最低の人間と思っていたからね。

けれども、敗北感、挫折《ざせつ》感があるというわけでもないんだ。あの烈《はげ》しいばくちの世界では、いたるところで戦死者を見ていたし、俺はとにかく比較的健闘してしのいできたと思っていたからね。

だいぶへこたれてはいたけれど、同時に、さァ、また予選クラスから再スタートだぞ——、と思ってもいたんだな。

俺は不良中学生からばくち打ち経由で、はずれた道ばかり歩いてきて、大勢の人の歩いている道を、ほとんど知らない。

しばらくは、戦いを挑《いど》まずに、様子を眺めなければならぬ。実力の部分と運の部分にわけて、実力の部分をきたえなければならぬ。

俺は、ある業界新聞の記者募集というのに応じて、一発で入社した。その理由ははっきりしないが、多分、

「給料の望みは——?」

「べつにありません——」

というやりとりだったんじゃないかな。

俺は、自分の実力に応じた金をもらうべきだ、と思っていたからね。実力より多くても少なくてもいけない。実力より多い収入の場合、そこでだらだらと運を食ってるからね。

現状の俺は最低ランク。だから給料は相手の都合にまかせよう、と思っていただけで、べつに媚《こ》びていたわけじゃないんだ。

そのうちに、実力が少しついて、給料以上にハミ出してしまったら、それに応じて個人プレーをすればいい、と明るく考えていた。若かったからねえ。それにまだ半分ギャング体質だったから、もしどうしても必要が生じたら、経営者をばくちに巻きこんで、つぶしてしまえばいい、と思ってた。実際にはしなかったけれどね。

どの経営者も食えない顔つきをしていたけれど、そういう顔つきというものは、専門外のところでは、存外もろいものだと知っていた。人を誘惑するという点にかけては、当時すでに俺は筋金入りの技術を持っていたからね。経営者が、たわわに実った果物のように見えてしかたがなかった。

ま、しかし、世間でいう大人の社会に、おくればせながら参加してみようというわけだから、それはしない。

もっとも、年少の俺が、内心でそんなことを考えているとは、誰も思わなかったろうな。

というのは、俺は、グレている頃から一貫しておとなしいんだ。

ある社の上役が、

「君は恐縮しながら、ずうずうしいことをやるね」

と、うまいことをいったけれど、だいたい無口で、おずおずとしていて、めったなことでは人と喧嘩《けんか》しないいし、誰にもさからわない。

前にも記したように、戦争中の無期停学の頃の経験で、人を逃げ場のないところまで追いつめることが、どうもできにくくなったんだな。喧嘩して負けるのもいやだし、さりとて圧勝したくもない。

圧勝ということは自分のためにもならないと思っている。圧勝は、別くちで圧敗を招くからね。対人関係のうえでも、コンスタントに八勝七敗、九勝六敗、が理想的なんだな。

もうひとつ、遊び人体験があるからね。組織に所属していない遊び人は、つまりフリーランサーで、きわめて保証の乏しい存在だから、せめて、個人個人で提携し合う必要があるんだな。お互いに、ここ一発、というときはべつだけれど、平生は、できるだけ睦《むつ》み合い、許し合いしていかなければならないんだ。

遊び人はなかなかそれができないんだけれどね、その必要を痛感していたものだから、どうしても、その癖を会社の中にまで持ちこむんだな。

よく、八方美人とまちがわれるんだけどねえ。

今でも、古い知人で、俺が不良少年あがりと知って、意外な顔をする人がいる。いつもおずおずしていて、殺伐なことをしてきたようには見えなかった、というんだね。

けれども、ここのところが、不良少年で生きようとする場合のポイントなんだがねえ。

何を眺《なが》めるか——の章

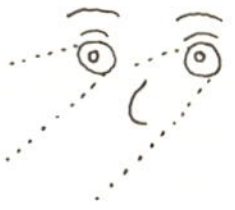

最低の会社でもかまわないと思っていたけれど、そのとき入社したところは、大きいビルの中にあり、構えもゆったりしていて、業界紙としてはそう小さいところでもなさそうだった。

もっとも経営者は悪相をしていたけどね。

さてそれで、眺める。

眺めるのは、ばくち場経験の中でかなりなれていたけれど、ばくち場では眺めているだけじゃ一銭にもならないんだね。でも会社というのは便利なもので、眺めている段階でも給料をくれる。

しばらくは先輩が仕事を教えてくれたり、引き回してくれたりする。俺《おれ》はもともとおとなしいからね。だまって従って先輩のいうままになってる。

はい、とか、いいえ、ぐらいで、ときおり、にこっとしたり。

小さいときから人見知りがはげしくて、集団の中ではいつも端っこでだまりこくっていたから、おとなしくするのは得意芸なんだ。

同時に、ばくち場経験のおかげで、大人をあしらってしのぐことをおぼえたからね、内心では、

(――こいつをひきずりたおすと、ふところからいくらぐらい出てくるのかな)

くらいのことは思ったりしてるんだけれどね。

先輩たちは、俺のことを、なんだか煮えきらない、面白《おもしろ》みのない小僧だな、くらいに思っている。まァそれでも、使い走りぐらいはさせられるだろう、なんて。

俺はつまり、ばくち場でいうところの、見《けん》をしているつもりだったからね。眺めている間は一銭も張らない。自分の性格特長、自分に関するデータは、いっさい現さない。

俺はそのやりかたが楽だったからおとなしくしていたけれど、この期間、君の気質に合わせたべつのやりかたもあるだろうな。

それで、何を眺めるか。

ものを眺めるときのコツは、まずはじめに、これ以上は疑ってもしかたがない、という素朴《そぼく》なところまで、できるだけ戻ってみることだね。

わかりきってる、なんて思わずに、ごく当たり前のことを、おさらいしてみるんだ。それでね、眺めるという場合、いつも自分自身を忘れずに。自分も、その眺めの中に入っているんだ。というより、自分との関係を眺めようというのだから。どの眺めにも当然自分が入っているわけだね。

そこで、

①　自分はまず、自分の都合に沿って、この会社に入社した。

②　会社は、会社の都合に沿って、俺を入社させた。

③　したがって、双方の都合がミックスされたのが現状といえる。

契約書の書式にちょっと似てるね。

まァ、当たり前というなかれ。できれば当たり前以前のところまで後戻りして下から下からとだんだん押し上げていくんだ。そうしないとね、思いこみをそのまま通過してしまうということもあるしね。

それから、当たり前のことであってもいつも忘れないでいるとはかぎらないからね。物事の原理原則のところにしょっちゅう戻るということは必要なことだよ。

俺たちは飛行機とちがって、計器がないからね。常識だとか道徳だとかいうものは、人々の思いこみが多くて、計器ほどには当てにならない、と思った方がいいな。だから、いつもきちんと眺める癖をつけないとね。

自分の都合に沿って入社した、という①の項、これは自分のことだから、入社に至る事情はもちろん忘れていない。募集に応じるということは、その社のために働く意志があり、辞を低くして雇ってもらったということだ。喉《のど》もとすぎれば熱さ忘れる、というけれど、いったん入社してしまうと、この原点の印象がうすらいでくることが多い。

しかしまた、頭をさげて雇ってもらったのだけれど、そこに至る前に、そもそも自分の都合があって、そこから出発しているのだ、ということもはっきり頭にきざみつけておくことが大切なんだな。

そして②の項。自分にも都合があると同様に、会社の方にも都合があってそれに沿って社員募集をした。そうして俺を雇ったということは、なんらかの意味で、俺というものが会社の都合に沿っている男だったか、或《あ》るいはそのように見えたということだ。

それが何か。会社は俺にどういう期待をし、どういう要求をしているか。

俺の知人で、勤めていた会社が、新聞に社員募集の広告を出したんだ。その会社はかなり左前になっていて、新しい金主をみつけ、資金を導入しなければならなくなった。

そこで、社業が順調であるように見せるために、社員募集の広告を出したんだな。それで実際に、新社員を一人入れた。

ところが、その社は実際には、社員を一人増やす余裕はない。だから、新入社員が入ると、古手を一人やめさせなければならない。

俺の知人は、日曜出勤をして、倉庫の整理をし、日が暮れて洗面所で汚れた手を洗っていたら、社長にぽんと肩を叩《たた》かれて、

「――君ね、残念だが、明日から出社してくれなくてもいいから」

といわれた。中小企業ではこんなこと、そう珍しいことでもないんだ。今は組合があるからといっても、形ばかりの組合も多いしねえ。

とにかく、社員を入れるという一見簡単に見えることでも、会社の方にだって実にさまざまな都合があるんだからなァ。

そこで、一番大事なのは③の項なんだ。会社と俺、双方の都合は、いつも背中合わ

せの要素を含んでいる。生活共同体であり、共に栄えたり衰えたりするのだけれど、にもかかわらず、都合としては、背反しているんだね。

俺は、俺の都合を主にしたい。

会社は、会社の都合を主にしたい。

ところが、双方とも、自分の都合だけでは成り立たないんだな。だからこそ俺は社員募集に応じ、会社は俺を入社させたんだ。

そこで、双方の都合をうまくミックスさせて、双方ともに、事態を持続させていく必要がある。そのミックスの度合いを、どうやってうまく保っていくか。

ほうら、ちょっとむずかしくなってきたでしょう。

会社の都合が、8分2分くらいで主になっているケースがある。このケースは多いね。しかし、そもそも自分の都合があって、それに沿うために入社したんだ。それでも自分は一人、会社は大勢で、一人の方が不利だから、いつのまにか自分の都合が手元をはなれて、風に吹き流されていってしまうんだね。

自分の都合が8分2分くらいで主になっているケース、これはわりにすくない。これでは自分の都合がからまわりしていることになりがちで、事態が持続しないからね。

理想的なのは、俺のいいかたでいうと、俺も九勝六敗狙《ねら》い、会社も九勝六敗狙い。

これがむずかしいんだな。

五分五分ならいい方だ。九勝六敗を狙って健闘して、やっと五分五分になるかな。

しかし本当は、五分五分では、ただしのいだというだけだ。俺は会社に勝ち越したい。会社は俺に勝ち越したい。

そのために、双方が協力しあうんだね。

矛盾しているように見えるだろうが、この矛盾が、実は事物の本質でもあるんだな。

無人島での関係――の章

かりに、たった一人で、無人島に漂着したとしようか。その場合、一人で生きていくためになにもかも自分でやらなければならないし、孤独でもあるが、その島にある食べものは、一人で独占できる。

そこへもう一人、漂着してきた。二人になったら、島の食べものは（単純にいえば）半分ずつわけあわなければならない。

食べものが島に無限にあるとは限らないし、この点については一人で独占していたときの方が好都合だった。

けれども二人になれば、仕事をわけあうことができる。Aは見張りをし、Bは木片を集めてきて火をおこす、という具合に。

つまり、一面で不都合、もう一面では好都合ということが重なり合って、物事というものはできているんだね。

すべての面で不都合ばかりだったら二人の関係は成立しない。すぐに争いになって、一人が消し去られることになり、またもとの一人ぼっちに戻《もど》ってしまうだろう。

その逆に、すべて好都合ばかりということも、ちょっとありえないんだなァ。自分にとってはすべて好都合でも相手は不都合が重なるだろうから、やっぱり争いになる。

ごく当たり前のことをいっているようだけれども、このことは何度もくりかえし自分にいいきかせておいた方がいいよ。なぜかというと、成人して世の中に出て、人としのぎあっているうちに、ふっとそのことを忘れるんだね。ごく当たり前のことを忘れる。そういう人が多い。

それでなんでも自分の好都合になるように事を運ぼうとする。あるいは、成功というものは、すべてが好都合になることだと思ったりする。都合という面でも、九勝六敗狙いでなしに、十五勝〇敗目標になる。

それは実現不可能、というより、とても危険なことだ。実現したとたんに多分、争いがおきるだろうからね。すぐに争いが起きなくても、その要素が充満する。

争えば、たとえ勝っても、自分の方も疲弊（疲れ弱る）するよ。トータルでいって、ちっともいいことにならない。

さて、無人島で、Aは食糧探しが得意だ。それに対してBは、大工仕事がうまい。

Aは体力がすぐれているから外敵が現れたときに頼みになるし、Bは眼がいいから遠くを通りかかる船をすぐに見つけることができる。

そうするとお互いに、苦手の仕事をやらなくてもすむようになる。二人で仕事をわけあうといっても、こういう具合に、きっちり半分ずつにわけるわけじゃなくて、それぞれのはまり役を分担するようになる。

だから五分五分に見えるけれども、そうじゃないんだ。実際は、理想的にいけば、Aも六分、Bも六分、という実感がある。こうなればしめたものなんだな。二人の関係が成功するというのはこの形なんだ。

中には二人ともが苦手に思っている仕事がある。すると、それをどういうふうに分担してやるか。あるいは二人が似たタイプであるために、すんなりと分担がまとまりにくい。実際にはこの方が多かろう。

で、ひとつひとつが話し合いになってくる。つまり、貿易だな。

AもBも、力仕事が苦手だ。

だが、料理はうまいし、好きだ。自分に料理をまかせてくれるなら、水運びは自分の分担にしてもいい、とAがいう。

Bは、Aが水運びをやってくれるなら、自分は木を伐《き》ってこよう、ということになる。

魚捕りは二人とも好きだが、Bが木を伐ってきてくれるなら、この役はBにゆずろう、とAは申し出る。

こうして両者が主張したりゆずったりしながら、分担がきめられていくけれども、このさい大事なことは、Aにとっても、Bにとっても、相手がいてくれて二人で分担することで、お互いに感謝し合うことができるかどうか、なんだね。

持ち場は半分ずつでも、その内容を検討すると、Aにとっても、Bにとっても、六分、乃至《ないし》は五分五厘は自分に好都合になっている、という実感があることが必要だ。そのために話し合いをするのだから。

苦手な仕事といっても、苦手の度合いがあるからね。Aは木登りができないから、木の実をとることは、苦手というより不可能だ。

Bも得意ではないが、なんとか木に登れないわけではない。

この場合、Bが木の実とりの仕事をひきうける。A一人なら不可能、または大苦労しなければならない木の実とりが、Bがいることで解決した。

そのかわり、Bが絶対にいやだという仕事を、Aは引き受けなければならない。

お互いに、トータルでは自分にプラスと思う分担の仕方があるんだね。

貿易がそうでしょう。品物を輸出して、外貨を稼《かせ》ぎたい。だけれども、一方的に輸出ばかりしようとしても、誰《だれ》も話に乗ってくれない。輸出するためには、こちらもお金を出して、輸入しなければならない。

それで、話し合いだ。お互いに、自分のところであまっている品物を輸出して、自分の欲しい物を輸入しようとする。

輸出と輸入、この相反したものが表裏一体となっているからこそ、お互いの関係が成立してくるわけだね。そうして、それぞれに一点の勝ち越しを狙って工夫するわけだ。

このなんでもないことを、くりかえし自分にいいきかせていないと、ひょいと、気早になっちゃったりすることがあるからね。

たとえば、車が欲しいと思う。その望みを実現させることしか考えない。見返りに何と何を失うか、それをうっかり忘れる。

まず第一に、お金を支払う。これはまァ誰も忘れないね。君は車を手に入れ、それに見合う金を失う。で、車と金とのとりかえっこは成立したが、その状態を維持しようとすれば、ひきつづき何かを失っていかなければならない。

それがわるいというのじゃない。それを意識し、計算し、覚悟するということが必要だ。それでなければ車を手に入れるということを、ちゃんと認識できたことにならないだろう。

不正確な認識でことをおこなっていると、あとで計算にないことがもちあがってあわてたりする。その根本は、ここのところなんだね。輸出だけでは物事は成立しない。輸出できたということは、輸入もしているということなんだ。

何を得、何を失うか。そのバランスシートが極端にちがう場合は、目立つからすぐわかるんだね。ひどい無理をしなければ車が買えないとわかっていれば、車を買わずに我慢する。

たいがいは、輸出輸入のバランスがおっつかっつに見えるから、車を買ってしまうんだな。そのときに何かを忘れていると、これが致命的な負け越しのポイントになってしまう。

おっつかっつのところなんだから、一点の勝ち越しの態勢をととのえてからにすることが大事なんだね。

もしも、本当は負け越しになるはずなのに、現実にはそうならないとしたら、それは運のせいなんだな。君はそこで確実に運を食っているわけだ。

運は、食っていてもいいんだけれどもね、運が無限にあるとは思えないから、ここで運を使ったということを、ちゃんと認識する必要があるんだな。

ただし、今、俺が記していることは原理原則で、実際はこの上に、思想や信条、道徳や願望の強弱による個人差があって、応用問題になっているんだけれどね。

嫁に行った晩――の章

ええと、そういうわけで、――というのはこの回だけ読んでくださる方に不親切で申しわけないのだが、どうも前回の話をうまく一言に縮められないんだな。ま、無理に縮めれば、何かを得たら、べつの何かを失っているはずだ、これはほとんど避けられない、何を得、何を失ったか、そのバランスシートをできるだけきちんと認識するくせをつけよう、ということ。

ずっと前に、ばくちの例で、物事というものは、結局は、ほぼ原点に帰着（たどりつく）してしまうものらしい、と記したことがあったろう。ばくちなどは、勝ち星と負け星とにくっきり別れるように見えるけれども、勝てば、まず運を使い捨てている。ガソリンを燃やして走るように、何かを消費しているので、ただ奇《き》蹟《せき》的に走ったわけじゃない。

負けても、不運という奴《やつ》を使い捨てたわけだね。いつも不運では、不運がタネ切れになってしまうから、実力に応じた幸運もやってくるだろう。

苦あれば楽あり、楽あれば苦あり。というのはこの面から見てもごく普通のことだ。そういうふうにうねうねとした波なんだ。

で、結局、ほぼ原点。ほぼ、というところが微妙なんだがね。

ほぼ、だから、ちょっとしたロスが響くんだな。

それじゃあ、どうせ原点そこそこなのだから、工夫することはないや、というわけにいかない。ちょっとしたロス、エラーで、明暗が別れるのだから。

その時点の自分の主観で、どういうふうにも思うことができる。俺《おれ》は人生レースに勝った、とか、失敗した、とか。でもそれは、勝ち星負け星と同じで、記号にしえたということとなんだな。厳密なバランスシートを作ると、ほぼ、というところに帰着するし、そうではないとしても、まだ途中にすぎない。死ぬ瞬間が来てみないと、全体のバランスシートはわからない。ばくちの例でいったろう。立ちどきが問題だって。

ばくちは、やめたときに決定する。途中の勝ち負けは、途中の状態というだけのことだ。

さて、それでね、はじめての小会社で俺は新入社員。前にも記したけれどこういうときの俺はひどくおとなしいんだ。おとなしいというより、まったく自分を出さない。

お茶いれろ、といわれればお茶くみもやるし、煙草《たばこ》買ってきてくれないかといわれれば、素直に行ってくる。べつに給仕ってわけでもないんだけれどね。それで、積極的な発言や行動はいっさいしない。

ま、これは俺の経験だからね。大会社ではおのずから条件もちがうだろうし、やりかたも変わってくるだろうが、俺が勤めたのは十人前後ぐらいのちっぽけなところばかりだから。昭和二十年代後半は、特にそういう小さい会社がたくさんあったんだな。そのつもりで聴いておくれよ。

とにかく、その会社のことがよくわかるまで、ばくち言葉でいうところの見《けん》なんだな。もっとも、自分をまるっきり出さない、ということは何もしないということとはちがうよ。

そのように努めないと、自分の生地《きじ》がポロリと出ちゃうものね。誰の邪魔にもならない、居るのか居ないのかわからない、それで与えられた用事だけはなんとかやる。見をしてたって、会社の場合は給料を貰《もら》っているのだから。

まァ、嫁に行った晩で、できるだけ自分を白紙にするんだな。

これは、社長に対しても、部長にも課長にも、先輩同僚にも、まったく同じように、そうする。

すると、皆は俺を見下すよ。なんだか陰気な坊やだなァ、と思う。で、軽く軽くあつかわれる。それでいいんだな、この期間は。

そのかわり、おとなしい子だな、とか、すれてないな、とか、気はよさそうだな、とかいう印象もともなう。

十代でばくちをやってた頃《ころ》、俺のことを大人たちは、坊や、と呼んだ。同年輩の不良たちからは、神さま、といわれてたけれどね。だから俺は、坊やあつかいされることは慣れてるんだ。

で、生地を出さずに白紙で居るときは、小ずるくない、という印象を呈すれば、まず及第だね。

生地が、ずるい、ってことは、器が小さいということだ。まず、生地は、ずるくないのがよろしい。ただし、そのうえで万能選手であればもっとよろしい。ここで勝負、というときは、なんでもできなくちゃね。ウィークポイントがあったら勝てないよ。

スケール、スピード、変化、なんでもだ。

けれども、一番大切なのは、（勝負の場合でも）生地がずるくないこと。これから成人しようという人たち、まず要領だ、なんて思ったら、それははじめからマイナー指向になっちゃってるんだよ。

まず、誠意だ。これが正攻法だ。そうして誠意や優しさや一本気な善意がスケールにつながるんだ。だから、人格形成期に、まずスケールを大きくしていくことを考えよう。

要領が自分の武器だ、と思っている若い人が居たら、いったんそれを捨てておくれ。そうでないと、先へ行って上位戦で勝ちこめないよ。

あのね、また変な例を持ち出すけれどもね、競輪でね、新人選手たちは、まず逃げろ、なんでもかでも逃げの練習をしろ、と先輩たちから教えられるんだ。相撲が、まず押せ、といわれるのと同じだね。

自転車レースは、一団の先頭に立つと、風圧で呼吸ができないくらい苦しいんだね。そのハンディがあるから、力がないとなかなか逃げ切れないし、苦しいレースをしなければならない。だからベテランになると、風圧を避けて、他の選手のうしろに位置して、ゴール前で一気に抜け出すことをするんだね。

ところが実績のない新人には、なかなかその位置をくれない。

新人Aが、予選で先頭に立って逃げ切る。準決勝に進むね。ここでも逃げて一着だ。で、決勝に進む。さすがに相手が強くて、決勝では逃げたけれども、うしろの選手に利用されるだけでゴール前で一気に抜かれた。

こういうことをくりかえしていると彼は、決勝に出るクラスの力があると評価される。それで逃げから追い込みに転向するときに、楽に走れるいい位置が貰えるようになるんだ。

新人Bは、予選では逃げ切れたけれども、準決勝では彼の逃げは通用しなかった。それで弱気をおこして、早くも追い込みに転向しようとする。ところがこの場合は、予選クラスでないといい位置がとれないんだな。上位のクラスでは古手が彼の逃げのお世話になってないのだから、位置をゆずる義理もないわけだ。追い込みではかなりスピードがあっても、格がないから上位戦ではどん尻《じり》を回らなければならない。

逃げは苦しくて、他の選手に利用されるばかりで、ばかばかしいけれど、自分の力の限界を知るまでは、一生懸命に逃げる。それが将来の格をきめることになるわけなんだね。だから先輩も、逃げろ逃げろというんだ。

そんな具合に、まず正攻法なんだよ。要領やテクニックは、そのあとからなんだな。

それで俺は、今の図式をごく小規模に、新しい職場に行くたびごとに、くりかえしてたんだね。まず、白紙の状態を見せる。要領やテクニックはいっさい出さない。これは礼儀でもあるんだけれども、むしろ俺としては、しのぎの一部なんだね。まず、白紙。あらゆるものの下につくが、そのかわり、眺《なが》めてる。ここのところが貿易だな。提携といってもいい。ベタついて仲良くするだけが提携じゃないからね。輸出、輸入のバランスがとれている状態が、提携なんだ。

まず負け星から——の章

見《けん》をする期間のことなんだけれど、これはひとくちにどのくらいということはいえないんだな。早い話が、その会社に身をおちつけて、一生そこで骨を埋めようというのなら、じっくり時間をとって、慎重に、隅々《すみずみ》まで眺めておく必要がある。またその時間も惜しくない。

まァこれはおおむね大企業の場合だろうな。こちらにその気があれば一生に近い間の保証も得られる、というなら、一生単位でみての見の時間をきめていけばいい。

商店がそうでしょう。昔の大商店はコツコツと奉公をしていると、末になってノレンをわけてくれたり、そうでなくとも手代になり、番頭になり、だんだん重要な位置にのぼり、生活も保証してくれる。一生単位の保証があるから、一生単位で働いてもいくわけだ。小僧さんが奴隷《どれい》のごとくあつかわれながらも辛抱するのはこのためだ。

今は、ノレンわけもむずかしいし、行末《ゆくすえ》の保証もできかねるので、そうなると店員の方もアルバイト的にならざるをえないね。

小企業は商店と似たようなものだから、骨を埋めようと思っても、会社の明日がどうなるかわからない。だから一生単位では考えられないね。

俺の場合なんかは特殊な例に近いんだろうけれど、俺はもともと不良少年の筋の方で、予選どころか上位戦の方まで勝ち抜いていっちゃって、それでもう一回、今度は市民の方で、また予選から再スタートを切ったという頭があるんだな。

それも最低のところでもいいからまずスタートをしよう、というので入社したんだから、このへんで淀《よど》んでいるわけにはいかない、と思ってたね。

といって、やたらあせって階段を二、三段ずつ駈《か》けあがるのは、つまずいて転ぶもとだ。これはばくち経験でよくわかっている。

とにかく一段ずつ、少しずつ、昇っていきたい。ただし、動きを停《と》めないように。一カ所に淀まないように。

で、会社はどんどん移っちまおう、と思った。ひとつの会社に最高半年まで。そうしないと馴染《なじ》みすぎて、つい長居したりするから。べつにいい会社に移らなくともかまわない。根が生えないようにどんどん移っていって、いつのまにか少しずつ浮上していこう。

俺のように、人よりおそく、しかも悪条件でスタートする場合は、おちついてはいられない。どうしても個人プレーが主になる。

もっとも個人プレーばかりでは、会社との関係が成立しないからね。給料分、乃至《ないし》それ以上は働いていなければならない。

実をいうと、最初の会社では、ほとんど給料にまで働きが達しなかったね。三カ月くらいしかいなかったのだから。

俺はその時分、新聞の三行広告の求人欄ばかり眺めていたね。それで履歴書を出して、

「給料ののぞみは――？」

「べつにありません」

ということになって入社する。大体似たような職種なんだがね。特別に会社を選ばなければ、三行広告も面白《おもしろ》いんだよ。

それで、また見だ。長くいる気がないんだから、うわっとひっかきまわして移っちゃったっていいようなものだけれども、そうしない。その時分の俺はばくちで身につけた用心深さが抜けなくてね。まるで猫《ねこ》みたいに、足音忍ばせて入社する。

本当は、見のポイントの一つは、メンバー（社員）を見渡すということなんだな。

ばくちでも、相手を見定めるということはもっとも大事なことだ。

それでメンバー一人一人の性格、持ち味、特長を眺める。俺はそういうことは慣れていたけれど、慣れなかったら、家に帰ってから紙に表でもこしらえて書きこんでもいいんだね。

性格の特長を一人ずつ書きこむ。

それから、仕事のやりかた、どういう方面に強いかをチェックする。

自分のセクションの、仕事をわけあう先輩たちを、こうして眺める。

一つのセクションには、たいがいその一団のやり方というか、気風のようなものがあるんだ。大きな流れに乗るという意味では、ある程度、その気風に染まらなければならない。アンサンブルというものがあるからね。

けれどもあんまり染まりすぎると、腰が落ちついてしまうから、その大きな流れの中で、ユニークな存在になる必要がある。むずかしいようだけれども、やってみるとそれほどでもないんだな。

たとえば役者になったとして、一つの劇団に入る。老《ふ》け役は名優が揃《そろ》っているけれども、この陣容ではコメディリリーフがちょっと弱いな、と思う。そんなとき、老け役を競うよりも、三枚目を狙《ねら》った方が自分の存在も目立つし、劇団としてもプラスになるわけだろう。

そんなに自由自在に変われないっていうかもしれないがね、昔の日本人の気質からいえば、苦手なことだった。でも今の若い人は、そうでもないんじゃないか。

もちろん、どんな役でもこなすことはできないよ。しかし、自分の持ち味の巾《はば》というものがあって、その中にいくつものポイントがあるだろう。その一つを意識的に濃くしていくんだ。

まだ一人前の社員じゃないんだからね。後発なんだから、先に陣を張った人を尊重する。自分は百歩ゆずって、メンバーの中の弱点、あるいは盲点をおぎなうことをしなければならない。

同時にまたそれが、自分の個人プレーにもなるんだね。

長く腰を落ちつけるに足りる大会社の場合は少しちがう。長い間のことだから、小細工はよくない。自分の生地《きじ》を、いくらか配慮（気を使う）しつつ、出していった方がいいだろうね。つまり、自分の極《き》め球で勝負する。

小さい会社では長めの作戦が使えないから、即決でいかなくちゃならないんだね。それに先輩たちとちがう役柄《やくがら》をした方が、摩擦がすくない。

まァこれも応用問題でね。

そうやって転々と会社を移っていた頃に、ちょっと居心地のいい会社があった。小さな雑誌社だったけれどね。そこの老編集長が、俺を息子のようにかわいがってくれたんだ。小会社はときとして、そういう家族的ムードのところがあるんだな。

それはいいけど、編集部員は俺を含めて四人。二人はベテランの女性で唯《ただ》一人の男の先輩は（年齢は同じくらいだが）まじめな好青年だったけど、とてもおとなしいんだ。

例によって俺は先輩を立てようと思う。先輩がおとなしいから、おとなしさの流れにまず参加しよう。前にも書いたように俺もおとなしいんだけれどね、やっぱり不良少年の前歴があるから、うっかりすると、どこかで先輩を押しのけそうになるんだ。

これはいけない。とにかく皆と仲よくしたい。そのうえで、先輩とはいくらかちがうおとなしさを売り物にしたい。

そう思っているうちに、ああこれは勝ち星にこだわるより、適当な負け星を先にたぐり寄せる方が大事だな、と思ったね。

まず、俺の欠点を一つさらけだしてしまう。小人数の家族的ムードのところはそうなんだが、致命的な欠点でないかぎり、皆がフォローしてくれる。馬鹿《ばか》な子ほどかわいい、というのに似ているね。そうして、俺を軽く見ると同時に、親しみを持ってくれる。

その次に、能力を一つ見せる。欠点と能力は裏腹になっていることが多いからね。これは魅力として受けとって貰える。この順序をまちがえると、効果があべこべになる。ばくちの場合とちがって、負け星が先、それから勝ち星なんだな。

負けてから打ち返し――の章

負け星が先、それから勝ち星。――これはばくちのときと話が逆で、なんだか矛盾してるようだね。

ばくちのときは先取点が大事で、実力に大差がなければ、これで七割くらいきまる。このあと勝ったり負けたりたがいちがいにツキの波が来て、そうしてまた一点勝ったところでやめる。七割が先取点、三割が止《や》めぎわだ。

実生活でも本質的にはそうなんだけどね、実生活は、ばくちとちがって、ただ勝ちゃあいいというわけにいかないからね。

俺の実感としては、実生活では、負け星が先、それから勝ち星。

先に負けておいた方が、勝ちやすいということが、まず第一にあるだろうな。これは単なる打算じゃないよ。先に一勝しちゃうと、あとが辛《つら》い。一勝はわりにたやすくさせてくれるかもしれないが、連勝はなかなかさせてくれないよ。そこではどうしても摩擦がおこりがちだ。摩擦は、長い目で見るとなるべく避けた方がいい。

それから、実生活では白星も黒星もばくちほど単純じゃないからね。いろいろな意味も重なるし、量もちがう。早い話が、先の負けで四を失って、あとの勝ちで六を得ればいい。負けの要素も勝ちの要素も、会社なんかではそのまま続かせることはできるからね。コンスタントにそれをやるとすると、負けと勝ちをワンパックと考えることもできる。

ということはだね、ずっと前に記したように、負け越しにならない負け星、適当な負け星というものを、自分の体質の中から探り出してくる必要があるんだな。

たとえば、自分はデスクワークは得意だ、けれども外交が苦手だなァ、なんてのは、よくいってプラスマイナスゼロだね。こういう場合、トントンになるような欠落があるのでは、おおむね負け越しなんだがね。

負けの方は、愛嬌《あいきょう》、という程度でとまるのが、負けとしては理想的にも思えるがね。たとえば、あいつは酒くせがわるいからなァ、とか、どうもおっちょこちょいでなァ、とか。

度合いにもよるけれど、まァ大体、愛嬌の範囲でとまって、さほどの傷にならない。けれども、次の自分の勝ちにつながらないだろう。やっぱり、一つの失点が、次の勝ちに効果がなくちゃ駄目《だめ》なんだ。勝負事の方でいう、打ち返しが利《き》かなくちゃね。

一般的な例じゃないんだが、俺の場合の小さな例。リンゴを一つ、会社の俺の机のひきだしに入れておいたんだがね、それで、いつまでたっても食わない。そのうち腐

って、干からびてくる。虫が湧《わ》く。ある日、虫が机の上に這《は》い出してね、同僚が驚いて俺の机を調べて、リンゴを捨てちゃったんだ。俺は外出から帰ってきて、腐ったリンゴがないんで、顔をまっ赤にして先輩たちに噛《か》みついた。俺のリンゴを捨てたのは誰《だれ》だ――！　わざとだけれどね。

皆、笑った。妙な奴《やつ》だなァ、おまじないかね。阿《あ》呆《ほ》かいな。ひとしきり社内の話題になった。当今はやりのオカルティズムというのかな。それから奇妙に、先輩の女子社員たちの当たりがよくなった。重役の人が新入社員の俺をおぼえてくれたね。それで、以後、俺ははみ出しぶりも比較的摩擦を生じなかった。これは奇矯《ききょう》（ふうがわり）と新感覚とが裏腹で

仕事に生きる出版社の場合だし、人それぞれのキャラクターもあるからね。棒のように受けとらないでほしい。でも、こんな小さいことも、大きいことも、要領は同質だね。

もうひとつ、俺の特殊な例。俺はサラリーマン体質じゃないから、規則正しく、ということが苦手なんだ。ある社でね、朝はしょっちゅう遅刻するしときどき行方不明になっちゃう。あいつ、しようがない奴だ、と先輩たちが苦り切ってる。けれども、朝の規律も守れないが、夜の方も守れない。夜になると気合が出てくるから、残って一人で仕事をする。残業手当なんかないよ。通算すると仕事の量はこなしてるんだけどね。しかし、規律を乱してるんだから、負け星の負い目は絶えず意識して恐縮していなくちゃならない。ここが大切で、これによってやっとなんとか社内関係が持続するんだね。

実をいうと、俺はその頃《ころ》、ぽつりぽつり、小説の勉強をはじめていたから夜から朝までほとんど寝ていなかったんだ。それで、夜の時間を生かすためにどうしても朝がおくれる。この条件で、なんとか持続させるには、せめて負け星を自分で認めて、どこかでとり戻《もど》すだけじゃなく、恐縮していなくちゃならない。人に嫌《きら》われたら、勝ち星が重ならないよ。せいぜい自分の実力程度のところでしか生きられないと思った方がいい。

もっとも、これも出版社だからで、普通の会社で、遅刻ばかりじゃ命とりになるだろうから、負け星の選び方は慎重に。

それと、この会社では、皆、朝はきちんと来るんだけれど、そのぶん夜もきちんとしていて、退社時刻が迫ってくると、誰も彼もそわそわとしはじめるんだね。俺は退社時刻なんて関係ないからね。それでその穴を埋められるかな、と思った。

最初、見《けん》をしているときに先輩たちのデータをとっておいたり、社内の様子を見ているのが、このあたりでも役立つんだね。人間にはいろいろの能力があるけれど、今、必要と思われているのがどの能力か、どの能力がダブついていて、どの能力が足りないか。それを見定めると、本来はプラスマイナスゼロの勝ち負けが、四分六分になったりするわけだな。

でも、どうも、一般に通用するうまい例が出てこない。俺は本当のサラリーマンの経験が乏しいからね。けれども、どの職種、どの会社にも、それぞれ特長があるから、自分のそのときの条件で考えるより仕方がないんだ。そうして俺は、結局、俺にひっついた例を記して、何かの参考にしてもらうよりほかはない。

もっともねえ、俺は小さいときから劣等生なれがしているからね、負けることになれていて、平気だから、まず負けろ、なんてことがいえるのかもしれないな。これは俺みたいな奴の特殊条件なのかな。

だがしかし、劣等生諸君、そうだとすると、劣等生というやつも捨てたものじゃないね。すくなくとも、負けるという点に関しては、図太くなっているはずだろう。柔道でいう受け身というやつもそれなりに心得てるんじゃないのかな。

問題のポイントは負け方にあるんだけれども、しかしその以前に、負けるということに抵抗があっちゃ駄目なんだな。だからその点では、劣等生というのも、必ずしもわるくないんだと思うよ。

君たちは（俺も同じだがね）学校という時点では負けていたんだから、今度は勝つ番だね。ひとつ打ち返しをしてやろうじゃないか。

で、とりあえずこう思っておくれ。劣等生でもいいけれども、せめて魅力的な劣等生になってやろう。優等生であれなんであれ、同じ年頃の連中が、どこかで君を認めて、そばに寄ってくるような男になってやろう。

なぜかというとだね、負けも勝ちもどこかに魅力がないと駄目だ。人がなんらかの意味で許し認めてくれるようなものでないとね。負けも勝ちもこの点では同質なんだ。同質のものにしていかなけりゃ駄目だぜ。勝ったって、人が許してくれなかったら、勝ちがつながらないからね。

この魅力というやつが、ひとくちに説明しにくくて困るんだが、いずれあとでみっちり記すことになるだろう。

今、強引に一言でいうと、自分が生きているということを、大勢の人が、なんとか、許してくれる、というようなことかなァ。

マラソンのように——の章

前回に記したことは、劣等生あがりの俺の特殊な方式にすぎないかなァ、と記しながら思ったんだね。けれどもあれからまた思い直したんだ。

いや、そうでもないぞ。むしろ、ここのところをもうちょっと記さなければならないぞ。

今、優等生だって、先に行って、人におくれをとることがないともかぎらない。全勝は、まずむずかしいんだからね。

で、いつもいつも劣等生にばかりしゃべりかけてきたようだけれども、今度は、優等生諸君に申しあげる。

君たちだって、弱点があるよ。

それは、負けなれてない、ということだ。

そりゃしようがない、実際に負けてないんだものね。だけれども、物事というものは、前にも記したとおり、どんな長所にも欠点が含まれている。欠点にだって長所があるようにね。呼吸みたいなもので、吸って吐くのか、吐いて吸うのか、いずれにしても吸っては吐き、吐いては吸ってるんだね。

学校というやつも、上級に行くにつれて似たような成績の者が集まるんだろう。そこでまた優劣がきまる。

実社会に出ても、おおむねは、スタートは似たような成績（似たような実質かどうかはわからないが）が寄り合うと考えてもいいね。

生存競争というのは、そう極端に力の差のない者同士が、ひとかたまりずつになってセリ合うんだな。

そうすると、優等生は優等生同士でやっぱり勝ったり負けたりになるんじゃないか。それで、負けたときに大怪我《おおけが》する者が脱落していくんだ。

これがね、あぶないんだよ。やっぱり受け身を心得てないとね。ところが優等生は受け身を習うチャンスがすくないし、また誰も教えてくれないんだ。勝て、勝て、というばかりでね。

それで、勝つ以外に生きる道がないと思って、泣きそうな顔で走っている人がいる。

もっともね、勝つ以外に生きる道がない、ということは、まんざら嘘《うそ》じゃないんだよ。負け越して、いいことはないね。

ただ、全勝しなくちゃ、と思う必要はないんだ。勝ったり負けたりしていって、結局勝ち越せばいい。

学校とちがって、実社会は長いよ。マラソンだよ。一年ごとに区切って成績を出すわけでもないし、番付が変わるわけでもない。

マラソンを見てごらん。あれは、他の選手を追い抜いて一着になる競走じゃないよ。自分のペースを守って走り抜くものなんだよ。大勢走ってたって相手なんか意識する必要はない。結局は独走タイムなんだ。

最初、力以上のハイペースを出していた連中が、だんだん落伍《らくご》してくる。或《あるい》は相手にひきずられて力の配分をあやまった者が、だんだんいなくなっていく。

人を追い抜くのじゃない。自分より前を走っていた人たちが落伍していって、自分の着順があがっていくんだ。問題は、自分ペースで完走できるかどうか、だ。

人生っていうのも、そんなものだといえるね。

そこで何よりもまず、身体《からだ》を楽にすることだね。優等生ってやつは、どうしても全勝意識にとらわれるから、フォームが固くなるんだ。筋肉がぎくしゃくしてるね。これはスプリントレースにしか通用しないよ。

一度、ためしに、小さく負けてごらん。

昔の同僚でね、新入社員で来たとき人みしりしてコチコチになってる。口をきかないから、皆、親しくなりようがないんだ。それで、はれものにさわるようにして、遠巻きにしてた。

あるときトイレがどうしてもふさがっていて、女子社員たちは隣の喫茶店のトイレを借りに行ったりする始末だった。

新入社員の奴が、一人でトイレを占領してたんだね。

「君、どうした、下痢でもしてたのかね」

「ぼく痔《じ》なんです」

皆がちょっと笑った。

「呑《の》みすぎだな」

「いえ、遺伝です。兄弟みんな痔だし親父《おやじ》もです」

「お袋さんは――?」

「お袋は痔はないようですね。そのかわり、胃拡張です」

皆でどっと笑って、それからうちとけたね。

小さな例だけれどもね、こんなことでその男も気が楽になるし、まわりも疲れない。

そうして皆と一体の空気が生まれることで、その職場の列の中に完全に加わることができたんだな。

列の何番目かってことは、気にする必要はないんだ。最初はまず、完全に参加することができたかどうか、だ。机を並べてるだけでは、一体になってるかどうか、わからないからね。

負けとか勝ちとかいってもね、普通の職場では、一生を左右するほどの勝負なんか、まずめったにないだろう。前例のに近いくらいの日々の小さな出来事が積もり重なっていくんだろう。

もろちん、能力をかくしたり、とぼけたりする必要はない。能力に関しては自分ペース。長くいようと思う職場だったら特にそうだね。むしろ自分の能力を、職場ですっと受け入れてもらうために、適当な負け星をひろっておくんだな。

それで、負けるってことだけれどもね、別の言葉でいえば、恥をかいとくってやつかな。恥にもいろいろあってかきたくない恥もあるよね。

無理する必要はないんで、痛い疵《きず》ができるようなことは避けた方がいい。けれども、ごまかしは駄目だよ。恥をかいたと見せかけて、かえって自慢してるなんてのは効果がない。やっぱり負け星なんだから、自分のどこかに疵がつかなくちゃね。

優等生諸君のためにいえば、〝ユーモア〟というのも受け身の一つなんだ。ユーモアという言葉は英語のヒューマーから来てるんだろうから、人間的なとか、人間らしい、とかいう冠詞のつく行為なんだね。人間的な、というのがどういうことか、これにも説明が必要かもしれないが。手っとり早くいって、人間とは愚かしく不恰好《ぶかっこう》なものなり、という定義があれば、愚かさや不恰好さも、人間らしい点になるわけだね。もちろん人間的ということはその面ばかりじゃないけれどね。

優等生だって例外じゃないんだ。皆そういう部分は持っているわけだからそこをひとつユーモラスに出してしまった方がいい。そうじゃないと、ハイペースになってしまって途中で落伍するおそれが出てくる。

愚かさにも、じわーッといやみなものと、笑ってしまえるものとあるだろう。これらを笑えるものに転化して出せれば、負け星に見えるけれども、自分の内部ではしのぎ勝っているのと同じことになるんだな。

人に笑われるということは、とても大切なことなんだよ。もちろん笑われているだけではだめだけれども、こういうことが将来の布石につながるんだからね。どういうふうに笑われるか、この点に神経質であってもいいね。

能力の点ではマイペースで正攻法。そのかわり、他の部分では、技巧的になる必要がある。

劣等生は、まず最初に笑われてしまうからね。笑われるということに、よかれあしかれ、リアリティーを感じているけれども、優等生はその点でちょっと手数をかけなければならない。自分の中にもある愚かさや、不恰好さを、ユーモラスなものに転化していかせる必要があるんだ。

これが柔道でいう受け身なんだな。自分には弱みはないと思ってると大怪我をする。それは自己確認が不充分だったからなんだね。

受け身と小手返し——の章

どうも話が寄り道ばかりしていて、なかなかトントンと進まないけれど、まァ、いいんだな。これはストーリーを主にしている文章じゃないし、人生というものは、ほとんどが寄り道みたいなものといえないこともない。

俺《おれ》はうんと小さいときから、なぜか自分は一人前の人間じゃないんだ、と思いこんでしまったところがあって、本心でそう思いこむというのはあんまり楽しいことじゃないんだけれどね、とにかくそう思っちゃった。

そうすると、なにかにつけて自分というものがはずかしい。皆がごく自然にやっている当たり前のことを、俺はためらってしまう。前にもちょっと記したがね。

皆がすることを俺もやったら、

(——あいつ、一人前じゃないのに、自分じゃ一人前のつもりでいやがるんだな)

そう思われそうで、学校じゃオシッコもできない。教師の質問に手をあげて答えるなんてこともはずかしい。合唱もだめ、分列行進なんかもだめ。唄《うた》なんか、唄えないね。皆と同じメロディーで、感情を出して、なんてことはできない。

はずかしいってことは、俺にとっちゃそういうことだったんだな。だから皆のやらないことなら、わりにずうずうしくできる。

俺の育った頃《ころ》は、ずうっと戦争だったからね。なにかといえば号令をかけて、歩調をひとつにさせられるんだ。それで毎日、辛《つら》かったね。

で、俺はもともと、人から笑いものにされるなんていうのは平気なんだ。むしろ人とちがうことをやってる方が楽なんだから。でも、俺みたいなのは特殊なんだろうね。

俺はどうも他人のことはよくわからないんだ。わかったと思いこんだりする方が危険だから、わかろうともしない。

でも、普通の劣等生は、自分だって人が思うよりは一人前だぞ、と思ってるんじゃないのかね。

実際またそうでもあるんだよ。劣等生は他人が決めるほど劣等じゃない。優等生も同じく、他人が決めるほどには優等じゃない。人の能力の評価なんてものはむずかしいものでね。さまざまな物差しがある。それに固定したものでもない。

但《ただ》し、ひとつの面からだけ見ると、かなりの個人差があるんだね。学校の成績だけでいえば差ができる。それと同じく、駆けっこの順位だけでいっても、やっぱり差ができる。

それで、自分だって人並みだぞ、と思っている場合、どの面でも、負けることはやっぱり口惜《くや》しい。優等生ならなおそうだろうね。

ところがねえ、実人生では、本当に避けなければならないのは、負け星じゃなくて、怪我なんだ。

お相撲さんで、わるい体勢になってもねばって、敢闘《かんとう》精神を発揮した結果怪我ばかりしている人がいる。逆に、負けそうになると、怪我をしないように、すっと土俵を割って、長年無事に平幕でがんばっている人がいる。

相撲は、無事で長くやるだけがいいかどうか、むずかしいところだけれども、実人生は、とにかく長いからね。それに毎日が本場所だから。

だから、どうしたって、勝ったり負けたりなんだよ。これはもう、しつこく記してきたけれど、九勝六敗が理想だからね。

怪我につながる負けはいけない。

怪我につながる勝ちもいけない。

目先きの勝ち星にこだわって、怪我したんじゃなんにもならない。

無事是《これ》名馬。

怪我ってのはどういうことかというと、実人生の場合は、拭《ぬぐ》いきれないようなこと、だね。日々の小さな戦いで勝ったり負けたり、それでケリがつかずに、この先にも影響を与えそうなこと、これを称して怪我というんだがね。

その件に関して、人が、三年くらいはおぼえていて、こだわってるだろうな、というケースなら、全治三年の大怪我。

大体、この種の怪我ってものは、負けまい、とするところからおこりがちなんだよ。負けるよりは勝った方がいい。だけれども、全勝を狙《ねら》えば、もちろん怪我の可能性も増えるからね。

自分はオールマイティじゃない。だから、勝てるところでは、勝たなければならない。これが、柔道でいう受け身なんだね。

負けるときは、きれいに負けよう。

「――あ、負けちゃった」

明るく、そういおう。

なにもそんなにストレートにいう必要もないけれども、できるだけ、負けっぷりをよくしよう。

どうもね、まだ実社会では、皆、表情にあまり出さないで、くぐもらせているからね。負けたような顔もしないし、勝ったような顔もしない。そのくせ、まわりはちゃんと見ていてね、隠微（表面に出さないこと）に査定をしてるんだな。

だから、負けっぷりがよい、というのは相当に目立つんだよ。そうして、わりに好印象を持たれる。

負けっぷりがよいと、勝ったときも目立つんだ。目立たせても、人が受け入れてくれる。普通の人が蔭《かげ》の星取表だとすると、負けっぷりがよいためにそれからずっと表の星取表のようになるんだね。

このところは、やや意図的に運ぶ必要もあるかとは思うけれど、それにしても、大方の生存競争の場は、大差のない者同士が集まっているんだろうから、こういうところで星の効果がちがってくることが大きい。

普通の職場では、仕事に応じた能力だけを厳密に査定すると、ほとんどは相星《あいぼし》（同点）なんだよ。そうすると、あとはその人間の魅力ということになるね。

前々回だったかに、魅力ということは、自分が生きているということを、大勢の人が、なんとか許してくれる、というようなことだと記したね。

生きる権利なんてものは、ただ法律かなにかに謳《うた》ってあるだけで、原則じゃありませんよ。生きる権利なんて、あるように見えて、ないんだよ。

だから、まわりと話し合いながら生きていかなくちゃならない。そういう配慮をする必要があるんだね。

それでも、魅力というものは気持ちの問題だから、いつも流動的で、つかみづらい。

誰《だれ》かに負けたとしようか。

君は受け身で、怪我のないように倒れて、自分が負けたことを天下に公言する。ということは、君が、勝った相手の片手を高々とさしあげてやったことと同じだね。

この場合、その勝った相手が座をはずしているときにやれば、なお効果的だな。そういうことはすぐに当人の耳に届くし、自分がいないところでのよい噂《うわさ》は、わるい気持ちがしない。

それで君は、負けながら、その相手に得点を稼《かせ》ぐね。勝った方は、すくなくともその時点で、君（が生きていること）を許してくれているよ。

これは小手返しといってね、ポーカーなんかでは重要で高級なセオリーですよ。ちょっとチャッコイように見えるけれども、それといくらかちがうんだ。無人島のところで記したでしょう。こちらも五・五割、相手も五・五割、これが貿易だって。相手が勝ったとき、五・五から六割くらい得点してもらう。自分が勝つときもそうだ、自分が五・五割。そうでないと成績が持続安定しない。ただし君は裏の得点も重ねていく。

自分が勝ったときも、負けた人をどこかで立てるようにすることができれば、貿易はもっとさかんになるね。

優等生諸君、受け身と小手返しをマスターすると、鬼に金棒なんだがね。

我は狐《きつね》と思えども——の章

　さて、アウトロウ的遊び人の足を洗って、おそまきながら、小市民ふうの生き方をしてみようと思いたったのが俺の二十二くらいのときだったかな。普通の男の子なら、大学を出るくらいの年齢に当たるんじゃないか。
　で、前に記したとおり、新聞の求人広告を見て手当たり次第に小さな会社に入社してしまう。なに、小市民ふうといったって、半人前みたいなものなんだけどね。
　でも、やっぱりサラリーマンではあるからね。原則的には皆おなじようなことをしているわけだ。どうも俺は、他人と足なみをそろえるのが苦手で、はずかしいときているから、なんでもないことに苦労しちゃう。
　ばくち場では、自分では一生懸命この中で生きていくんだと思っているけれども、やっぱり心のどこかで、仮の自分と思っているからね。だからばくち場の自分というものを演技しているところがある。演技だと思えば、何をやったってあんまりはずかしくないんだ。ばくち打ちごっこをしているんだから、それらしいふるまいをしたって本当の自分じゃない、というふうにね。

　ところが、サラリーマンは、ごっこだと思うわけにいかない。仮の職場のつもりではあっても、会社に勤めるということが、そもそも、ばくちなんかよりずっと大真面《おおまじ》目《め》なものであるんだな。俺は、会社だって、ばくちだって、一生懸命やれば同じじゃないかと思っていたんだが、それがどうもちがうんだね。もっと重々しいんだ。それが、とりもなおさず、市民というものなんだな。

　やれやれ、と思ったね。

　それに、社の中で皆と顔をつきあわせている時間が長いから、いやでも自分の全体が出てしまうんだな。これは演技という気がまえでいるんだけど、演技ばかりではやってられない。

　俺はもともと一人前じゃないと思ってるのに、会社の中では、演技でなくて、本気で、一人前の顔つきをしなければならない。これが疲れる。

　ちょうど学校というものもそうなんだろうな。仮の自分で、できれば押しとおしたいんだが、それがそうはいかない。相手も仮の姿とは受けとらないし、なによりも自分が、本気で、本気の自分の顔というものをあらわさなければならない。

そこが、しらける。劣等生諸君が、学校や、そうでないところで、非行に走る、なんというのも気持ちとしてはわかるね。

我は狐と思えども、人は何と思うらん――。

花田清輝という人の言葉なんだけれども、俺は印象的だったね。もっともこの言葉にはいろいろな受けとりかたがあるんだが。

まァとにかく、手っとり早くいうとアウトロウでやっていくのが息苦しくなったんで、小市民の方の尻《し》っぽに避難してきたんだ。普通は、ギャングあがりのサラリーマンというべきなんだろうが、その頃の俺は、ギャングくずれのサラリーマンというふうに思って成りさがったような気がした。今でも堅気もどきの小説書きということを、ちょっと成りさがったように思うところがあるからおそろしいね。ああ、あの頃は、若くて、悪くて、よかったな――。

で、まァ、サラリーマンに転向した当初に、自分だけの、自分に対するルールというか、法律みたいなものを作ったんだ。

まず第一、ひとっところによどまないこと。

これはもう記したね。なにしろ俺はアウトロウ経由だから、小市民としては他人よりうんとわるい条件でスタートしなければならない。ひとっところにおちついちゃったら、まァそこでおちつく気になればいいんだけれども、わるい条件のところは自分の生きたいようには生かしてくれないからね。出世、という意識はあまりないんだけれども、せめて、少しでも俺らしく、なんとか生きてみたいんだ。

だから、ひとっところで満足したりあきらめたりするのは、やめよう、と思ったんだな。

実際のところ、会社を転々としたって、よくなるとはかぎらない。たいがいは横の平行線でね。どの会社にも、いいところ、わるいところ、それぞれあるものだ。似たような格の会社ならまず似たようなものだと思う必要があるね。それで、日本の会社は子飼いを尊ぶから、移るたびに外人部隊なみにあつかわれて、だんだん立場がわるくなるということもありうる。

俺の場合は、どん底から出直したということ、これが特殊な例なんだけれど、それにまだ若かったからねえ。

それから、いくらか管理社会ふうになってはきていたが、敗戦後の乱世の続きだったし、当時はまだ今よりも小企業がたくさんあったんだな。そういう時代のせいもある。

でも、今だって、君がもし劣等生なら、俺ほどじゃなくても、なかなかいい会社には入れないだろう。最初に誰かに世話してもらったところであきらめて、ここで辛抱してみよう、なんてあまり思わない方がいいんじゃないかな。とにかく少しでも働きやすい職場がみつかるまでは、転々とすべきじゃないのかね。

それで、ここなら一生でもいよう、と思うところで、本格的に辛抱してみるんだ。

俺は、もう一度生き直すとしても、そうすると思うな。俺は今でも、ずっとその線を押しとおしているよ。

たとえば、自分の家なんか、持たない。引っ越し狂でね。ひとつの借家に三年といたことはない。

俺なんかは、仕事の性質上、自分に満足しちゃいけないんだ。

ここが自分の安住の地だ。もうこれでいいんだ、と思ったら、俺なんかなまけ者だから、なんにもしなくなるからね。

いつも、背水の陣みたいな条件を自分に課していた方がいい。

だんだん年をとってくると、引っ越しはおっくうなんだよ。荷物も大きくなるし、お金もかかる。カミさんなんかは悲鳴をあげるね。でも、むりにでもそうする。サラリーマンの場合とはちがうけれど、問題は会社の件にかぎらない。いつもどこかで、自分を張りつめさせることは必要だよ。

それから第二、階段は一歩ずつ、あわてずに昇ること。

第三、そのかわり、絶対に、あともどりしないこと。

第一と、第二第三は、セットになってるんだ。

第二は、これもぼくくちで身につけたことだがね。自分のそのときの実力に応じて、けっして先をいそがない。二、三段かけあがったりすると、転んだり落っこったりするからね。

だから、会社を転々としても、いい会社へ行こうなんてあんまり考えなかった。ただ、ひとっところにおちつかない、というだけのことで、ほかに理由なく、どんどん移っていったんだ。

いくらいい会社に行きたくたって、自分の力がともなわなければ、人が相手にしてくれないし、移っても苦労するだけなんだな。

だから、それに応じる自分の力を、その期間につけていくよりしかたがない。

自分の力というものも、どういって説明したらいいかよくわからないが、仕事の能力ばかりじゃないよ。人間としての品格、魅力、そういうものまで含めての話だからね。

人間の品格を、世間がきちんと認めてくれるとは限らないが、しかしやっぱり養った方がいい。

ばくちもそうだが、実生活でも、自分を客観的（外から眺《なが》める）に、いつも眺める、ということは大切だよ。そうしないと、判断がきちんとできないからね。

天使のような男——の章

その頃《ころ》の小出版社ってえものはね、今とずいぶんちがう。典型的な水商売でね。一か八《ばち》か、当たればガッポリ儲《もう》かるし、はずれたらやめちまえばいい、なんてね。だから、ちょいとキャバレーかなんかで当てたり、ヤミブローカーで小金をつかんだりした人が、よし、雑誌でもやってみようか、なんて手を出す。だから会社の方も、めまぐるしくできたりつぶれたり。中には創刊号だけ出して、出資者の方のキャバレーがつぶれて雲がくれしちゃったり、従業員もそのたんびに集められたり散ったりする。

そんなふうだから、まともな社員募集なんてやらない。編集長だけ定《き》まると、その彼が顔で方々の会社から引き抜いてくる。キャバレーの女の子と同じようなものだね。

新社ができると、方々から集まった編集者が、

「おや、あんたとは、あそことあそこで一緒だったね」

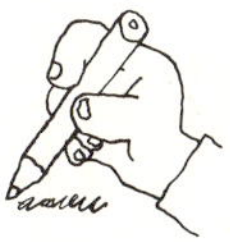

なんて。一人で五社も六社も転々とするなんてザラだった。

ひとつの社にずっと長くいる実直な人は、

「あいつ、どこからも買い手が来ないんだよ」

なんていわれちゃう。

引き抜かれるときの条件はいいが、約束どおり給料をくれないでつぶれちゃう社の方が多いし、いったん勤め口をなくしてぶらぶらしてると、今度は安く買いたたかれるしね。

でも、出版社ってところは、ちょいとこう文化的に見えるだろう。たいがいは社長はじめ、売れればいいだけのキワ物をつくらされるんだが、ちゃんと筋をとおしてつくれれば、いい仕事もやれる可能性もあるんだね。

エリートサラリーマンにはなかなかわからないだろうけれど、学歴がなかったり、何かの事情で下積みから出発する者には、ちょいと文化的な仕事というものが、とても貴重な魅力になるんだ。下積み社会では、自分の心に沿った仕事がなかなかみつからないからね。

俺《おれ》もそういう一人だったな。自分のおよぶ範囲で仕事をみつけようとすると、物を産みだす仕事にたずさわりたかったな。

俺のまわりにもそういう人が多かったみたいだ。それで、安月給だったり保証がなかったり、条件がわるくても一度その世界に入るとなかなか離れない。そうして、皆、よく働く人たちだったよ。どこかに劣等感がひそんでいることもあって、気のいい、おとなしい人が多かった。だから海千山千の経営者の思うようにこき使われてしまう。

今はかなりちがって、雑誌編集者の社会的地位もあがっているし、大手出版社などは優等生でなければ入社できない。

あの頃は、雑誌編集者の定年は三十代だ、なんていわれた。

小さい会社だと、少し古くなって編集長の位置を後輩にゆずったりするともう椅子《いす》がなくなっちゃって、会社の中で浮いちゃうんだね。現場を退いた古手をやとっておく余裕がないし、若い新しいセンスを要求するとかいって、経営者は給料の安い新人を使いたがるからね。

だから、あの頃の編集者はある程度の年齢になったら、自分で進路をみつけなければならない。スポンサーをみつけて独立するとか、原稿書きに転向するとか、レイアウトや校正の専門家になるとか。

三十の声をきいた先輩が、本気で、

「煙草屋《たばこや》でもやろうかな——」

と考えこんでいるのを見たことがある。

俺は、そういうところに最初から飛びこんだわけじゃなくて、もっとそれ以下の、あいまいでインチキめいた業界紙の方を転々としているうちに、ひょいっと、小出版社にもぐりこめたんだがね。

小さくて、とるにたりない娯楽雑誌でも、本屋で店頭に並べる雑誌を作るんだということで、なにはともあれ、天国のように思えたんだな。

会社はあいかわらず転々としようと思っていたけれど、定職、というものが、そのとき俺にもできたな、と思ったね。

その前のばくち打ち時代は、自分じゃ一生懸命やっていたんだけど、やっぱり誰《だれ》にもいえない商売だしね。世間のハミ出し者という気がある。警察の眼《め》を避けなくちゃならないしね。

俺はもともと、大人になっても俺の生きていくコースなんかありそうもないと思っていたから、ハミ出しでも、他《ほか》の人よりは元気に生きていたんだけどね。

ある社で、原稿とりに出かけている留守に、編集部に警察から俺あての電話が入った。

帰ってくると、編集長はじめ、緊張した顔で、その警察にすぐ電話しろという。俺も、叩《たた》けば埃《ほこ》りがたくさん出てくる男だからね。なにか以前のひっかかりでわるい線が出てきたかな、と思った。

電話してみると、知り合いの刑事が出てきて、ヒロポン中毒の友人の行方を知らないか、という。それだけのことで、俺自身のことじゃなかった。

電話の様子を聞いていた編集長が、急に陽気になってね。部屋の中がいっぺんにざわざわしはじめた。

ああ、皆、心配してくれていたんだなァ、と思ったね。俺は、前歴をかくしていたけれど、どこかにまだ堅気でない肌合《はだあ》いがあったんだろうね。

それで、皆の信頼を裏切らなくてよかったと思う。そういうことがあるともう一生でも、その会社にいたくなるんだね。

でも、歯を食いしばって、第四の戒律をつくった。

第四、職場に慣れすぎるべからず。

たとえどういう職場でも、皆と仲よくやっていければ楽しいんだけれど、いつまでもそういくかというと、ちょっとむずかしいからね。

職場に慣れすぎて身動きとれなくなってもまずい。

これにはもうひとつ、意味があってね。初心を忘れるな、ということもある。店頭売りの雑誌をつくれるだけで天国だと感じたあの頃を、忘れるわけにいかない。これは今でも、そう思っているよ。

仕事に慣れて、この程度は当たり前、と思ったりすると、あぶない。車の運転だって、慣れてきた頃に事故をおこすというからね。

同僚と、昼休みに、水道橋の橋の上でコッペパンをかじりながら、いつかきっと、もう少しましな、自分の心に沿う仕事をやりたいな、と話し合ったものだった。

その同僚は、ずっと編集の世界で健闘していたが、不運が重なったりして先年、半分は自分の意志で招いたようにして死んでしまった。

いい奴《やつ》だったな。日本海の方の島のうまれでね。他人をよろこばすことが大好きな男だった。

なんとかして他人を喜ばしたい。けれども自分は、映画もつくれないし、音楽も小説も芝居もつくれない。学歴もなかったしね。で、面白《おもしろ》い雑誌をつくりたい。この世の面白いことをいろいろ紹介したい。そういう仕事を天職のように思っていた。

彼と一緒に映画なんかみてるとね、自分はろくすっぽ映画なんか見ないでこちらがどんなふうにその映画を楽しんでいるか、その様子ばかり探ってるんだ。

「どうだった」

「面白かったよ」

そういうと実に嬉《うれ》しそうな顔をしてね。だから自分の出世なんか考えないし、社の方針とも少しくいちがったところで仕事に熱中してるんだ。下積みにはときどきそういう天使のような男が居るんだな。

俺は淀《よど》まないぞ——の章

俺のあの頃にひっついてしゃべっていても、もう時代もちがうし、あんまり参考になることもすくないだろうから、あとは駈《か》け足で行くよ。

そうこうして転々としているうちにその業界でも友人ができてね。新聞の求人広告で探さなくても、友人がべつの出版社にひっぱってくれたりすることがあるようになった。つまり、最初に素手《すで》（何も持たずに）で飛びこんだときにくらべると、いくらかの信用がついてきたわけだね。

あいかわらず小さな娯楽雑誌だったけれども、ある段階から上は大手になってしまって、ここらは正規の試験で入った生え抜きの社員で埋まってるわけだ。例外もあったかもしれないけれども、俺にはそう思えたんだな。

けれども一カ所で淀むわけにいかない。そう定《き》めちゃったんだし、当時の俺は、自分のツボがどこにあるかもわからないくせに、これでいい、ここに骨を埋めよう、というところもみつけられなかったんだね。

① 一カ所で淀まない。
② ゆっくりと一段ずつ、あわてないで。
③ しかし後戻《あともど》りだけはしない。

この三つの自分で定めた戒律だけは守っていこうと、ただそれだけ思っていた。後戻りできないとなると、もう移るところがすくないんだ。それでフリーランサーになることを考えたね。二十六ぐらいのときかな。会社づとめをやめちゃった。といったって何ができるわけじゃなし、何の実績もないしね。編集小僧以上に不安定なんだが、職種変更なんだから後戻りにはならない。

知り合いの編集者を頼って、俗にカラーセクションという黄色ページのコントを書かせてもらったり、一枚百円くらいの稿料で小型雑誌に時代小説を書いたり。とても生活できるなんてものじゃない。まァ餓《う》え死にしない程度だね。もっとも会社づとめのときも似たようなものだったが。

だから、臨時に、競輪や麻雀《マージャン》でいくらか小遣いを稼《かせ》いだり。

けれどもそのときまだこの道に定着する気はなかった。ちゃんとした小説書きになれる自信はないしね。自分としては一カ所に淀まないようにと思って、転進しただけで、この先もどんどん転進する気だった。

だから筆名も、皆におぼえられないようによく変えたね。わずかな原稿料が銀行送金でくるから、いろんな名前の通帳を持ってる。ばくち時代に、その土地土地でいろんな名前を使っていたから、別名で呼ばれることにはなれているんだけどね。窓口嬢がほかの人を呼んでも、返事しちゃうんだ。

そのうちに娯楽小説のコツもいくらかわかってきて、少しずつ注文も増えてくる。なにしろ学校に行かないかわりに、子供のときから映画や寄席《よせ》ばかり行ってたんだから、普通の人より話芸の教養は積んでるんだね。それに、娯楽小説のポイントは、俺流にいえば、見知らぬ大勢の人に対する配慮、だと思うからね。これもばくち時代に、客との関係の中できたえてあるんだ。なにしろ、まちがえば財産をすってしまうようなことに人を寄せるんだから、それなりの魅力を備えていないと商売にならないんだよ。

それで会社をうつるような具合に、少しずつ、発表舞台も変わるし、いくらか自分の書きたい物をわがままをいって書かしてもらう。けれども大手出版社には足を向けない。その方面の友人にも、自分が小説書きのまねごとをしていることなどかくしている。

その時分、俺がそんなことをしているのを知っていたのは、作家では、藤原審爾《ふじわらしんじ》さんくらいじゃないかな。藤原さんにはいろんなことを教わったね。

なぜ知人が居るにもかかわらず、大手に行かなかったかというと、大手に書かしてもらうとその筆名が定着してしまって、あとで転進がきかないということがひとつ。

もうひとつは一足飛びに階段をあがらない。これもばくち時代の経験で、千点百円のレートで、本当に実力がつくまでそこで辛抱している必要があるんだな。千点五百円、千点千円のレートのレギュラーは、それぞれそのレートにふさわしい力を持っているからねえ。いそいでそのクラスで勝負したってぶっこわされるばかりだ。

そんなことをして五、六年すぎたな。どうも淀んでいてマンネリズムになっているような気がしたんだけどね、以前とちがって、はいあがりがだんだんむずかしくなってくる。

ところが娯楽小説を少し書きなれてくると、変名で発表しているのが気になってくる。自分は片隅《かたすみ》でもとにかく文章を発表しているが、変名では最終的に責任をとろうとしない形なのではあるまいか。どうせ文章を書きだしたのなら、このへんで一度、本名を使って全力投球をしてみよう。

それで、それまでの娯楽小説をばたっと止《や》めて、中央公論新人賞というのへ本名で応募してみた。この賞は第一回が深沢七郎氏の〝楢山節考《ならやまぶしこう》〟で、これはすごい小説だと思っていたし、審査員の顔ぶれも、三島由紀夫、武田泰淳《たけだたいじゅん》、伊藤整の三氏で新人賞としては格調が高いと思えたんでね。

あとで、もう少し気易《きやす》い懸賞に出した方がよかったな、と思うこともあったけれど、その当時はなにしろ当たってくだけろ、という気だったから。

それが、偶然というか、入選してしまってね。内心、弱ったんだね。そりゃァ、本名で書いたものが手ごたえがあって、嬉しいにはちがいないが、まさか一発で入ると思わなかった。そのうえ、意外に評判がよかったんだ。

あんなに、レートの高いところに不用意に顔を出すまいと思っていたのについ階段を二、三段駈けあがってしまってね。元ばくち打ちとしたことが、フォームを崩すようなことをしてしまった。

なにしろ俗にいう純文学という、むずかしい世界の賞だからね。そのうえ一作に賭《か》けて全力投球してしまったあとだから、あとの球がつづくはずがないんだ。だけれどもね、こうなっちゃった以上、後戻りはしないって、自分との約束だからね。それに、賞をくれた人々に対しても、責任をとらない雑文は書けないと思ってね。娯楽小説はぴったりやめた。お金になる週刊誌の雑文も書かない。

歯を食いしばったよ。もっとも内心でだから、外からはのんきそうに見える。ときどき競輪でお小遣いを稼いだり、安酒ばかり呑《の》んでいたり。

「どうして書かないの」

なんていわれると、ニヤニヤして、

「うん、怠け者だから」

なんて。その数年は、辛《つら》いといえば辛かったね。でも自分できめたことを破ったら、俺なんか、何にも守ることがないものね。

ところが三、四年するうちに、身体《からだ》が急にふくらんで、具合がわるくなって、長期入院のおそれもあるかなァ、と思えた。それでちょうど話があったのを幸いに、変名で、週刊誌に麻雀小説を一作だけ書こうということになったんだ。入院費稼ぎにね。フリーランサーは、病気になると保証がないから。

その一度だけ、禁を破って後戻りしたんだね。俺としてはなやんで、せめてものことに、阿佐田哲也という名前を作って、色川武大の方では後戻りしないぞ、と、まァ弁解なんだが。

ところがその麻雀小説が望外のヒットになって、一作だけではやめられなくなってしまった。けれどもとにかく新人賞を貰《もら》ってから十五年後に、やっと本名での小説も、ぽつりぽつり書けるようになって、また少し転進がはかれたんだね。この先、転進は本当にむずかしいところに来ているんだけど、出世なんて関係ない、要するに、どこまで行ったって淀まないぞ。

だまされながらだます——の章

俺《おれ》なんかは、ほかに何も確固としたものがないから、自分の生きてきた道筋を土台にしてしか、ものがしゃべれないようなところがあるんだけれど、それでもね、自分の人生を語るなんぞはそれ自体が、たわいもないセンチメンタルなことになりがちだからね。どうもしゃべりにくい。

それで、これからしばらく、俺の軌跡（来た道）にそうこだわらずにしゃべるよ。

昨夜、八十歳になる俺の母親が電話をかけてきてね、あいかわらずくどくどとお説教をするんだ。

「しっかりやってるかい。まじめにやってよ。この年でまた心配するなんていやだよ。それからお前はあたしと一緒でおっちょこちょいだから、人にだまされないように」

八十歳が五十男にいうセリフじゃないが、まァこれは母親にとって一種の娯楽だから、だまって聴いてりゃいいんだがね。

人にだまされないように、ってのは、そりゃまったくそのとおりなんだが、いうならば農民的発想なんだな。母親は農民の出だから。

農民は自分の土地を持っているだろう。そこに種をまけば、食い物がはえてくる。だからまず、土地を奪われないようにしなければならない。これが第一の要諦《ようてい》だね。つまり、守り腰が主軸なんだ。それはそれでちゃんとした（自分の条件にふさわしい）考え方だと思う。

だまされてはいけない。

だから、だましてもいけない。

こういうことになるんだね。いいかえれば、負けないけれど、勝たない、ということだ。勝負ということからいえば、守り腰では勝てないんだけれども、土地をすでに持っている以上、勝つという欲求はそれほど強くないんだな。

このあたりは女の生き方にも通じるものがあるねえ。女は、誰《だれ》が考えても納得できるような生き方をすでに備えているからね。たとえば、巣をつくるとか、子供を産むとか。もうそれ以上にじたばたする必要はない。要するに負けなければいいんだ。

女の生き方は、しかし退屈ではあるんだけどね。もう最初から、生きるポイントが定《き》まっているのだから。

女の考え方は、本質的に保守だね。それから、平和って理念も、守り腰である以上、保守につながるんだ。

農民、というより農耕民族はおおむね守り腰だから、そういう国をひとつひとつ眺《なが》めてごらん。もっとも守り腰だって苦労するんで、所有する土地よりも人口をふやさないために、間引きをしたり、次、三男問題に頭を痛めたりして、そのうえ自分たちより強大な外敵の圧力に対して、ただ忍耐していかなければならない。

ところが、あまり世間の表面ではいわれないけれども、ここにもうひとつの考え方があるんだな。だませ。

しかしそのために、だまされろ。

今日、ほとんどの都市生活者は、つまるところ、徒手空拳《としゅくうけん》（何も持ってない）だからね。ローンつきのマンションぐらいでは生命を保証してくれないだろう。だから守り腰のセオリーだけでは不充分なんだ。

いや、短絡（ストレート）にならないでおくれよ。守るべきところは守らなくちゃならないんだが、要するに自在型になって、勝ちをとりにいくところでは、自分から攻めなくちゃならないんだね。

これは、牧畜民族的発想なんだろうなァ。牧畜民族は草のはえているところを求めて、土地を移動しなくちゃならないから、すべて流動的なんだね。相対的ともいえるか。

守るべきものが固定していない。絶えず移動し、侵入しなければならないから、どちらかといえば攻め腰の能力が大事になる。

これは女に対して、男の生き方ともいえるんだなァ。生物の根幹は、女→子（娘）→女→子（娘）という線なので、男はそのまわりをうろうろしているだけだ。男には、これでいいという生き方がないよ。どんなに強くなっても、まだどこかに自分より強いものがいそうだし、ひとつ望みが実現してもその先にまた望みができるからね。

どうすれば納得できるか、それがわからない。だからじたばたする。努力もするし、えらそうな顔もするが、むなしいね。いつも新天地めざして歩いていかなければならない。

女は保守的だが、同時に、平和というものを重荷に感じている。男は、女よりもずっと平和を望んでいるくせに、いつも勝負のことが念頭を去らない。

で、まァ、だませ。

そのかわり、だまされろ。

これはどっちが先かわからないんだがね。すくなくとも、対《つい》になってるんだ。だます一方という生き方もないではないがね。一生のトータルで考えると非常にむずかしいし、まず無理がいくのではないかな。再々くりかえすとおり、全勝という夢は現実に持ちこまない方がいい。

よく新聞などで、だます一方である段階までやってきたように見受けられる人物を見かけるが、彼等《かれら》とて、表面ほど一方的にだましてきたわけじゃないんだよ。そこまでの間、だまされながらだましてきたんだ。ただ、邪悪なコースに進んだ結果、草も生えてない荒涼たるところに来てしまっただけなんだ。

だます、という言葉つきがわるいから、もう少しべつのいいかただと、(人を)利用しろ。

そのかわり、利用されろ。

このいいかたは世間でわりにいうだろう。まァ、セオリーとしては小型だけれどね。

持ちつ持たれつ。

このいいかたは、わりに上品だね。

俺のいいかただと、理想は九勝六敗というわけだ。

いずれにしても、これは牧畜民族ふうの、つまり西欧式の考え方で、日本や中国ではあまりこういわない。だますな、そしてだまされるな、とこうなる。農耕民族はもっと心を閉ざして生きるんだ。

俺にしたって農民から生まれた男だからね。どちらかといえば、心を閉ざして、自分一人であぐらをかいて生きる方が楽なんだ。

俺は偶然、ばくち場で眼《め》を開かせられたんだがね。

それはともかく、
だますな。そして、だまされるな。

ということと、
だませ。そして、だまされろ。

ということは、見た眼ほどにはちがわないんだな。環境や条件によって、特長がわかれただけなんだ。

ただし、大事なのは、両方とも、対になってることだよ。だますな。もしくは、だませ。というだけじゃ、セオリーとして成立しにくいんだ。だますと同時に、なぜ、だまされなければならないか。

だます、という言葉のかわりに、ここでは、説得力という言葉を使ってみようか。たとえ正しいことをいっているつもりでも、人を説得するということは、それほど簡単なことじゃないよ。素朴《そぼく》にこちらのいいなりになってくれる人はすくないからね。特に職場や仕事の相手というものは綜合《そうごう》的な力量でそれほど大差はないのだからね。同じレートでやっている同士なのだから。

そこで貿易が必要になるだろう。相手にも点をあげなくちゃならない。そうでないと相手の守りが頑強《がんきょう》になるばかりだから。

ちゃんと抵抗されたら攻め切れないよ。話が途中になったが、また来週。

八《や》百長《おちょう》じみた贈り物——の章

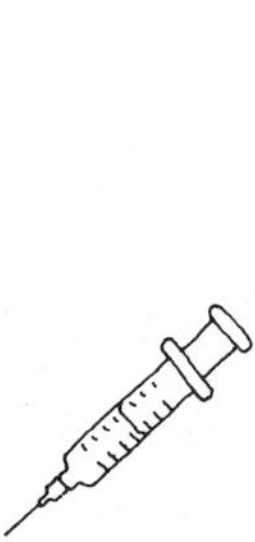

ある出版社の友人が、新雑誌の企画をやっていて、販売の分野にまたがることだがユニークな案を思いついた。

編集部で検討した結果、よし、それでは販売部の方を説得して、賛同を得ようということになったんだ。

友人は、一生懸命に、その新案を、提示してまわった。

彼は仕事熱心だし、誠実で、弁も立つんだ。そのうえ、新雑誌に賭《か》ける意気ごみでいるから、ずいぶんねばりづよく、何日も社内を飛びまわったらしい。

それで、ある夜、だいぶ疲れた表情で、苦笑しながらこういうんだ。

「どうも、新しいことになかなか飛びついてくれません。新雑誌である以上、新しいことをやらなければ意味ないのに」

「それはそうだね」

「人を説得するのは、どうも骨の折れる作業ですね」

俺は、会社の中のことなんかよく知らないし、現場も見ずに知恵らしいものも出せるわけはないんだが、もともとおせっかいだしね、酒を呑《の》んでるときでもあったんで、軽い気持ちでその話に首を突っこんだんだ。ひょっとしてなにかの参考になればいいし、参考にもなんにもならなくて、元っこだからね。

「それは貴方《あなた》が、ただで説得しようとするからじゃないか」

「ただで、というと？」

「俺は、いいかたぎのやり方はよく知らないがね。まァかりに、俺が銭を借りようと思う。そのときに、空手《からて》じゃ行かないな。担保を持って行く」

「担保、ね」

「担保がなければ、高い利子を覚悟するとか、保証人を立てるとか、返金の期間を早くするとか、なにか工夫をするね」

「まァ、その場合は、そうでしょうねえ」

「銀行が、ローンで金を貸すのは、その金で相手が家を建てるなり、マンションを買うなりして、担保になりうる実体ができるからでしょう」

「ええ——」

「貴方が、競馬の資金を貸してくれといっても、銀行は貸さない。絶対にもうかるんだからと力説しても、だめだね。馬券じゃ、はずれたら鼻ッ紙で、担保の物件にならないから。だから、皆、退職金の前払いという形で、利子を払って、銀行から金を借りる。そしていやおうなく家をつくらされる」

「しかし、ぼくは金を借りに行ったんじゃありません」

「うん、貴方は相手に自分たちの案を評価してもらいたかった。だけども、手ぶらで行ったんだろう」

「だって、同じ社内だし、ぼく個人の問題じゃないんですよ。新雑誌が成功すれば、彼もよくなるんです」

「しかし、その案を入れれば成功するという保証はないだろう」

「いや、名案なんです。それは編集部で何度も検討したんですし」

「名案でも、保証にはならない。馬券と同じだ。いや、名案だから、いっそう始末がわるいね」

「なぜ――」

「だって相手はその名案を受けいれるだけで、一歩ゆずった形なんだもの。編集部の得点になるだけだ」

「それじゃ、ぼくはなにか、相手に賄賂《わいろ》でもおくらなくちゃならないんですか」

「うん。貴方が欲《ほっ》することを達成するには、相手にも得点をくれてやらなくちゃだめなんだよ」

「そうかなァ」

「貴方の場合、銭を借りに行ったわけじゃない。だから担保も、眼に見える物件じゃなくてかまわない。しかしともかく、相手がその気になるように、貿易をしなくちゃね」

「そうすると、交換条件をつくるんですか」

俺はニヤニヤ笑ったな。

「八百長《やおちょう》というのがあるだろう。実際にあるかどうかはべつにして、相撲なんかでも星の貸し借りということがいわれてるね」

「八百長ですか」

「言葉がわるければ、取引といってもいいよ。明日、どうしても勝ちたいなら、銭を払うか、星で返すかして、相手に負けてもらう。ただ、なんにも条件をつけずに、負けてくれ、といってもなかなかむずかしい」

「そうすると、ぼくは販売の奴《やつ》に、何か贈らなくちゃならないのかな」

「何を贈るか、だな。それからこういうこともあるな。明日、勝ちたいから相手に話をつけに行く。これは単なる手順をふんだだけだな。相手が、銭も星も欲しくなけりゃ、応じないかもしれない。それに八百長だってそんな単純な図式じゃあるまい。いくつも屈折した人間関係をつくって、バレにくいようにしたり、力士によってはイザというときのために、ふだんから方々の力士に星を貸して、星の貯金をしていたり、そのくらいのことは誰しも考えるだろう。だから、相手をその気にさせるために、どういう工夫をするかということもある」

「よくわからないな」

「右にいる友人に左に動いてもらおうと、俺が思ったとするだろう。右にいるより左にいる方がいいですよ、といっても、いや自分は右にいたいんだ、と相手がいう。それで、どうぞ左に来てください、と懇願（たのみこむ）する。それで動いてくれたとしても、そのために俺はずいぶん力を使うし、卑屈にもならなければならない。相手は俺が頭をさげたんで、動いてやろうと思ったんだからね。この場合は、本来対等の関係なのに、ワンポイント相手にリード点を贈って、動いてもらったわけだね」

「なるほど」

「これと似ているけれども、ちょっとちがうやりかたもあるよ。つまり、相手はポイントを稼《かせ》いだ気になるが、俺はあらかじめ演技をしていて、心から卑屈になっていない、にせのポイントを贈るというやりかたね。しかし、もっと簡単なのは、相手が俺に好意を持っていて、俺のいうことならたいがいのことをきいいれてくれる、という関係をつくることだな。この場合も、相手が好意を持ってくれるような努力を、俺は払わなければならない。それもイザというときになってからするのでは効果がうすいんだな。ふだん、イザというときのために、そのポイントをばらまいておくと、イザ説得するというときに楽なんだな」

「わかりました。力ずくで説得しようとしても大変なんですね」

「どこから見ても名案だから、皆が動くはずだというのは、やはりすこし甘いな。人はそんなに都合よく素直じゃないからね。俺だって素直じゃない。めったに他人のいうとおりなんかにならないよ」

「ぼくは、名案ならば、メンツもなにも捨てて賛成すると思うけど、やっぱりちがうのかな」

「おおむねは、そうじゃないと思った方が無難だな。ワンポイントの贈り物は、礼儀でもあり、動きのきっかけになる手順でもあるんだね。相手はポイントを稼いだようだけれども、俺のいうとおりに動きを示した結果、そこでまた俺にポイントを返したことになって、つまりはプラスマイナスゼロに近いことになるんだ。そうでないと、本来の対等の関係というものが維持されにくいんだよな」

彼は呑みこんだような、呑みこみ残したような顔つきで別れていった。

その友人には、くどくなるからいわなかったけれどもね、なかなか大事なところが含まれているような気が、俺はしたんだな。

人間を信用するために、対等の関係、乃至《ないし》、交換の関係というものが樹立されなくてはならない。

それは、生きるということは、血液銀行に血を売るようにして、そのかわりに証明書をもらって、やっと生かしてもらっているんだ、ということ。

誰も、ただなんとなくは生きられない。血を売って、交換条件に、生きながらえているんだね。

大きな得点を与えれば――の章

前回を読んでくれた若い人たちの中には、やっぱりあいつ、不良少年あがりだなァ、チャッコイことをいうぜ、と思った人が多いのではないかなァ。

まァ、それはそのとおりでもある。八百長まがいの取引をするんだからチャッコくないことはないね。

だけれども、俗にいう策を弄《ろう》する、というのとはいくらかちがうんだ。

他人を説得するときのやりかたについて、いろいろのべたけれども、こういうケースで一番理想的な例を、もうひとつあげてみようか。

相手が俺に好意を持って、俺のいうことならききいれてくれるような関係をつくる、というやつのもうひとつ上をいく例だね。

平生から、誰《だれ》にも彼にもつくしておいて、まず、当方が皆に好意を抱く。それで、特別に説得をしなくとも、先方が進んで当方の力になってくれる。こういう関係だ。

人は、ほとんどの場合、説得で動くわけじゃないからね。貿易で、動くのだから。その必要ができてから、その相手に好意を持ってもらおうとしても、なかなか本物の好意になりにくい。選挙に出ようと思って、地元民の世話を焼くようなもので、底意が見えすくのでは、相手も底意で対応するだけだからね。

もちろん、誰にも彼にも好意で対するのはむずかしいよ。それじゃおシャカさまだ。ところが、大きな貿易を指向するなら、やっぱり好意の無駄《むだ》づかいをおそれずに、できるだけおシャカさまに近いような生き方をしなくちゃならないんだ。

大きな得点を与えれば、こちらの得点能力も生きる。

小さな得点しか与えないと、こちらもなかなか得点できない。

これはまったく相対的なものなんだな。ずるい生き方、人のわるい生き方というものは、相手にも大量得点を許さないけれど、そのために当方も得点しにくくて、レースが小さくなってしまうのだね。

実をいうと、この一連の文章を記しはじめるときに、俺《おれ》はこう考えた。

いかに生くべきか――、このことについては、俺なんか、軽々しく記せない。

昔のように、宗教や道徳がなかば固定していた時代とちがって、今は、大綱（重要な骨組み）が乏しいからね。ことに現在の日本のように資本主義社会は能力主義だから、勝てば官軍というイメージが強い。勝つか負けるか、ということと、いかに生きるべきか、ということはちがう。俺には、大勢の人に向かって、こんなふうに生きるべきだ、なんてことは（残念ながら）いえないよ。

だから、どのコースを行けばいいか、そのことの決定は、君たち自身で決めるより仕方ない。

俺に書けることは、技術だ。どのコースを行こうと必要になる基本的セオリーだ。

まァそう思ったんだね。それで記しはじめてみると、どうもそういかないんだ。

姿勢の問題と、技術の問題は、ジャンルがちがうのだけれども、遠くの方に行くと、天と地がつながっている一線があるんだね。

技術だけを別の皿《さら》で出すわけにもいかないんだな。

それでこの一連の文章の、初回からしばらくの間は、すぐに技術に入らないで、おかったるいようだけれども、俺の小さい頃《ころ》のことをひきあいに出しながら、いくらか心の中の問題に近いところでしゃべっていたんだね。

もしできたら、もういっぺん最初の方を見直してくれないか。小さい頃に人を好きになっておいて、よかった、というところがあるね。いっぺんにいくつものことは書けないから、べつべつの章になってしまうが、どのページを読んでくれるときも、人を好きになっておいてよかった、ということを下敷きのようにしておいてほしい。

人を好きになること。

人から愛されること。

こういうことというものは、陽《ひ》の光みたいなもので、人によって陽当たりに恵まれて育った者もあろうし、陽当たりのわるいところで育った者もあろうけれど、動物がほんのちょっぴりの陽光を求めて移動するように、そこのところを大切にしてほしい。

愛、といってもエゴイスティックな愛のことでなくて、無償（見返りを求めない）の行為としての愛だね。愛されることで、愛することを肌でおぼえていくんだけどね。

なぜここでまたそれをむしかえすかというと、小さいところでは技術は技術そのものでしかないんだが、大きな技術になると、天と地が遠くでむすびつくように、結局、どれだけ人を好きになれるかということが問題になってくるんだな。

さっきの話題に戻《もど》って、人を説得する場合でも、そうなんだ。たくさんの人をどれだけ愛せるか。チャッコイというのと紙一重ちがうのはそこだし、大きいレースをするには、そこのところがまず問題なんだな。

俺は宗教家じゃないから、愛が万能なんていわない。そんないいかたは大きらいだ。けれども、愛が下敷きになってないとね。本当だよ。人と人とはどうしても争わなければならないんだけれどね。愛しながら、たたかいのしのぎができるかどうか。

さて、大きいレースをしているとするね。相手に大きな得点を与えて、こちらも大量得点をする。

勘ちがいしないでおくれ。愛を下敷きにすれば、大量得点をして楽勝できる、というのとはちがうんだよ。

どんな場合でも、こうすれば楽勝できる、そういう無責任な嘘《うそ》は、俺は書かない。大きなレースというのは、9対8、10対9、というようなスコアになるんだ。当方も得点するが、相手もおっつかっつに点が入る。だから勝つとはかぎらない。なにしろ、一、二点の点差なんだ。

そこで、勝ちしのぐために、きちんとしたセオリーにのっとって、なんとかリード点を生みださなければならない。

小さいレースだっておんなじだよ。1対0、2対1、こういうレースになって、これもどちらが勝つかわからない。レースが小規模だというだけで、しのぎの点ではやっぱり力が抜けないね。だから、どうせなら大きいレースを指向した方がトクなんだがね。

いずれにしろ、人生のレースでは、楽勝というケースはめったにない。だって、似たような力の者同士が、それぞれせめぎあっているんだからね。

だから、こうすれば楽勝できる、という方法なんかない。ひょっとしたらあるのかもしれないが、俺にはわからない。

とにかく一点か二点差くらいのレースが多いのだから、基本に忠実に、エラーをしないように、自分の能力をフルに使うようにしたいね。

それで、大きいコースを行くにしても、小さいコースを行くにしても、たとえ少差でも、基本に忠実になっていれば勝ちっぱなしできるかというと、これもむずかしいんだなァ。

八勝七敗なら上々。九勝六敗なら理想。一生が終わってみると、五分五分というところが、多いんじゃないかな。それで、これはどちらかというと成功者の部類に入るんだな。

だから困る。若い人と話し合うときに、その点をごまかせない。

たったひとつ、声を大にしていえるのは、そうであっても、セオリーを無視してしまえば、どこかでガタガタに崩れてしまうんだ。

どうしてそうかというと、貿易、取引、というものは、長い目でみると五分五分に帰するものなんだ。だから、人生というものは、五分五分の線を維持するために皆努力しているともいえるんだな。

向上しながら滅びる——の章

チラッと前のところを読み返してみると、お説教みたいないいかたが多くなってきたね。どうもいけない。こんな書き方をするはずじゃなかったんだが。

俺が若い頃だって、お説教されていい気はしなかったからな。

なにしろ、せっかくこうやって書いてるんだから、とにかく読んでほしいんだ。つまり俺と君たちと貿易をしたいわけなんだから、俺が一方的に輸出しようたって、そうはいかないやね。いそがないで、押しつけがましくなくしゃべるには、どうすればいいか。

俺が君たちに向かって何かをいうと同時に、それとおなじくらい恥をかけばいい。俺を笑いながら、あるいは、軽んじながら読んでくれれば、一緒にするりと、俺のいいたいことが君たちの身体《からだ》の中に入っていくかもしれないんだな。だから、ばくちを打ってどろどろになっていた頃を語っているときは、しゃべりやすかったんだ。

ちょいと市民に近くなってからは、なにか物をいうとえらそうにきこえるおそれがあるからね。

とにかく、若い人たちとこころやすく話ができて、横眼《よこめ》でもいいからきいていてくれればいいんだが。

ところがねえ、ここのところ、話の主意が、俺としてはしゃべりにくい、むずかしいところに来てしまって、どうしたら若い人にわかってもらえるのか、うまくしゃべれなくていらいらしてるんだ。そのくせ、ここのところの認識は重要だと、俺は思っているわけなんだね。

人生のトータルというものは、結局プラスマイナスゼロに近いものになってしまうようだ、という、まずこのことが、どうもうまく伝達しにくい。

生きていくうえで、誰も、ゼロを目標にはしていないよね。だから、結局はゼロだぞ、といういいかたは、人の気持ちを少しもひきつけないんだ。

だからしゃべりにくい。けれどもここを飛び越して、なにかをしゃべるわけにはいかない、と俺は思う。

ええと、あのねえ、こういうことがあるんだ。物事というものは、進歩、変革、そういうことが原因して、破滅に達するんだ。

これもなんだか、誤解してうけとられそうないいかたなんだがね。

これは原理のようなものとしていってるんだぜ。いそがないでおくれよ。エラーが原因して、破滅するという例は、存外にすくないんだ。すくないといっても、むろんばかにはできないよ。エラーすれば自滅するのは当然だよ。

けれども、進歩していって破滅する例にくらべれば、圧倒的にすくないんだ。自殺して消えていく人間は、全体からすると、ごくすくないだろう。

大部分の人間はね、生きようとしていって、そして生きてしまうために、それが原因で、死を迎えるんだ。

だから生きたって無駄だ、というふうなことをいってるんじゃないんだがね。くりかえすけれども、これは認識の問題だよ。

俺は無学だから、学校でこういうことを教えているかどうか、知らないけれども、とにかくここのところをまず腹にいれておくれよ。

たとえば、誰かが、俺たちの生活が一変するようなものすごい発明をしたとするね。あ、人類にとって大きなプラスだ、科学の勝利だ、それはそのとおりなんだけれども、この勝利によって、その分だけ確実に、終末に近づいてもいるんだ。

この発明がなくとも、日がたつごとに、徐々に終末に近づいてはいるんだけれどもね。

　だから、この発明によって、人類は欲しいものを手に入れて、そのかわり終末に一歩近づいたわけだね。

　五分五分というのは、そういう意味で、おおざっぱにいえば、かちえたもの、失ったものが拮抗《きっこう》しているんだけれども、その内容がさまざまなんだな。だから我々は、少しでもいい内容の五分五分をめざすわけなんだけれどもね。

　ちょっとちがういいかたをすると、作用と反作用というのがある。作用と反作用という反対の力の矢印が、かならずワンセットになっているのね。

　だから、ものすごい発明が人類の大きなプラスになったとしても、何も失わずにプラスだけが手に入ったわけじゃない。作用があれば、必ず反作用という逆の力が働く。

　たたかいの場合、勝者と敗者ができるけれども、勝者が傷ついていないかというとそんなことはない。それなりに、勝ちを得た分くらいは傷がついている。もちろん敗者の方も傷だらけ。両者の傷をさしひいて、残りの部分でいくらか余裕がある方が、勝者というわけかな。これはばくちのところで記したとおりだね。

そうすると勝者自身もおのれの傷を無視するわけにいかない。おおざっぱにいって、勝ちのプラスと手傷のマイナスは五分五分に近いんだけれども、ただ負けるわけにはいかない。

反対に、敗者の方は、負けのマイナス、手傷のマイナス、それに見合うくらいのプラスがどこかであって、結局五分五分に近くなるかというと、これはちょっとむずかしいな。

勝ちだろうが負けだろうが、あるいは、発明が成功しようと失敗しようと何かをやれば、かならず何かをうしなう。

だからどうせなら勝たなくちゃならない、とまァ考え方の手順としてはなるんだね。

これはごく当たり前のことだろう。皆が、普通そう思ってやっているように見えるね。

ところが人間というやつは、ここのところでよくうっかりするんだよ。なんだか、勝てば、ぼろもうけができたような気になる。何も失わずに、何かをえたように思う。それは一瞬一瞬では、そういう実感があるときの方が多いよ。でも、眼に見えないところで、何かを失っているんだな。またそうでなければ、勝ちが本物じゃないんだ。さて、なんでこんなことをくどくど記すかというと、認識という点では、ここのところをしっかりとつかまえていないと、不正確になってしまうんだよ。これは物事の土台だからね。

土台というやつは、実に愛嬌《あいきょう》がないんだなァ。もともと、土台というのは、人間とか動物とか、誰かの都合に沿ってできているわけじゃないからね。ただ、原理に沿っているだけなんだからな。それで、ただ生きてられるというだけでも、運を食っているんだよ、と再三にわたってくりかえすわけだ。

人間がこの世に住みつこうとするならば、その土台に合わせて、自分をどこかで適応（状況にあてはめる）させていかなければならないんだな。この前記したように、我が血を売るようにして適応させたぶん、生きていけるということに、基本的にはなるんだ。

もっと根本のことでいえばね、誰だって、どうしても、昨日よりはもうすこしましな生き方をしたいと思うだろう。なるべく、自分の生きたいような生き方をしたい。

もっというと、昨日の自分というのは、他人より、ということと同じだね。なんとか、他人より向上したい。

そのために努力する。研究してセオリーを作るし、辛抱したりもする。あるいはまた、たたかったり、だましあったり、協力しあったり、愛しあったり、いろいろともがきながら生きる。そのことを食いとめることはできないね。

ちょうど、年をとると死ぬから、年はとりたくない、といっても無理なようにね。生きれば、その先は死なんだけれども、やっぱり生きていくんだ。そうして向上しながら滅びていくわけだね。さて、そこで、こういう条件の中でのセオリーというわけだが――。

一歩後退、二歩前進──の章

ストリップというやつがあるね。はじめは日本では〝額縁ショー〟とかいって、裸の女の子が有名な絵画に似せたポーズで、三分間立っているだけだった。それでも人々はびっくりし昂奮《こうふん》して大入り満員だったね。でも、同じことをやっているとすぐにあきるからね。もうすこし刺激のつよいものを見たくなる。

それで見せるがわも、いろいろ考えて工夫するからね。一枚ずつ衣裳《いしょう》を脱いでいくストリップティーズとか、大きな扇を二枚持って股間《こかん》をかくして踊るファンダンスとか、アクロバティックにしたり、生きた蛇《へび》をからませてグロテスクにしたり、つまり進歩発達していったわけだね。

それでどこかで止まればいいけれども、どんな刺激だってくりかえしていればなれるから、次から次へと新工夫をしなければならない。そのうち容易なことでは見る方が満足しなくなってくるから、刺激の自転車操業みたいになっちゃうんだな。

ついには現在のように、ショーの限界をこえて、天狗《てんぐ》ショーとか、生板《なまいた》ショーとか、行きつくところまで行ってしまう。それでもうこれ以上やることがなくなってしまって、終わりだ。

これは前回に記した進歩発達が原因して、滅びに至る図式だね。

ストリップの例は、典型的なワンサイクルで終わってしまう例なんだね。

ワンサイクルというのは、なににでもいえるよ。生まれて、育って、花を咲かせて、衰えて、死ぬ。これ、ワンサイクルだね。昔流にいうと、起承転結（ことが起きて、それが展開し、転々とした末に、終わる）だね。

ストリップにくらべて、映画の歴史はわりに長いね。もちろん大きくいえば、発明されて、育って、花を咲かせて、衰えて、終わるんだけれども、簡単にそうなるかどうかというちがいは出てくるんだ。

映画はね、作るがわの人たちがそう意識しているかどうかわからないけれども、ときどき、前に戻《もど》るんだね。これがよろしい。

映画にも、ずいぶん、簡単に行きつくところまで行って終わりそうな危険ははらんでいたんだよ。もともと大きな流れでいえば、演劇を見なれていた人たちが、よりリアルな、よりゴージャスな刺激を求め、それが科学と結びついて発展してきたわけだから、その次の刺激にとってかわられるおそれはあったわけだね。

　実際、外へ出かけていかなくても、家の中で見られるテレビという形式ができてきたからね。で、やっぱり、衰えの段階に入っている。

　テレビができる前にも、カラーになったり、ワイドスクリーンにしたり、さまざまな進歩があって、その進歩の勢いが、結局、テレビにバトンタッチされてしまうわけだね。
　それでもストリップとちがって、なんとかしのいでいるのは、調子に乗って、進歩の一方向だけに突進していったわけじゃないからなんだな。
　カラーになっても、ワイドスクリーンになっても、シネラマであろうと、内容の方はそれほど変わるわけじゃないよね。ドラマっていうのは、どうしてもパターン（類型）があって、それを裏返したりひねくったりして新しく見せかけているだけだから。
　最初は、写真が動くというだけで珍重されたんだね。


で、その特長を生かして、アクションに依存（たよる）していた時期。

演劇や文学の持つ内容をとりいれてドラマチックにしていった時期。

一方で、夢物語が要求された時期。

大戦争を通過したあとは、ドラマを包む包み紙として、リアリズムが要求されてきて、現在に至る。

大ざっぱにいって、こんなぐあいに映画は内容の方でも変貌《へんぼう》（様子がかわる）してきたんだがね。そうして客をなんとか映画館につなぎとめる。

それは、進歩発展に沿うかたちの力のせいでもあるけれども、もうひとつときどき後戻りする本能的な力のせいでもあるんだな。

ドラマをいろいろ工夫していって、その工夫が限界に達しかかると、もう一度、素《そ》朴《ぼく》な原点に近いところに戻るんだな。四、五十年前にやったことをもう一度くりかえす。もちろんそのままじゃないよ。今日の眼《め》で、新しい衣裳や飾りをつけて、やりなおす。

この頃《ごろ》、アメリカ映画なんかでも、〝なつかしの一九三〇年代〟なんていってるでしょう。

これがストリップのように、ただ突っ走ってワンサイクルで滅んでしまうのにくらべて、永持ちしている原因なんだね。それでも永久には続かない。向上している以上は、蛇行《だこう》しながらも滅亡には近づいているんだけどね。

もっとわかりやすく、簡単な例をあげようか。

生物のありかた。人間でもいいけれどもね。生命というものがリレー競走になってるでしょう。一個の生命ならば、たかだか七十年ぐらいで終わってしまう。一生懸命に向上しながら生きていって、そうして滅んでしまう。

ところが、その途中で新しい生命をつくってバトンタッチするね。新しい生命は、また素朴な原点に近いところから、赤ン坊としてスタートするわけだ。

だけれども、原点といっても、前代や前々代の赤ン坊とは、まったく同じ地点じゃないんだ。文化も発達しているし、生活の仕くみもちがってる。平均七十年ずつかけて向上してきたものの反映があるからね。

だから長い眼で見ると、いつもスタート地点に逆もどりしているようだけれど、全体として少しずつ進歩発展しているわけだね。またそのぶんだけ、滅亡に近づいてもいるわけだ。

それがちょうどリレー競走のようだろう。一人だけを見れば、バトンをうけとってスタートし、同じ距離を走っているようだけれど、スタート地点がすこしずつちがって前進しているんだね。

一人が、ただ前に突っ走るだけではワンサイクルですぐに終わってしまう。自然の知恵というものはよくしたもので、前進のエネルギーとともに、たえず後退することもやってるんだね。それでなんとかサイクルをひきのばす。つまり、しのいでいるわけだ。

一歩後退、二歩前進、というやつかな。

あるときは、一歩前進、二歩後退、というときもあるかもしれない。けれども全体としては、一歩後退、二歩前進、ぐらいの比率でいきたいんだな。進むエネルギーと、退《さが》る知恵、これがうまくバランスがとれたときに、ワンサイクルで燃えつきない持続の姿勢がとれるんだな。

おや、そうなると、ばくちの話のところで記した九勝六敗理想説、プロの持続のフォーム、というやつに似てきたね。

勝つエネルギーと、負ける知恵、ということになるかな。

作用と反作用がワンセットになっている、といういいかたにも通じていくね。

とにかく、ワンサイクルで終わったんでは駄目《だめ》なんだな。物事というものは自然のエネルギーにまかせると、あっというまに終わっちまうものなんだ。そこをなんとか、だましだまし、ひきのばしていかなきゃならない。

人間なんて、もう衰退期に入っている生き物だから、進歩だけを考えたらあッというまに破滅だよ。

調子に乗って、十五戦全勝なんて、狙《ねら》っちゃ駄目だ。破滅をひきよせているようなものさ。九勝六敗どころか、現状では、七勝八敗くらいを目標にしてちょうどいいかもしれないね。

まァこれは、大人にいうことかな。

若い君たちとしては、まだ勝ちを狙っていいんだけれどね。競輪の例と同じで、二十代のどこかまでは、逃げて逃げまくって、自分の力を知ることが必要なんだが。

バックして走る――の章

物事というものは、進化しながら、それが原因で滅亡に至るのだ、ということを前回までに記したね。

これは、そうあるべきだ、といっているのじゃないよ。

ただ、実体がそうなっているのだ、ということだ。愛嬌《あいきょう》のない実体だけれども、実体がそうである以上、そこを基準に考えないと、実体と考えがちぐはぐになってしまう。

だから進化が直線的になって、ワンサイクルで燃えつきてしまわないように、適当にサボタージュする必要がある。

サボタージュといっても、怠けて遊んでいたのでは、遊ぶ方に進化していってしまうからね。

つまり、進化のスピードに関して、サボタージュをするわけだね。

俺《おれ》は比較的早い年齢の頃に、このあたりのことをなんとなく身体《からだ》で察知してしまったんだね。察知はしたんだけれど、もちろん、自分の生き方に照らしてうまいサボタージュの方法がすぐにみつかったわけじゃないんだね。

で、若かった頃の俺が、ひとつ考えついたのは、とりかえっこ、という発想なんだな。つまり、前にも記したことのある、貿易、というやつだね。

自分の欲しい何かと、自分の持ち物の何かをとりかえっこする。全体としては、五分五分、あるいは六分四分、四分六分で損をするときもあろうけれども、そのときに一番欲しい何かを得ることで、進化の欲望をみたすことができる。

たとえばね、俺がばくちを生業にしようとしていた頃は、裸一貫だから、ばくちで負けるわけにはいかない。そのかわり、他の、それほど大切でない欲望は、意志的に切り捨ててしまおうというわけだね。

もっとも簡単にいえば、仕事でばくちを打つ以上、遊びでばくちをやっている人と同じようなことをしているわけにはいかない。仕事と遊びは別。

遊んでしまえば、遊び代を払わなくてはならない。遊ぶ楽しさとお金とのとりかえっこだからね。

ばくち場は遊び場だから、どうしても遊びたくなるけれどもね、そこで自分は楽しまずに、お客を楽しませて、結果的にお金を得る。これはまァ何の商売も同じだね。

それから、同じ年頃の男の子のように、青春を楽しめない。宿屋に泊まるくらいなら、道ばたに寝ちゃう。そのかわり、自分がやろうと思ったばくちを大切にする。これも一種の交換だね。

けれども、前にも記したように、ばくちで勝って、健康を犠牲にしたのでは大マイナスだから、ここの交換はできるだけしない。ばくちで勝って人格破産というのもしたくないから、ここの交換もできるだけしない。

そういうぐあいに、貿易の計算をたてていくわけだね。

もっともこれは説明のためのいいかたで、実際には、このとおりの図式にはなっていないんだ。

むしろ、ばくちを丹念に打ち、そこに欲望を集中させていった結果、ひとりでに、交換というか、取引をやっているんだね。作用と反作用がつきもののように。

それは本能的なバランス感覚でもあるんだけれども、最初はそうでも、次第にそのことを意識していって、途中からは、意図的な交換をやっていくようになる。

ここのところが、ちょっとちがうといえばいえるのかな。

本能的なバランス感覚は誰《だれ》でも持っているんだけれども、それを重用しないかぎり、ただの本能で終わってしまうんだな。

勝つ、ということを、ただその点だけでつかまえているかぎり、その人はちょっと危険だね。そのために失ったもの、交換したものを計算にいれていないのだからね。

(眼先の勝負に) 勝った。自分は強いのだ。そういう思いかたは、そう思いたいというだけのロマネスクな気持ちにすぎないんだ。

得たものと失ったものとのバランスシートが、プラスになっているか、マイナスになっているか、それをできるだけ正確にみつめていかないと、答えはでないでしょう。

勝った、といっても、勝ちつづけていかなければ、なんの意味もないのだからね。

だからといって、何物を犠牲にしても勝ちつづけることだけに集中するとワンサイクルでたちまち燃えつきてしまうおそれがある。

貿易というのはね、なんだか俺は、自由自在に取引ができそうなことをいうけれど、実際はそうじゃなくて、ひとりでに貿易ができてしまっていることが多いんだな。俺の意図がそれに多少上乗せしてある程度なんだ。

だから、ひとりでにある貿易を、できるだけすみずみまでみつめていくということなのかな。それから、貿易ができていないような変則な状態を、すばやくチェックして直していくというくらいかな。

だから、直線的に向上しない図式ではあるんだけれども、サボタージュの方法としては、消極的だね。自分の意図ですべてとりしきるわけじゃないから、方法ですらもないのかもしれないね。

だけれども、方法としてはまだいろいろあるんだよ。

俺がどうもできなかったのは、ところどころでバックするやりかただね。

つまり、前回の映画の例のように。あるいはまた、親が子に、子が孫に、生まれかわるたびに原点に近いところから再スタートするように。

これは人によっては、わりにやりやすい方法であるのかもしれないな。

俺はどうも、少年時代からまがってしまって、世間的にいえば最低のところをうろうろしていたからね。そこから他人に追いついて伍《ご》していこうとしたわけだから、はじめのうちはわりに進化しやすいんだね。

ただ、俺の本能的なバランス感覚で一段ずつ、急がないように、転ばないように、少しずつ進化していったわけで、あんまりバックということは考えつかなかったんだ。むしろ、一歩ずつ歩いていくかわりに、あともどりだけはしないようにしよう、と思っていたんだな。

ところがだんだんと、自分のそのときの実力からいって、進化がむずかしいところにきてしまってね。頭が天井につかえたようになって、うずくまってしまう。

今から考えると、意地をはらずに、そういうときに、いったんバックしていくらかやさしい地点からまた再スタートすると、楽に道がひらけたのかもしれないんだけれど。

再スタートといっても、そっくり同じことをやるわけじゃないんだ。また時間がたって同じ道をくりかえすと、わずかでも実力がちがってきているわけだから、そっくり同じにはいかないだろう。

俺はねえ、それをしないで、むずかしいところにくると、ただ手をつかねて、なやんだり考えこんだりしてしまっていたんだな。だから、その地点で次の一歩をふみだせるようになるまでに、すごく時間がかかるんだ。

今より少し若い頃はね、時間がかかっても、なっとくがいくまで立ちどまっていた方がいい、という気もしていたんだけれども、五十をすぎてみると一生の短さを感じるからね。

あそこで時間を食わなければ、と思うことがたくさんある。そんなとき、バックして助走をつけてくれれば、飛び越えられたかも、と思うんだ。

個人の一生は、たかだか七十年ぐらいだけれども、走行距離の内容は、人によってまちまちだと思うよ。バックして走るというやつは、サボタージュであると同時に、走行距離をふやすことでもあると思うね。

自分から二軍に行って――の章

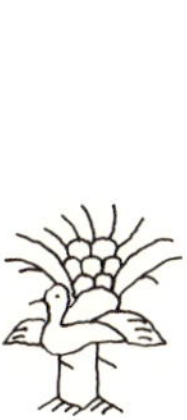

今になって考えてみると、あのときこうしていればよかったな、とか、こういう方法もあったんじゃないか、とか、いろいろ知恵が出てくるんだね。凡人の常で皆そうなんだろうな。方法を考えついても、実行がむずかしいということもあるんだけれども。

それで俺のような年齢になってしまうと、もう残り時間がすくないから、時間を大きく食う方法はもうだめなんだね。残りの時間の範囲内でやれそうなことを細々とやっていくよりしかたがない。

そこへいくと若い人はまだ時間をたっぷり使えるからね。出直しもきくだろうし、いろいろな方法が使えるよ。

自分の、そのときの実力かつかつのところで、奮闘しているとするね。この人とすれば、勝ちしのいできてようやくつかんだ位置で、自分としてはこれまでの最高位だ。

なんとかがんばりたい。実力をいっぱいに出して互角なんだから、当分、またすこし力がつくまで、勝ったり負けたり。

まァそれならばいいんだけれども、誰だって山あり谷ありだからね。その谷間のところにぶつかって、どうも勝てなくなるときがある。負けがこんできて、気持ちは沈むし、なんだかどうも自分で首をひねってばかりいる。

勝つとか負けるとか、実生活では単純に白星や黒星になってあらわれないことが多いけれども、これは話をわかりやすくするためのいいかただから、そのつもりでうまいこと実生活に感じを当てはめておくれよ。

けれども、なんだか、取り組んでいて辛《つら》いと感じるときがあるだろう。まわりに、すこうし、リードされてしまっているような。

こういうときは、大幅にバックするのもひとつの手なんだな。

手負い（傷つくこと）になりながらじりじりさがるのじゃなくて、一気にかなり後方までさがっちゃう。それでもう大分前に卒業したつもりの、自分にとって易しいと思えることをまたやってみるんだ。

会社の中の場合なんか、なにも地位を交代するとかいうことじゃないよ。仕事の内容を、易しいものにきりかえてみるとか、攻めあぐんでいた敵をいったん見送って、わりに攻め易《やす》そうな相手にぶつかっていくとか。

それで、勝つ味を、もう一度、堪能《たんのう》（満足するまで味わう）してみるんだね。

そうして自信をとりもどしたところで、元の位置に戻る。

おかしなものでね。元の相手に、同じような玉を投げているのに、自信があると、玉の威力がちがってくるんだよ。

あのねえ、なんでも戦いというものは、自信で押しこんでいかなくちゃだめなんだ。反り身になって、わるい態勢で戦ったら、実力の半分も出ないよ。

実力伯仲（差がない）の相手ばかりで、自分の思うような戦いができなくなったとき、まず普通は、いろいろなやんだり、反省したりするね。

これが大体においてよくない。はんぱな反省は、多分、君にとってプラスにならないよ。それどころか、反省の結果、することに丸みが出てしまってね、無難にはなるけれども、全体にこれまでより威力がおちてしまうんだ。

それでまた反省する。で、もっと無難になってしまう。つまり、反省することによって、守り腰の姿勢が濃くなるんだね。守るべきときには、守り腰でいいんだけれども、攻めるべきときに守り腰になってしまってるんだ。これはもう、俗にいうへっぴり腰なんだからね。

ここでマージャンの例なんか出すと誤解してうけとられそうで、よくないんだけれどね。俺の友人で、かなり強い打ち手がいる。まだ若い人なんだけれど、なかなかちゃんとしたフォームができていて、そのフォームが揺るがないかぎり、かなりの勝率をあげていける力の持ち主なんだ。

ところがその友人が、はじめて、スランプにぶつかってね。一時的に負けがこんでしまった。それで考えこんでしまったんだ。

どうして勝てないんだろう――。

無理はないんだけれどもね。人間は考える動物、というそれがこの場合は邪魔をする。なんでもプラス面ばかりはないんでね。プラス面があれば、マイナス面も同時にあるんだ。

こんなときにできるだけ考えないで通常と同じフォームで打っていけば、やがてトンネルを通過するんだが、なかなかそれはできないんだな。

友人は、自分の打法の欠点などをあれこれ考えたにちがいないが、ところが、完全無欠なフォームというものは無いんだからね。何度もいうように、プラスがあればマイナスが裏生地《うらきじ》になっているのはやむをえないんだ。むしろ、逆に考えて、欠点があるからこそ長所が生きてくるわけなんだからね。

で、考えて、マイナスを消そうとすると、長所も消えてしまうんだな。

友人は、人が変わったように弱くなったよ。反省で、かえって自分のフォームを崩しちゃってるんだから。

打牌《だはい》がはんぱになってしまった。いいときの彼は、勝負にいくべきときはあくまで攻めていたし、守るべきときは決断してオリてしまう。出る、と、引く、がはっきりしていたんだね。その結果、ふりこんでしまうこともあるけれど、六分四分、七分三分で攻め勝っていたんだ。

ところが負け続けるようになって、強い打牌が怖くてできなくなった。そうなるとそのぶんだけ、テンパイがおくれるからね。相手に先手をとられてあとから追いかけるようになる。安全牌だけは捨てていられないから、比較的安全そうな牌を打つ。それが当たってしまうことが多いんだよ。相手もそういうことを意識して待ってるんだからね。

彼と打つクラスの相手は、いずれも相当な打ち手だから、スランプにはまったと見ると、そこを狙《ねら》って、彼が失敗してなお反省するようにゲームを運んでいくからね。

俺はだまって彼を眺《なが》めているんだ。これで苦しんで、勝負ごとをやめればそれが一番いい。彼はさすがに、自省力があるから、とことんのところまで負けつぶれる前に、やめるだろう。本職でもなんでもないんだから、勝負ごとなんか、いいかげんのところでやめるのが一番。

けれども、実戦者として、それだけを考えてアドバイスするならば、いったん、今のクラスの相手から退くんだね。そうして、うんと弱いクラスと小さなレートでやるんだ。自分が楽して勝てるようなクラスと。

そこで勝つ味をまた思い出すんだ。以前のフォームをとり戻《もど》し、自信がついたところで、ファームから一軍にまた戻る。

俺は若いときにこれをなかなかしなかったんだな。マージャンばかりでなく、実生活でも。

見栄坊《みえぼう》なんだろうね。自分からわざと後戻りしない。意地をはって、アップアップしながら一軍にかじりついている。それでずいぶん長いこと、そこから抜け出られなかった。ああいうときに、すっと二軍落ちを志して、フォームを固めてから、自信の勢いで再浮上するとよかったんだろうな。

こういうふうにバックするということが、単に作戦というだけでなく、たかだか七十年ぐらいの一生を、実際の時間以上に長く使うということでもあると思うんだな。この、バックするという考え方と似たように見えるけれども、実はまるで似ていないことを、次回でテーマにするからね。

それは、

大事なところで、チャランポランになる能力、ということだな。

これは甘そうに見えるだろうが、実は高級技術なんだ。

スケール勝ちが一番——の章

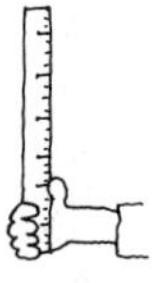

この前やってきた若い人が、俺《おれ》の文章によく出てくる、しのぐ、というのはどういうことか、という。

俺はどうも無学だから、俺流の、俺にしか通じないような言葉を使うことが多いらしいね。けれども、しのぐ、というのは、普通の人はあまり使わないのかしらね。

「寒さをしのぐ、なんていわないか。糊口《ここう》（貧しくてかゆをすすって）をしのぐ、なんていうじゃないか」

「いや、それはわかってますけれど——」

といって、しばらく黙っている。

「——じゃあ、自分の実力ってのは、どうやって計るんですか」

「背丈や体重とちがって、きちんとは計れないね。俺はそんなに厳密には考えなかったけどなァ」

それは、俺の場合、きわめてわかりやすい勝負事の経験が、土台にあったからかもしれない。

「——君はたしか、郵便局に勤めていたんだよな」

「ええ——」

「職場の居心地はどうだい」

「まあまあ、だと思います。べつに満足もしてませんけど——」

「それじゃ、大ざっぱにいって、今のところ、君の実力は、その職場とおっつかっつなんだろうなァ」

「そうですか」

「もっとこまかく検証してみるのは、君自身がやらなきゃね。他人にはわからん。しかし、おっつかっつということは、同時に、しのいでいるということでもあるんだ」

「あんまり、しのいでいるような気もしませんけど」

「でも、そうなんだよ」

発育期、性格形成期をすぎると、もう人間の成長は停《と》まっているんだな。あとはだんだん生命力が衰えていくんだ。だからね、昨日とおなじような今日がすごせるということは、もうそれだけで、昨日の自分を維持するだけの力を使っているんだな。もっとも他《ほか》の人もそれぞれそうなんだけどね。

お互いに、無意識にでもそうやって昨日の自分、一昨日の自分を持ちこたえていきたい。のみならず、できれば一昨日や昨日よりも、ペースをあげて他の人より半歩でも前に出たい。

これが、しのぐってことだな。とりたてて攻めるんでもない。守りにまわるんでもない。いわば、にらみあって一線を維持している恰好《かっこう》なんだ。

攻めるときは攻め腰にならなくちゃならない。守るときは守り腰だ。

攻めや守りに徹しなければならない大戦争はそれほどひんぱんにはないからね。ほんとうのチャンスというのは一生に何度ってくらいだもの。

だからね、ほとんどのときを、皆しのぎ合って暮らしていくんだ。人生というのは、しのいでいくことだともいえるくらいだな。

毎日毎日、べつに何の事件もおこらないように見えるんだけどね。後退しないで皆と一緒に歩いていく。これが実に大切なんだね。

生存競争という言葉があるけれど、これはいつかも記したようにマラソンだからね。スプリントのように派手なスピードを競うものじゃないんだ。自分のペースで、完走する。人を追い抜くような派手なことをしなくても、だまってじっとペースを守っていれば、先を走っている選手が脱落してくれるからね。

逆にいうと、ゴールまで完走するには、途中で他の相手にまきこまれてペースを乱さないことなんだな。

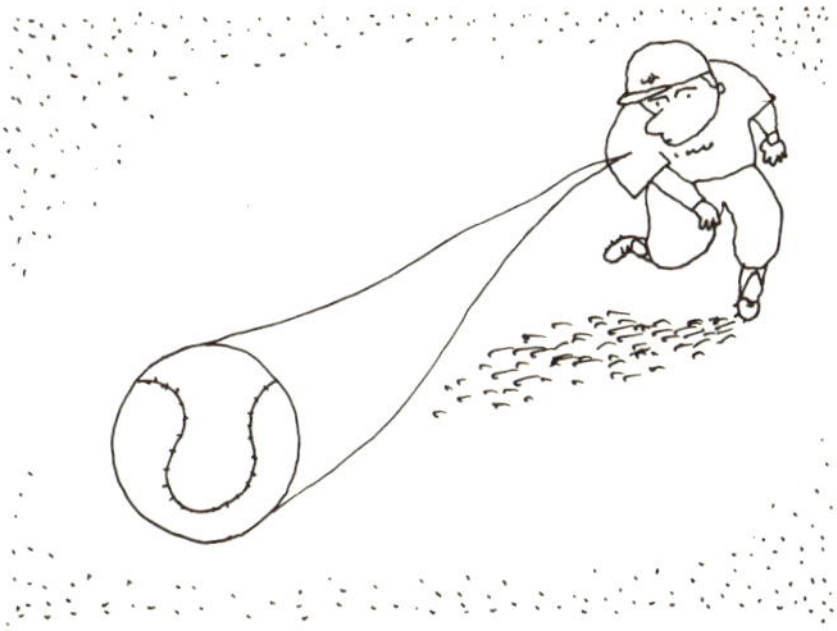

そうすると、いかにも派手に相手を追い抜いているように見える場面も、実は平生のペース配分、油断のなさにささえられていることになるのだろうね。
ふだんのしのぎが、だから大切なんだよ。人生というのは、チャンスとかピンチのときが目立つし、ここが勝負どきのように思えるだろうけれど、実はちがうんだね。試験だって、一夜漬《づ》けよりも、平生の努力をしている人の方が、結局は強いだろう。
職場で、ふだん、しのぎ勝っているかどうか。それは、自分のペースで自分が動いていることができているかどうか、ふりかえってみればいい。自分ペースといっても、それが単なるわがままで、他のひんしゅくを買っているようではまずい。職場ととけあいながら自分では自分のペースで動けている、という自覚があったら、まァ大丈夫だね。

他人が、君の動こうとする方向を、つまりコースをあけてくれる、この状態ならば、楽に自分の力を出すことができる。自信もつくし、明るくもなるし、ゆとりができればまわりに気をくばることもできる。

そうするとチャンスが向うの方から来るよ。本人には、チャンスというものは突然出現するように見えるかもしれないが、その場合でも、ふだんしのぎ勝っていると、動きいいんだな。

ふだんしのぎ負けている場合とでは大ちがいなんだ。

ところで、勝つとか負けるとか記しているけれども、これにもいろいろな勝ち方負け方があってね。

実直、勤勉。これは小勝ちだな。実直にこしたことはないけれど、そういう人はわりにたくさんいるからね。実直、勤勉であって、もうひとつ極《き》め球がほしいところだね。

才気、切れ味。これは中勝ちか。ただし、勤勉がともなわないと、信用度がとぼしくなる。勝負事でいえば、予選クラスのしのぎなら、すぐに目立つし、小さなチャンスをつかみやすいけれど、そのぶんだけピンチも招きやすい。いいときも目立つが、わるいときも目立つからね。そうして、上位戦では存外に通用しにくい。どうも現場の隊長ぐらいでとまりがちだな。

スケール。この点で評価されると、大勝ちに通じることが多いようだね。スケールというのは、なかなか具体的に記しにくいけれども、本当のしのぎ勝ちというのは、スケールで他を圧したときにくるんだね。

スケール、器の大きさ、これに実直才気がともなえば、鬼に金棒なんだろう。

前回の末尾にちょっと記した、大事なところでチャランポランになる能力というのは、つまりそのことなんだ。

チャランポランというと、ちょっと言葉がわるいんだけどね。

しかしこういうことはいえると思うな。普通はね、ここ一番というチャンスを迎えたときに、大体、一生懸命になるものなんだよ。固くなったり、身がまえたりする。むりもないよね。誰《だれ》だって、チャンスは存分に生かしたいから。

ところが、それで同時に、自分のそのときの限界まで見せてしまうんだ。ここがむずかしいところなんだがね。一生懸命にその限界を見せてしまうのは、ちょっとまずいんだな。

自分がたくわえた力は、相手にわかってもらわなければならない。けれども、力の限界は見せたくない。

大事なときに、チャランポランになれる能力。

チャランポランというより、リラックスかな。

これはなかなかむずかしい。つけ焼き刃じゃすぐにばれる。

ところがね、実は、平生のしのぎを固くやって、しのぎ切っていると、自然にゆとりが出てきていて、当人はリラックスしていても、球の威力はふだんより落ちないんだ。ふしぎにそうなんだよ。それで、リラックスしているというゆとりがスケールにつながって印象されて、もっと奥がありそうだと思わせることができる。

俺は体質的に、凝るところとチャランポランなところがあって、それが自然に、スケールに見えるところがあるらしくて、運というより怪我《けが》の功名でしのいできた。普通の人にはなかなかむずかしいだろうけれど、これにもセオリーがないわけじゃないんだ。

前哨戦《ぜんしょうせん》こそ大切――の章

また勝負事の例になるよ。

昔、マージャンのセオリーの本を出したときに記したことなんだけどね。

マージャンに限らず、勝負事には、その場面の総合的運気というものがあるんだ。皆が部屋の中の空気を吸っている、その部屋に満ちた空気のようにね。

その運気の平均値を、かりに20としよう。勝負をはじめる前、つまりまだ全員がヴァージンのときに持っている運気がひとり20ずつあるとします。

で、ゲーム開始。A君が、まずエラーをひとつした。

このエラーの認定が、シロウトにはちょっとむずかしいよ。セオリーをふまえて勝負に行って負けるのは、運気のせいでエラーじゃない。反対に、結果が負けにつながらなくとも、無駄《むだ》に相手に利を与えた場合はエラーさ。だからお互いにエラーと意識しないエラーもありうるよ。

なんであろうと、エラーをすれば、A君の運気はそれだけ減るのです。

マージャンのように相手が三人ならば、A君のエラーで、かりに点棒は動かなくとも、運気がそれだけ移行してBCD君はそれぞれ21になる。A君はマイナス3点で17。もしA君がB君に、エラーで放銃したのなら、B君はプラス3点の23。A君はマイナス3点の17。

この場合、次の局面では、17、23、20、20、というお互いの運気でたたかうわけだね。

点棒が動かない小さいエラーでも、17、21、21、21、という運気になる。

実際は小さなエラーが他の人にも出て、運気の移行がすこしややこしくなるけれど、今はわかりやすくするために、話を簡単にするよ。
17、23、20、20、という運気で、B君の23に対抗するためには、他の三人は、本来は攻撃にまわすはずの力をさいて、まずガードを固めなければならない。A君のごときは6点もここに力をふりむけなければ、B君と対等の運気にならないのだからね。
もし、これを気にしないで、17対23のままたたかっていると、同じようにいい手をつくっても、運気のいいB君に先にあがられてしまう。

すると不思議なことに、A君も、CD両君もガードを固めてエラーをしないとしても、B君はまたプラス3点、他の三人はまたマイナス一点ずつ。16、26、19、19、という運気になる。

実際には、D君は小さなエラーをひとつして、18、24、21、17、という感じになるかもしれない。

あるいはまた、C君がD君に直撃でエラーをして、17、23、17、23、ということになり、B君とD君が運気のうえで拮抗《きっこう》するかもしれない。

要するに、直前の一つのエラーが、次の局面ではお互いの間に倍のハンデを生むのだな。そうしてこれを放《ほう》っておくと、次から次へとハンデ差が開いていくわけだ。

もちろん一歩先んじたB君の方も、エラーをすれば、増えた運気を相手にお返しすることになる。

マージャンは点棒のやりとりのように見えるけれども、実は運気のうばいあいなんだね。ところが運気は眼《め》に見えないから、点棒の状態でお互いの様子を判断することになる。それでは不正確なんだけどね。

この考えの筋を追っていくと、勝負というものは、先取点が大事なんだということがわかるでしょう。

初級者同士のマージャンは、おたがいにエラーのしっこをするから、せっかくの先取点がまたひっくりかえされて、なんて意味ももたないことが多くなる。

けれども上級者になるにつれて、なかなかエラーをしなくなるからね。だから一歩先んじた方が、その優位をゆずろうとしない。

だから、前哨戦が、実は非常に大切なんだね。

で、上級者同士の戦争では、相手にエラーをさせようと、皆、そのことを中心に作戦をたてるんだ。自然のままにやっていたのでは、誰もエラーをしないから。

運気というようなものは、なかなか理くつではわりきれない。風向きと同じようなもので、今まで北風だったものが、次の瞬間には南風になったりする。

逆にいうと、人間の知恵ではかりがたいものを、運気とかりに呼ぶのだから。

その運気を、人為的にうばいあおうというのだから、苦労するんだ。

勝負事のセオリーはここを起点にして、奥深くなるんだけれども、今はそれはおいておこう。

もう勝負事をはなれて、実生活の問題として考えてみておくれよ。

前哨戦が大切だといったね。いったんリードされたら、あとから追いこんで勝つのは、見た眼にはあざやかだけれども、確実性を欠くんだ。コースがあかなければそれっきりだしね。いっぺんに追い越せるほど、相手がタレてくれるとはかぎらないから。やっぱり、なんといっても、まず一点でもリードしておいて、そのリードを利用して点差を開いていく、この方が正攻法なんだ。

お互いの攻撃力が10点ずつとしようか。17対23の場合、同じ運気で互角に戦おうとしたら、A君は攻撃力から6点分を投入しなければならない。すると、A君とB君は、4対10の攻撃力で攻め合うことになるな。

これでA君は辛《かろ》うじてガードが守れる。但《ただ》し、攻撃はできない。

攻めないで守っているだけじゃ、勝てないからね。

といって、ガードを捨てて、10点ずつの攻撃力を生かそうとすると、さらにエラーをすることになり、点差が開く。

だから、A君とすれば、相手に先行されたならば、なにをおいても、まず17対23を、20対20というふり出しの形に戻《もど》すために力を傾けないといけない。運気のふり出しに戻ってから、それからリードを狙《ねら》う。

最初からノックアウトパンチがきまるわけじゃない。また、途中で、いざ決戦となって、ここで一太刀浴びせればいいというものでもない。すべては前哨戦の積み重ねなんだからね。ワンポイントずつ、リードを増やしていく。

それで、一方がツイていて、一方がツカナイという感じに見えるのは、お互いの運気の差が10ポイント以上開いた場合だろうな。

30対10、20ポイント以上開いてしまうと、勝負は一方的になる。B君は自由自在に手をつくってあがれるし、A君はいつも後手にまわって叩《たた》かれっぱなしだ。はた眼に大決戦のように見えるのは主としてこういうときなんだね。B君にめざましい手ができまくって、点棒の動きが派手だから、決戦のように見えるけれども、実は勝負は、その前の前哨戦のときにすんでいるんだ。

いいかえれば、一見して小さな動きしかしない前哨戦こそ、双方が全力でしのぎ合う決戦のときなのだね。

そこで、前回のテーマを思い出してください。

かんじんのときに、チャランポランになれる能力。

かんじんの決戦に見えるときよりもその前の前哨戦、つまり平生のときに全力を傾けているわけだから、決戦となると、ただその勢いに乗ってればいいんだよ。

放っておいても、いい牌《パイ》が集まってくるんだから。チャランポランが好手を呼ぶわけじゃない。めざましく見えるときに、チャランポラン、あるいはリラックスして打っているだけだ。

それが、他の眼には、スケールの大きい相手としてうつるわけだな。

かんじんのときに、調子に乗って猛ダッシュしない方がいい、というセオリーは次回にまた。

動いちゃいけないとき——の章

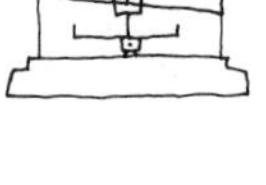

今、君がひとつエラーをしちゃったとする。大きいことでも小さいことでも、セオリーは同じだよ。

スーパーマンじゃないんだから、誰だってエラーはあるよね。

前回のセオリーを思い出してくれればいいんだけれど、エラーをすれば、君の運量はワンポイントさがるね。それで、周辺のライバルたちの運量は、自動的にワンポイントずつあがる。だから、ワンポイントの倍の差が、それぞれとの間にできるわけだね。

このときにかんじんなことは、自分の運量が原点の20あるつもりで、対等に行動しないことだ。

まず、失ったワンポイントを補修（いたんだところを直すこと）することに全力を投入する。原点が20あるとしたならば、積極的にたたかうのは、20以上のポイントを持っているときに限るのだよ。

それ以下のときは、まずガードだ。守り腰を固める。

ワンポイント失った時点で、さらにエラーを重ねるのが一番よくない。さらにエラーしなくたって、相手がエラーをしなければ、そのままだし、同じ点差でたたかっていると、有利な方はますます自然に点が追加され、不利な方は自然に減点されて、だんだん点差が開いてしまう。そうなってからでは挽回《ばんかい》不可能だ。

ワンポイント開いたら、そのときに修復しておく、これが非常に大切なんだね。この時点ならば、相手にエラーが出れば、原点に復帰できる。

非常に人のわるい方法だが、相手のエラーを誘発（さそう）する手もある。とにかく、誰かが次にエラーをするまでは、じっと我慢して攻めに出ないこと。

状況というものは、刻々に変化するから、チャンスの芽のようなものは、自分がわるい態勢になっているときでもあるよ。だけれども、見送った方がいい。

チャンスの芽というのは、つまり、たたかいの結果如何《いかん》によっては加点できる、ということだね。たたかいだから負けることもある。わるい態勢のときは、たたかってろくなことがない。

特に、まわりの皆がポイント数を確保していて、自分の運量が最下位にあるというときなど、チャンスの芽に見えても、チャンスでもなんでもない。むしろ、ピンチの芽なんだからね。

たたかいというものは、圧勝という形はわりにすくないんだよ。人はそれぞれ、同じようなレベルの相手と競争しているのだからね。だから、スコアは一点差とか二点差とか、少差が多いんだ。

自分の実力は、誰でもある程度、知っている。けれども、運量の方を見そこなっていると、少差で負けることになるんだなァ。

運量というものは、なかなか正確に見るのはむずかしいんだ。たとえば、A君が失恋をしちゃった。A君はそのことを皆にかくしているから誰も知らない。でも、運量はワンポイント減っていて、まわりの者は知らずして加点されている、ということもありうるからね。

むずかしいけれども、ポイントを見定めようと意識しているのと、しないのとではだいぶちがう。それに、あまり神経質になることもないんだ。数学の問題じゃないからね。要するに、彼我の感じをなるべくきっちりつかむということだから。

相手がエラーして、自動的に自分の運量が優位になることもあるね。それから自分が勝ちに乗っていて、運量の差がだいぶリードしている、ということもある。

こういうときは、まずエラーをしないように、ということを第一義に考えること。相撲で、寄り進んでいって、いい態勢になったら、相手に身体を密着させて、そのままもたれこむようにする。あれがいいんです。実人生でも、八分どおり勝てる恰好《かっこう》になったら、じっと自然にまかせていればいい。これがセオリーだね。

勝てそうになると、つい調子に乗って、とどめを刺したくなるけれどね。もうそこにきたら動かなくていいんだよ。ポイント数が大差になると、何もしなくても相手は減点、こちらは加点されてくる。かえって、動いたためにそこでエラーするということが怖い。

寄っていって、とどめを刺すつもりで、足を飛ばして外掛けにいって、それが成功することももちろんあるけれども、かえって足を飛ばしたために腰が浮いてうっちゃられる、ということもある。そういうエラーが怖いんだ。なにしろね、勝てそうなときに、その状態を大切にして自然を保つ。エラーをする可能性がすこしでもあれば、それはやらない。これは、ばくち打ち的な考えだけれどね。

ここ数回のこの小文のテーマにしている、かんじんのときにチャランポラン（リラックス）になれる能力、というのは、こういう角度からもいえるんだけれどね。

どうもね、しのぎの技術としては高級だけに、なかなかうまく説明ができなくて弱っちゃうんだよ。

かんじんのときに、チャランポランになっちゃった、というのとは大ちがいだよ。

能力というのは、自主的にそうなれるということだからね。これがむずかしいんだ。俺《おれ》だって、経験で、肌《はだ》で知ってるというだけで、理くつでおぼえたわけじゃないから。どうも、肌でさとったことを、字で説明するのはむずかしいね。

しかし、人生は、特に男の人生は、たたかいというものが基調（ベース）になっているけれども、それだけじゃない、愛し合ったり、許し合ったり、助け合ったり、いろんなことがあるね。

それは、ばらばらに独立している場合もあるし、微妙にからみ合っている場合もある。独立していてワンカラーならば、これはわかりやすいね。

けれども、たいがいはそうじゃないだろう。友人でもあり、ライバルでもある、とかいうことが多いし、ライバル同士が共同で、べつの敵に対する場合もある。いずれにしても、たたかいをベースにしながら、他の関係ももっているんだね。

誰だって、昨日よりも、よりよい今日を迎えたい。

人を押しのけなければ、その今日という日がよりよくならない。

あるいは、がんばってしのがないと人に押しのけられてしまう。

だからといって、他人というものは単に敵というだけのものじゃないからね。

俺なんかもね、若い頃《ころ》、一匹 狼《おおかみ》でふらつきまわっていた頃があって、痛切に友人が欲しかった。気持ちを楽にして話し合える人間がね。

けれどもその時分、勝負事をやっているとね、勝ち負けが、はっきりと出てしまうんだ。それは市民社会よりも烈《はげ》しいからね。

それでも、顔見知りになって馴《な》染《じ》み合った連中と、なんとなくつきあう。

つき合いが濃くなった同士で、喰《く》うか喰われるか、というのもどうも具合がわるいから、なるべくその連中とぶつからないように、他の場所に行ったりね。

そうするとまた孤立するから、そこで誰彼となじんでしまって、また他に移動したり。

小説の世界にもぐりこんでも、そうなんだよ。小説の友人は、またライバルでもあるしね。特に俺みたいに底辺からスタートした奴《やつ》は、いろいろな戦友がいるんだよ。日頃、親しくしていても、勝ったり負けたりする関係もある。フリーランサーの世界はどうしても、それがあるんだ。今回は話が中途になってしまったけれど。

追い討ちはやめよう——の章

——だからね。だからねというのは前回の続きなんだがね。特に男の生き方は、たたかうことがベースになっているけれど、それだけじゃなくて、愛し合ったり、許し合ったり、助け合ったり、ということがあるね。

べつにたたかうことが好きなわけじゃない。できれば、みんな仲良くやっていきたい、とおそらく大半の人たちが思っているのだろうがね。

作用と半作用、表生地《おもてきじ》と裏生地の例で記したように、何につけてもたたかい、しのぎ合うことがベースであればあるほど、一人じゃ生きられない、という反対の条件も濃くなるわけだな。

だからさ——。

問題は、この反対の条件、矛盾した条件を、自分の中でどういうふうに混在（まじり合わせる）させていくか、ということだね。

これも前回に記したことだけれど、自分が優位に立ったとき、調子に乗ってそれ以上の仕かけをしないように、ということがあったね。

手っとり早くいえば、追い討ちをしないように、ということだ。

それは、もうそれ以上の仕かけをしなくても、その局面での勝ちは見えているのだから、そこでまた動いたために万一のエラーをして、逆転の要素を作らない、というセオリーだ。

それでまた同時に、相手を逃げ場のないところまで追いこまない。だって他《ほか》ならぬその相手とも、愛し合わなくてはならないのだからね。というより愛したり、許したり、助け合ったり、お互いにしなければ、おのれ一人が勝っただけでは、満足な生き方はできないのだからね。

昔の武将が、討ちほろぼした相手から、二度と逆襲されないために、相手の血統を根絶やしにしようと、女子供まで殺したね。かなり神経質に、残虐《ざんぎゃく》にそんなことをしても、おのれが討ちほろぼした以上、いつかまた、おのれの一族も誰かに討ちほろぼされる。

相手の血族じゃなくても、その気になれば無関係な他人だって、かつての残虐を理由に反逆できる。

本当に反逆を防ぐ気なら、この地上から他人を根絶やしにしなければならない。それではまた、自分が生きていかれないからね。

自分がやったことは、他人もやると思わなければね。

自分にとっての好都合ばかりではこの世は成立しない。かならず不都合もある。それだから、好都合というものが成立するのだから。

で、たたかいやしのぎのセオリーをしっかり身につけると同時に、それとほとんど同じくらいの大切なこととして、自然に人を愛することもできるようになっておくべきなんだよ。

人を愛することができないと、ちゃんとたたかうこともできないよ。

実は、これがスケールになるんだなァ。

くどいようだけれど、大事なところで、チャランポランになれる能力。これがなぜ能力ということになるかというと、愛することと、たたかうこと、矛盾した二つのものを、こういう形で混在させているからなんだね。

これがスケールさ。そうして、スケール勝ちが最高の勝ち方なんだ。

もういっぺんおさらいをしてみようか。

まず、前哨戦《ぜんしょうせん》。これはたたかいの中心だ。ここではしっかりたたかって、まず先取点。

先取点というけれど、この一点のリードが、勝ちの芽なんだからね。あとは点をとったりとられたりになるだろうが、この一点のリードを死守する。

第三者には、中盤戦、大決戦、に見えるプロセスは、一点リードを死守しているかぎり、前哨戦の延長にすぎない。

そうして、勝ちが見えたら、できれば、勝ちにゆとりを持たそう。

追い討ちはやめようよ。

ここで甘い処理をしたんで、いつか逆襲されることもありうるよ。

いや、それは必定《ひつじょう》（かならずそうなる）ともいえるんだね。追い討ちをして攻めほろぼしたって、やっぱり同じことだな。

討てば、討たれる。

討たれても、いつかまた討てる。

これは、若い人が誰でもいつか老いていくくらい確かなことだ。

苦あれば楽あり、楽あれば苦あり。

失敗は成功の因《もと》。

昔の人が、その認識をいろいろな言葉にしているだろう。

苦あれば楽、楽あれば苦、それじゃどっちにしたって、もとっこじゃないか、というんだがね。だから、人生、おおざっぱにいって、五分五分だといったろう。

でも、これは虚無（むなしさ）じゃないんだよ。原理なんだ。苦と楽は、表生地と裏生地のようにひっついているんだ。

それでね、苦と楽がワンセットならどっちが先でも同じだ、人生どうでもいいや、ということにはならないだろう。どうせ老いて死ぬのなら、どう生きたって同じだ、ってことにはならない。

結局もとっこだとわかっているけれど、がんばってみよう。

この思いの深さが、その人のスケールになるんだ。

これもおさらいになるけどね、自分の都合だけで、勝ちにいくのも、勝ちだし、丹念に勝ちをひろっていくのも効果がある。

けれども、本当の勝ちは、スケールで勝つことさ。

本当に人を説得するのも、スケールなんだな。

だから、自然に他人を愛していけるような土台と、たたかいのフォームと、この両方をしっかり身につけることができれば、最高。

どうもうまいこと記せないせいもあって、このあたり、むずかしいだろうか。

とにかく、まあ、微妙なところで、ひとりひとりの個性の問題もあるからね。これ以上は、その人にひっついてしゃべるのがむずかしいんだよ。

さて、それでね。なぜ、こういうふうに、小むずかしくなるかということだけれどね。

なぜ、たたかわなければならないのか。

まず第一に、人口の問題だね。無人島のところで記したように、自分一人ならば、自分の都合だけで生きられたものが、二人になると、便利になる反面、公平な条件、あるいは少しでもいい条件を手にするために、しのぎ合わなければならない。だんだん人口がふえてくると、それが複雑にもなり大仰《おおぎょう》にもなる。これは経済の問題だがね、経済は人間の在り方の原理みたいなものだから、しっかり勉強するといいと思うな。俺は勉強がきらいで駄目《だめ》だったけれど。

第二に、これも関連がなくはないんだけれど、誰でも、昨日よりも、よりよい今日を迎えたい、と思うんだね。向上心というやつかな。どんな怠け者だって、放《ほう》っておくとうまく生きていくための工夫をなにかするものだよ。

これが、まァ、たたかいの原因だ。すごく大仰で、俺たちの気持ちと関係なく見える大戦争だって、もとはといえば、これが原因なんだな。

誰だって、昨日よりも、よりよい今日を迎えたい。誰だって、他人よりも、ほんのすこしでも、好条件で暮らしたい。これ、そんなこと思うな、というわけにいかない。世捨人《よすてびと》でないかぎり、むりだね。それで困るんだ。皆がそう思ってるんだから、好条件の奪い合いになる。けれども、皆が目標にする好条件というものの内容は、たいがいはたたかいと正反対のもので埋まっているんだからねえ。皮肉だし、小むずかしくもなるわけなんだよ。

先《せん》をとること——の章

俺《おれ》のところにも若い編集者がたくさん来るんだけれど、だんだん年をとってきたせいか、名前をおぼえきれなくて、困ってしまう。

むろん、俺の担当で、ずっと一緒に仕事をやってきた人や、何度も会っている人は、もう友人か従弟《いとこ》のようになってしまうけれどね。近頃《ちかごろ》は雑誌も多いし、書店売りの雑誌ばかりじゃなくて、ＰＲ誌や、ミニコミ誌なんかもあるから、なかには俺でさえはじめて耳にするような誌名や社名がある。

次から次へと、そういう新しい来客の数が増えて、家に来てくれるときはまだいいが、外で会ったりすると、もう、顔と誌名が一致しない。弱っちゃうね。

酒場なんかで会って、向こうから声をかけられて、しばらく当たりさわりのない話をしていて、向こうの特長が話の中に出てくるまで待つんだ。するとあるところから急にわかったりすることもある。

ところが、名前はおろか、顔もね、何度か会っているのになかなか印象に残りにくい人がいるね。

その逆に、一度で、ばっちり覚えてしまう人も、なかにはいる。

顔をおぼえにくい人が、なんにも特長のない、平凡きわまる人だ、ときまったわけでもないんだ。それぞれにキャラクターがあるんだけどね。

昔、俺が小出版社を転々としていた頃の同僚に、Aさんという人がいた。彼は働き者だし、明るいし、素行もいいし、従順だから、彼の上司も使いやすかったろうね。もし安定した大会社にいるんだったら、多分、世話好きが嫁さんを売りこんできてしようがなかったろう。

ところが、明日をも知れぬその小出版社の同僚たちは、Aをそれほど評価しないんだ。それは気さくにつきあうし、皆、Aと仲はいいんだよ。

でも、大事な仕事とか、重い企画とかになると、Aには回ってこない。

どうも、彼には何かが欠けているんだなァ。

その出版社も、ご多分に洩《も》れず、破産解散となって、十人くらいいた編集者のうち、三人ほどが、少し間をおいてできた新社に残り、あとは他社にそれぞれ移る。

その時分のことだから、編集者たちもわりに慣れっこになっていてね、なんとか方々の社にもぐりこんじゃう。

そういうときでも、Aは、あんまり他社からお声がかからないんだなァ。いい奴《やつ》なんだよ。俺なんか、Aにくらべれば、サラリーマン失格の、箸《はし》にも棒にもかからない口なんだがね。

出版じゃなくて、新聞の配給会社みたいなところに受け入れ先があって、仲間の紹介でAが出かけたんだな。

面接がわりに、その社の上役と、喫茶店で会ったんだ。

その結果が、駄目。

その上役という人物も、なかなか鋭い、ちょっとのことを見逃さない男ではあったけれどもね。

世間話ふうにいろいろしゃべっているうちに、ある私鉄の駅の名が出て来たんだね。Aはその駅名を知らなかった。わりに大きな駅だったのだが。

その一事で駄目になった。あとでその上役が、いったそうだ。

「今、うちの社に入社しようというときに、うちは各駅に新聞を配る仕事だからね。私鉄の駅ぐらいおぼえてくるべきだ。やる気があればそうするよ。彼はファイトがないね。そういう人はうちは要らない」

Ａだって、べつにファイトがないわけじゃないんだ。それどころか、いざ仕事となると、かなりのファイターなんだ。

ところが、そういうふうに見られてしまうところがある。

頭の働きの問題かな。

それもなくはないが、要点はそれと少しちがうんだな。

小利口じゃないからか。

そういうこととちがう。

なにかこう、微妙な問題で説明しにくいけれども、Ａは、いつも後手に回っているところがあるんだな。先をとっていかないんだ。そのために、同じような努力をして、きちんと生きているわりに、いつも目立たない。

Ａが着実に一点とる。ところがその前に相手が一点とっているんだね。それでも一対一で、同点なんだけれど、印象としては相手の実力が上で、Ａはやっと追いついたというふうに見えるんだ。

ちがう例なんだがね。Bというヴェテランの編集者がいる。大手の出版社で、近頃役員に昇格した人だ。

だいぶ前のことだけれど、ある作家の担当の各社の編集者たちが、揃《そろ》って旅行をしたんだ。そのとき、どこかの旅館を発《た》って、次の目的地に向かうというときに、一行の荷物が一つなくなっていることに、駅で気がついた。

さっと車をとめて、旅館に戻《もど》って荷物を持ってきたのが、一行では一番年配のBだったそうだ。

俺はその作家からあとできいたんだがね。

「Bは、会社で重用されるはずだよ」

とその作家はいってたな。

これも、小さな例で、これだけのことではうまく伝わりにくいと思うけれども、Bがマメだった、とか、親切だった、とか、それだけの話としては俺は受けとらなかったな。

こんな小さなことでも、Bは、先をとってるんだ。こんな小さなことでもそうだから、一事が万事、そうにちがいない。この印象が大きいんだな。

俺のところに来る若い編集者を見ていると、気心の知れた親しい人はもちろん、なじみのうすい人でも、それぞれの会社の中における彼等《かれら》の状態が、うっすらとわかるような気がするんだな。

人格というのは、また少しべつの問題であって、人格と、生きていく技術というものは、必ずしも一致するとは限らない。会社の空気とはうまくマッチしないけれども、人格的にはすばらしいという人もいる。

けれども、生きていく技術の方を診断する場合、案外に大きいのが、この先をとるか、後手にまわるか、ということなんだね。

Cという編集者は、彼が大学を出て新入社員で現れた頃から知っているけれど、若いに似ず、とても好みの幅のせまい男でね。そのかわり、ツボにはまると、それこそ火の玉のようになって働くから、余人にできないような仕事をするんだ。

当人もそのことを心得ていて、オールラウンドプレイヤーになろうとしない。自分の特質が生きるような仕事ばかりやろうとする。

平素は、遊び好きで、わがままで、小生意気で、必ずしもまわりと折り合っていくタイプじゃないんだけれどね。

なにしろ、酒を呑《の》むと、社内の先輩を殴っちゃったりするんだから。

しかしまた気さくで、面倒見もいいし、それ以上にどことなく魅力的なんだ。

どこが魅力的かというと、Cは、どんなときでも、眼《め》が輝いているんだなァ。むろん、彼もそうするべく努力していたんだろうけれど。

Cは中クラスの社にいたんだが、大手に眼をつけられて、破格の条件で引き抜かれていった。

このCの例も、先をとって生きているということなんだけどね。

先手でも、後手でも、やることが極端にちがうわけじゃないんだよ。駒組《こまぐ》みは似たようなものなんだ。

ところが、勝負は、圧倒的に、先をとっていく方がいい。実生活の勝負はところどころでゲームセットになるわけじゃなくて、一生涯《いっしょうがい》、続くんだからね。だから、結果は最後にしかわからない。そのかわり、先をとったら、ずっと先をとって一生すごすこともできる。これが大きいね。勝ち味を早くする練習の必要があるようだな。

勝ち癖負け癖——の章

前回の、先《せん》をとる、というやつね。先取点をとる、というのとは、少うし意味がちがうんだ。

大きく分類すれば、同じことになるかな。でも、小さい分類ではちがうことなんだな。

先をとるというのは、野球でいえばグラウンドに相手より早く来て全員で待ちかまえているとか、ジャンケンをして勝って先攻めを選ぶとか。後攻めの方が先取点をとることだってあるからね。

つまり、数字に現れるはっきりしたリード点じゃなくて、気合みたいなものといってもいいかな。

上杉謙信が武田信玄に書面を送って〝川中島で、戦いを決しよう〟といったとすると、この場合、先をとっているのは、戦場を指定してきた謙信の方なんだね。

先をとったからといって、勝ちが決まったわけじゃない。ただ、すくなくともマイペースでたたかえるということだ。勝ち味がおそいのよりはいい。

先取点をとったからといって、逆転負けを食うこともある。ただ、実人生のレースは一人対一人じゃないから、何人も何十人も相手がいるからね。先取点をとったら勝ちやすいが、あとから逆転するのは、何十人の中の一人ということさ。

で、何度もいうようだけれど、普通は、全勝はできない。俺なんか、最初は負けばかりだった。途中から、しのぐフォームを身につけて、やっと勝ったり負けたりになったけれど、通算してみると、まだ負け星の数の方が多いのじゃないかな。ただ、幼い頃《ころ》に、負け星がかたまっているために、傷が、わりに小さいんだね。

学歴社会というけれど、また実際それにちがいない面もたくさんあるけれど、学歴が一番ものをいうのは、新しく社会に一歩をふみだすときだな。ここでは、職場での経験実績がないんだから、受け入れ側は、学歴で計るよりしようがないね。

そのあとは（職場によっていくらかはちがうだろうが）、学歴よりも実績の方が、おいおいと重みを増していくのじゃないかしら。だから、職場に入ってからの日常の勝ち負けの方が、一段と大切なのじゃないかと思う。これは俺が、フリーランサーという、比較的、学歴を重く見ない職場にいるせいだろうか。

ただ、学歴がないと、最初からいいチャンスをくれない。まず下積みからはじめなくちゃね。大学相撲で優勝してプロの番付の途中から入るのと、一番下からスタートする無名力士のちがいのようなものだね。

それはともかく、小さい頃、負けてばかりいた頃は、ある意味で、気楽だったね。負けてばかりいると、もうそれが普通になって、ショックもなにもないからね。

へんに一生懸命になって、もみ合って負けるよりも、悟りきって、あっさり負けた方が、負けの洗練があるような気になってくるんだ。そういうおぼえのある人が読んでいてくれると嬉《うれ》しいんだが、負け星というやつは、ほんとに中毒するね。

俺なんか、中学で劣等生だった時分には、この世に怖いものなんかないような気にもなったな。学業も操行もどこから見ても全敗だから、これより下はない。それで皆から軽蔑《けいべつ》されてもただニヤニヤしてるんだ。自分は、自分にもあるいいところはわかっているし、それに、自分を許さなくちゃ生きていけないしね。自分は許してるんだから、他人が許してくれなくてもいいという気分なんだな。

これは実に劣等生じゃなくちゃわからない屈辱の快感でね。それで、学校にいるあいだは気楽なんだけど、一歩外に出ると、もっと下に落ちるかもしれないから、劣等生のままじゃ、やっぱり怖いんだな。

犯人が捕まって護送されていく場面を、ニュースでよくやるだろう。その人の人生はおおむね終わってしまった瞬間だな。その夜、留置場でさまざまな想《おも》いが去来するだろう。

どういうわけか、俺がその犯人になったような気分にすぐなってしまう。どん底の気分はよく知ってるからね。だけれども、どん底の気分というものは、案外に、苦しみはすくないね。カーッとなっていて、警察側に身も心もゆだねてしまった感じ。犯人が苦しむのは、捕まるまでの間と、その一夜がすぎてから、かみしめなおす長い時間だろうな。

七、八年前、俺は重病で入院していたがね。ちょうどあのときがそうだったな。ふだんはわりに神経質なところがあるんだけれど、入院したとたんに、医者に身体《からだ》をゆだねてしまったようになって、自分じゃなにも判断しない。いっそのんきな毎日だったな。

どん底というのは、台風の眼に入ったように静かな状態なんだよ。

そこのところといつも隣り合わせで、すぐにその気分になれるというのは、あまりいいことじゃないんだけどね。

ある先輩作家が、俺のことを〝肝がすわってる〟といったけれど、本当はどん底の気分になれるってだけのことなんだ。

反対に、小さいときに勝ってばかりいた人も、そっくり逆のことがいえるんじゃなかろうかね。勝つことが普通になっちゃうと、感動はすくないけれども、勝たなきゃしようがない。またそういうときは自信をもって先がとれるから、勝てるんだね。努力といってもマイペースなんだ。劣等生がやっぱりマイペースなようにね。

劣等生とちがうところは、上はないけど下があるということ。勝ち星は積み重なるけれども、一敗でもすると、どん底に近い気分になってしまう。

勝つのが当然と思っている人を負かすのは大変だよ。うまく攻めこんでも自信のある相手はウルトラCが生きるからね。

そのかわり、ひとつ負かすと、自信を失った横綱みたいにグラグラしちゃうけれど。

だから優等生と劣等生は、そもそものはじめに、極端な二筋道ができちゃうんだね。勝つのが当然だから勝たなきゃならないという人と、負けるのが当然だから負けてもいいやという人とね。

先をとる、あるいは先取点をとる、ということの有利さは、つまりこういう具合なんだ。

俺なんか、負けなれちゃって、負けても平気だ、という心がまえができちゃったものだから、途中から勝ち星がまざりだしてきたとき、困るよ。かえってマイペースじゃなくなっちゃってね。三回続けて勝っちゃって、これは変だな。今度あたり、負けるんじゃないかな、なんて。

実際は、負け星が続いた分、勝ち星が続いたっておかしくないんだけど。

どうせ負けるんなら、大決戦のときでなく、ふだんの小ぜりあいのときに負けた方がいい、なんてね。

いったん小さく負けておこう、そうすれば気持ちがおちつくから、それからまた勝てばいい、そう思ってるのに、四連勝しちゃう。さァ、この次こそ負けるぞ、なんて妙な方向に力が入ったりしてね。

自分がうっすらと抱いている自分のイメージに近いところにいないと、おちつかない。優等生は優等生らしく、劣等生は劣等生らしくしちゃう。

　俺の場合、ちょうどうまいところで敗戦という、ご破算にねがいまして、みたいなものがあって、それまでとまるっきりちがう世界に飛びこんじゃったから、また最初からやりなおし、と思ってちょうどよかったんだけれど、敗戦がなかったら、いつまでたっても劣等生の癖は抜けなかったかもしれないね。

　だから他人に何かいう資格はないんだけれど、今週は本題に入りかけたところでスペースがなくなっちゃった。また来週。

一病息災——の章

楽あれば苦、苦あれば楽、という言葉があるね。実際そうかどうか、これは微妙な問題なんだけれども、いつかも記したとおり、これは昔の人のバランス感覚から生まれた言葉なんだろうな。

若い頃の一時期、この言葉に中毒しちゃった頃があってねえ。ちょうどばくち打ちの足を洗って、市民社会の底辺で社会復帰しようとしていた頃だなァ。楽あれば苦、なのならば、楽になるわけにはいかない。あとの苦が怖いからね。で、とりあえず、目前の苦をとろう。

しかし、苦をとっちゃうと、その次は楽が来る。楽が来てしまえば、次は苦になるわけだから、まずい。

では、目前の苦をとったあと、楽が来るより先に、すぐまた別の苦をえらばなければ安心できない。

なんのことはない、苦ばかり味わっているようなことになるんだけれど、当人はそれよりほかに打つ手がないような気分なんだ。

苦にもいろいろあってね。大きな苦もあるし、日常的な苦もある。大きな苦をさけようとして、日常を苦一色にしてしまうんだな。その頃は、まだ自分は攻めにまわる時期じゃない、と思っていたせいもある。

けれども、まァ中毒だね。

会社に出勤するんでもね。のんびり電車に乗って、楽をして行ったりすると必ずわるいことがあるように思えちゃうんだね。

だから、二時間もかかって走っていったりね。汗まみれで、くたくたになって、遅刻していたりね。

だけれども、そのままにしておくと今度は楽が来ちゃったりすると大変だから、何かまた苦のタネを探したりしてね。

同じ苦でも、自分でえらびとった苦なら、まだ救われるような気がしたんだね。それに、肉体の苦痛ならば、苦の中でも一番あつかいよい苦だからねえ。うっかり楽をして、そのあと迎える苦というものは、何が来るかわからない。これが怖いんだな。

俺《おれ》たち、戦争を知ってるからね。見渡すかぎり焼け跡で、ああ、地面というものは、泥《どろ》なんだな、と思ったんだね。

そのうえに建っている家だとか、自動車だとか、人間だとか、そんなものはみんな飾りであって、本当は、ただの泥なんだ、とあのとき知ったんだ。

だからね、戦争が終わって、また家が建ち並んで、人間がうろうろするようになったけれども、これは何か普通じゃない。ご破算で願いましては、という声がおこると、いっぺんに無くなっちゃって、またもとの泥に戻《もど》る。

それが怖いような気がする。なんとか、飾りの人生を、神さまのお目こぼしで続けていきたい。

それには、調子に乗って楽をしてたんじゃ駄目《だめ》だ、と思う。ご破算にならないように、おずおずと、小さな苦をひろって、小さくなって生きていかなくちゃ。

家の中に住んだり、電車に乗ったり、カレーライスを食ったり、お風呂《ふろ》に入って歌を唄《うた》ったり、そういう人並みなことというものは、すでに普通じゃないんだから、それに見合う苦を自分でひろってかなきゃならない。

この考えに中毒してくると、きりがないんだね。またいったんそう考えると、中毒しやすいんだ。

それに、俺の場合は、小さいときから負けなれているんだから。楽とか苦とかいう言葉を、勝ち星、負け星、というふうにおきかえてみてもいいんだけれど、俺がなんとか今まで生きてこれたのは、ずうっと負けてばかりいたからだ、というふうにも思えるんだ。

だって、戦争で、ずいぶんまわりの人が死んでるからね。俺に焼夷弾《しょういだん》が当たらなかったのが不思議なんだから。

焼け跡が、まだ眼の前に残っていた頃は、大昔の人が、雷や嵐《あらし》をおそれたように、本当に物をおそれながら生きていたね。

今日一日が、なんとか過ぎていくということが、恵まれているような気がしてしようがない。

たまに、電車なんかに乗っていると罰が当たりそうでね。いきなり電車の中で走りだしちゃって、車内を行ったり戻ったり。

会社の部屋の中で、不意にぐるぐる走っちゃったり。気狂《きちが》いだね。

それでもね、だんだん世の中がおちついてきて、ビルやなんか建ち並んでくる。それと同じように、俺も、なんとか病気にもならずに、毎日をすごしてる。

これが怖いんだね。不意に、ご破算でねがいましては、という声がきこえてきそうでね。

日常の中の、小さな勝ち星や負け星もあるんだけれど、大きな眼で見るとなんとか生きているというだけで、勝ち星が並んでいるように見えはじめたんだ。

でも、全勝なんて、幻だからね。

俺はね、世の中とうまく折り合いをつけて、スムーズに栄えていく人を見ると、あ、そんなに小さな勝ち星にばかりこだわっていいのかな、大きなところのバランスシートにも神経を使わないと、ご破算になるぜ。

なんて思うんだね。負けなれている奴《やつ》の発想なんだろうけどね。

どうすれば、大きなところのバランスがとれるのか、俺にもはっきりしたことはわからないんだけれども。

一病息災という言葉があるね。あれも、一種のバランス志向の言葉なんだろうね。まるっきり健康な人よりも、ひとつ病気を持っている人の方が、身体を大事にするので、かえって長生きする、というわけだ。

健康のことじゃなくて、生き方のうえでも、そういうことがいえるんじゃないかなァ。

ひとつ、どこか、生きるうえで不便な、生きにくいという部分を守り育てていく。わざわざ作る必要はないかもしれないが、たいがいは自分にそういうところはあるからね。

普通は、欠点はなるべく押し殺そうとするんだな。そうじゃなくて、欠点も、生かしていくんだ。

もちろん、欠点だらけになって、病気の巣のようになっても困るんだけれどもね。それから、欠点といっても、なんでもいいわけじゃない。やっぱり、適当なものがいいね。

俺なんか、ひどい欠点ばかりの人間だったから、どれを生かしたらいいか迷ったけれどもね。

一病息災というのは、主に年をとった人に当てる言葉だけれども、今、俺が記していることは、若い君たちに向けていってるんだよ。

長所と同じように、欠点というものも、できれば十代の頃から意識的に守り育てていかないと、適当な欠点にもならないし、洗練された欠点にもならない。

それに、適当なものをえらびだす勘は、なんといっても若いうちにかぎるからね。

欠点のうちで、他人にいちじるしく迷惑をかけそうなもの、これは自分にとってもマイナスが大きいから、押し殺すにかぎる。

自分が生きようとする方角に、まったく沿わない欠点、これも不適当だ。

あんまり小さい欠点でも、この対象にならない。不器用で棚《たな》も作れない、なんてのは、それで生きにくいというほどじゃないからね。

何がいいか、それぞれ自分に合わせて考えるよりしようがないが、とにかくあまり流暢《りゅうちょう》（すらすらと）に生きようとしないことだね。

生きにくくてなやむくらいでちょうどいい。欠点はまた裏返せば武器にもなる。ただし、その欠点をきちんと自分でつかんで飼っていないとね。

それで若い時分に飼いならせるといい。

一病の持ちかた——の章

俺はね、日常がひどくだらしがないんだよ。これは自慢でいってることじゃないんでね。見習ってもらっちゃ困るんだけど。

時間がルーズときている。持病のナルコレプシーのせいもあって、他人のペースに合わせて行動することができない。ついつい一人で、世間に背を向けるようにして（本当はそれじゃ生きられないんだけれど）自分のペースで暮らすようなことになってしまう。他人が朝食を食べているときに、こちらは晩酌《ばんしゃく》をやっていたり、皆が寝静まっているときに仕事をしていたり、ね。さぞ自由でいいだろうという人がいるけれど、期日の中で仕事をするのはおんなじだから、自由ということはないね。ピンチヒッターがきかないから、病気になったってやることはやらなきゃならない。

当人はけっこうきつい思いをして働いているつもりなんだけど、他人が見ると、のらくらしているように見えるらしいね。

それで俺なんかは、小説書きになったから、だらしなくしているんじゃなくて、もともとだらしがないから、こういう形で生きていくよりしかたがないんだね。

小さい頃《ころ》から、学校をサボったりして規律に染まるという訓練をしなかった。戦争だとか、いろいろな理由をつけて、その場かぎりの自分の都合のよい生き方の方にばかり行く。苦手なことをやろうとしないんだからね。

だから、だらしなさの基礎が固まってしまったんだ。戦争が終わって、かつぎ屋だの靴《くつ》みがきだの、ばくち打ちだろう。いずれも未組織労働者で、好き勝手に生きているだけなんだから。

成人すると、それまでの自分を変えていくのはなかなかむずかしくなる。努力してひとつの短所をなおすと、べつのところがぽこっと飛び出て新しい短所ができてしまったりしてね。

理想的には、短所がなければいいんだけれども、やっぱり皆、どこかに短所はあるからね。

で、前回のように、一病息災でいこうとするね。ところがひとつだって病気は病気だからね。健康人とおなじつもりで暴れまわるわけにはいかない。病気（自分の短所）をなめたらいかんよ。どんなことだって、なめたらしっぺがえしを食うからね。

一病息災ということは、まずその一病（短所）と、ちゃんと向かいあうというところからはじまるんだな。ここが大事なところなんだがね。

――俺はだらしがない。ものを整理整頓《せいとん》したり、清潔にしたり、そういうことは最大の苦手なんだね。むりにやってできないことはないけれども、毎日そうするとなると、その点に全力がかかってしまって、整理整頓のために生きてるようになってしまう。これでは俺の他《ほか》の能力が生かせない。

そうだとすれば、まず第一に、だらしがないということが致命傷になるようなコースは、避けるべきなんだ。やっちゃいけないんだ。いくら魅力的なコースに見えたって、俺が銀行員になったり、パイロットになったら、きっと大居眠りして四方八方に迷惑をかけるからね。

もっともこれはちょっと危険ないいかたでもあるんだな。欠点をいちいち認めていくと、二病、三病になっていくんだね。一病だから息災が保たれるんで、二病にも三病にもなったら、もうそれは入院して手術ということになる。認めるのは代表的な一病までだよ。あとの短所はやっぱり無理してもなおさなくちゃ。

ただ、学校の先生なんかは、どの生徒にも、ひとつの完全な人格を目標に指導していくだろうけどね。それにちがいはないにしても、最大公約数と君個人とはすべて一致しないからね。君は君で、自分にあてはめて、固有の作戦をたてなくちゃね。

さて、自分の一病をこれだと定めて、この一病だけはしかたがないから、養っていくよりしようがないとなったら、なにしろ君は息災でも病人にはちがいない。つまり、はんぱ人間だね。まァ大体の人ははんぱ人間なんだけれどもね。

で、はんぱ人間なんだから、完全人間の誇りは捨てることだね。その一病に関して、他者から軽くあつかわれても、怒っちゃいけない。甘んじて、その軽蔑《けいべつ》を受けること。この点の修業をちゃんとする必要があるよ。

いいですか。実人生で、九勝六敗目標というのはここだよ。この六敗は、わるびれずに甘んじて受ける。それどころかむしろ、オープンにしてしまう。

一病のところで軽蔑されて、しようがない、うじうじと我慢してるなんというのも、生理的によくないやね。ストレスがたまるし、そのうえせっかく我慢した効果にもならない。ここはひとつ、うわッと陽気に認めちゃうんだ。

俺なんかねえ、(どうも俺の例なんてのは、あんまり基準にならなくて困るんだが)だらしがないの上に大がつくような看板をあげちゃうよ。大声で、だらしがないを売って歩くようなもんだ。それで、まずもって他人を呆《あき》れかえらしちまう。

昔、同人雑誌なんかやっててもね、会費を預かる会計係なんか、俺にやらそうとする人はいない。

「会計係は誰にしようか」

「俺に、やらしておくれ」

なんていうと、一座がさっと緊張してね。

「君はむりだ。皆、安心してられない。金なんか預けたら、呑《の》んじゃうだろ」

「うん──」

「じゃ、駄目じゃないか」

「だからやりたい」

これじゃその役は回ってこない。だけれども、自分で看板をあげてるんだからすくなくともかげ口はないね。かげ口をいう張り合いがない。

昔、やっぱり同人雑誌をやろうとして準備段階で集まった連中が、もうすこし仲間を増やして、第一回の会合を全員でやろうという。どうしてか、その連絡係が俺になったんだ。

何月何日、何時、どこそこに集合せられたし。という葉書を、次の日から一生懸命、一人一人に書いて出したんだけれどもね、まだ半分の人にも出さないうちに、当日が来ちゃったんだ。

それでしようがないから、葉書を出した人全部に電報を打って、延期、ということにした。

それから、二週間ほど先の日をあらためて定めて、今度こそ一生懸命に、汗みずくで葉書を出したんだけれども、また全員に出さないうちに、当日が来ちゃった。当日というのは来るのが早いんだ。

しかたがないから、また電報を方々に打って、日延べをお願いする。

また十日ほど先の日を定めて、今度は不始末をしたらいいわけができないから何の用事もさしおいて、毎日葉書を書くことに熱中したんだけれども、全部出し切らないうちに、また当日さ。

友人たちが、皆、ノイローゼになってね。何月何日、皆で集まるというので、その日をあけておくと、当日になって日延べの電報が来る。また何月何日、その日をあけて仕度をしていると、電報。

今度は三回目だから、まさか日延べはしないだろう。しかし奴《やつ》のことだからどうかな、と思っておよび腰でいると、はたして電報。

四回目のときは、電報じゃないかな、と不安が増したところに、やっぱり。

とうとうその会はお流れになっちゃったね。

で、きちんとした性格の人は、むろん呆れかえるし、軽蔑もする。俺がわるいんだから、俺も同感なんだね。なにしろ本人が同感してるんだから、どうにもならないんだ。

つけ合わせに能力を——の章

昔の俺《おれ》の部屋なんてものはね、汚さやだらしなさを超越していて、すごかったね。本や新聞紙や原稿用紙や、食べた物や、ほかの遊び道具なんかを片づけないから、みんな積み重なっていて、畳の目が見えない。

部屋にあがりこんできて、あんまり凸凹《でこぼこ》してるんで、足をくじいちゃった友人がいてね。

皆、居心地わるそうにしている。それでも遊びに来る奴《やつ》は来るからね。

さァ、ここなんだが——。ことはどこかというと、この話は先週の続きなんだ。つまり、完全人間なんていないのだから、一病息災にかこつけて、自分の欠点もひとつぐらいは大目に見て、養っていくようにする手もあるんじゃないかな、というわけだな。そのかわり、欠点の数を増やさないようにする。病気だって、余病が併発するというのが怖い。

俺は、日常でだらしがなくてね。整理整頓という言葉を思い浮かべただけで、頭が痛くなってしまう。いうところの欠落人間なんだね。

俺の子供の頃は戦時下だったから、学校でも教練がさかんだし、軍隊式なんだ。気をつけ、なんて号令がかかると俺はなんだか笑いだしたくなるし、服のボタンなんかいつもないし、ゲートルはずっこけちゃう。もうそれだけで、当時は学生として致命傷なんだからね。

だけれども、毎日殴られても、ちっとも直らない。そういったことの延長が、停学にまで発展したといってもいいんだが、いまだに直らないね。

で、欠陥車の烙印《らくいん》を、自分でも押しちゃった。でも欠陥車だって生きていかなくちゃならないからね。せめて、できるだけ魅力的な欠陥にしようと思ったんだ。

芸人が、よく自分の欠陥を逆手にとって売り物にするね。あれは舞台でスポットライトを浴びているときの効果を計算しているから、あのまま日常に持ちこむと、卑《いや》しくなる。

けれどもね、魅力という部分に、影のように寄りそっているのは、欠落、乃至《ないし》弱点なんだな。しばらく前にくどくどしく記したでしょう。輸入と輸出の話、作用と反作用がいつもコンビになっている話。

魅力という突出部だけで存在することはむずかしい。おおむねは、弱点、つまり個性というふうなものが裏生地になっているんだね。うんと大味にいうと、女に魅《ひ》かれる男というものはあくまでも、異性、異物としての女に魅かれているんだ。崇拝と道具あつかいは、いつも同居してるんだな。

愛する、ということの裏生地は、軽視だね。もちろんそれだけではなくて憎悪《ぞうお》とか、嫉妬《しっと》とか、そういう裏生地でバランスがとれる場合もある。

俺はとにかく、だらしがないという欠点を、せめて、人から愛されるようなものにしたい、と思ったんだな。それでないと、ただ、だらしがない、という直球では、一病が大病に発展しかねない。

(あいつはだらしがないから、まァ警戒しなくてもよかろう)とか。

(あいつはだらしがないけど、気が良いからな)とか。

もちろんこれらの言葉は軽視を含んでいるけれども、だらしがない、という欠点を自分で認めた以上、軽視に甘んじる。むしろ、軽視でもいいから他人の視線をひきよせた方がいい。

一病の部分を軽視されたって、それほどたいした問題じゃないよ。だって誰《だれ》だって一病くらいあるんだから。

一病をかくして、行儀だけよいという奴は、軽視されなくとも、愛も集まらないね。俺はね、だんだんと、だらしなさや怠け者であることや、自分の欠点をだんだんとまわりに売りこんでいった。手口がそれにつれて巧妙になっていったね。

とにかく、欠点が陰気になってしまってはいけない。だらしなさに関して明るくふっきれること。笑えるものであればなおいい。

本人が、自分の欠点のために必ず不幸に見舞われること。そうでなければ他者が愛してもくれず、笑ってもくれない。しかしこの不幸は、ピエロの体技と同じことで、見た目ほどのことではないようにしつらえる。

もしも、たまにはいい恰好《かっこう》をしたかったら、ハンパではない、徹底しただらしなさを狙《ねら》うこと。ハンパなものはおおむね、他者に受けないし、無視されてしまうから、自分が恥をかくだけに終わる。だらしなさも極まれば、マイナスのヒーローにもなりうる。が、これをやるには相当の洗練を必要とするな。

いやだねえ。もともと強力な人間なら、他者に愛される必要なんかない、というかもしれないね。一病息災なんて、俺たち劣等生の発想なんだろうなァ。だけれども、突き押しで勝ちあがっていく人間が全勝するわけでもないし、こんな裏技が、けっこう力を発揮したりするものだ。

ただし、もちろんこのままではいけない。弱点をなんとか養っていこうという工夫だけの話だ。つまり、弱点を養うためのパスポートを買っただけで、こちらも何か売らなければ、バランスがとれないね。輸出、輸入の法則に照らせば、一方ができるのなら、もう一方も可能なはずだ。

そこで、俺の場合だけれど、だらしなさに少々の味つけをして出すときにもう一皿《ひとさら》、一緒に料理を出すわけだ。もちろん一皿の中に、つけ合わせとしてのっていてもいいんだけどね。

だらしなさと対極のところにある自分の能力を見せるんだ。そうじゃなけりゃ、軽視されっぱなしになっちゃうからね。

だらしなさと対語をなす能力ってどういうものだろう。

それはさまざまなものがあるよ。けれども自分の能力に照らし合わせてつくるんだからね。

自分が養う一病をえらんだとき、この病気ならば、押さえこんで息災でいけそうだという判断があったわけだろう。それはなぜかというと、その病気を押さえこむだけの、あるいは、その病気があっても邪魔にならない種類の能力があって、それを生かしたくて一病息災のコースをえらんだわけだろう。

そうでなければ、その一病を押さえこんで養うだけの方策がつかなければ、その病気（弱点）は、まず、なんとかして矯正《きょうせい》し、撲滅しなけりゃならないね。だから、あらかじめこのへんの計算をしっかりさせておく必要があるんだよ。きびしいことをいうようだけれども、この小文全体が、認識、それにともなう判断のセオリーをテーマにしているわけだからね。

自分の弱点があって、それをごまかして、なんとか生きのびようというのと、少しちがうんだ。

だらしのなさ、が他者の眼《め》をひくのは、そこに放埒《ほうらつ》の自由がありそうに思えることだな。放埒対秩序、というドラマは奥の深い問題だが、すくなくとも局部戦では一方的な戦況とはいえまいから、だらしなさの表現の仕方によっては、悪魔（能力）に見えるかもしれない。

それから、だらしなさから得た感性というものがある。これは、よかれあしかれ、きちんとした人には得られない。せめてこの感性を身につけることだな。

そうなってくると、人が整頓《せいとん》や清潔に使う時間を、あの男は何に使っているのか、それを感じさせれば、これも能力として主張しうる。

まァね。だらしなさという欠点は俺を例にした話で、君は君の一病をえらんで、それの対応策を個々に考えなければなるまいね。

欠点であろうと長所であろうと、原材料にかわりはない。人はその特長に依存して生きるのだから、まず特長を手の内にいれることが必要なんだな。

欠陥車の生き方——の章

〝一病息災〟というのは、実はかなり楽天的な考え方でね。病気というのは二つも三つも持っている人はすくないけれど、自分の弱点を病気にたとえての話なら、俺なんか、弱点だらけなんだから。

性格的な弱点もあるし、環境的な弱点もあるし、条件としての弱点もある。俺は、だらしがない、という弱点を代表的にとりあげた。それだけじゃないだろう、という声がきこえる。

他《ほか》にもたくさんある大小の弱点をどうするか。

俺は二十歳の年に、同じ年頃《としごろ》の男の子としては、どん底に近い位置にいたよ。旧制中学ははんぱにしたきり学校に行かなかったし、敗戦の乱世を幸いに、定職につかず、ばくちばかり打っていた。ばくちでブタ箱にも入ったし、地下道に寝たりもしていた。

世の中がおちついてみると、学歴、職歴、なんにもないんだな。自分の生きるコースがどこにも見当たらない。俺はかなりの阿呆《あほう》だから、それでものほほんとしていたけれどね。

で、まァ、こういう弱点だらけを、だらしがないからこうなったんだ、という一線につなげて考えちゃった。

そうすると、かなりの項目になる個々の弱点が、すっと統合されてしまうんだな。だらしがないから、他人との約束は守れない。(では、約束を守らなければ破滅してしまうようなコースは駄目《だめ》だ)

だらしがないから、他人とスクラムが組めない。(では、できるだけ一人で生きていくよりしかたがない)

だらしがないから、スピードを軸にすることはむりだ。(では、じっくりといこう)

みんな、だらしのなさに起因していて、これだけ方々に伸びひろがっているのでは、この点を矯正するよりも、へんないいかただけれども、生かした方がいいのではないか、と思ったわけだね。

そうすると、できるだけマイペースで、他人とスクラムを組まなくていいコースを探すよりしかたがない。しかし、俺にはまだ他にも弱点がある。たとえば、照れ性で人見知りをする。

ウーン、これではマイペースといっても、芸人のような公衆の面前で何かするというコースは無理だな。

けれども一病をもう認めてしまったのだから、この点は、時に応じ、場所に応じて、押し殺すなり矯正するなりしていかなくてはならないな。

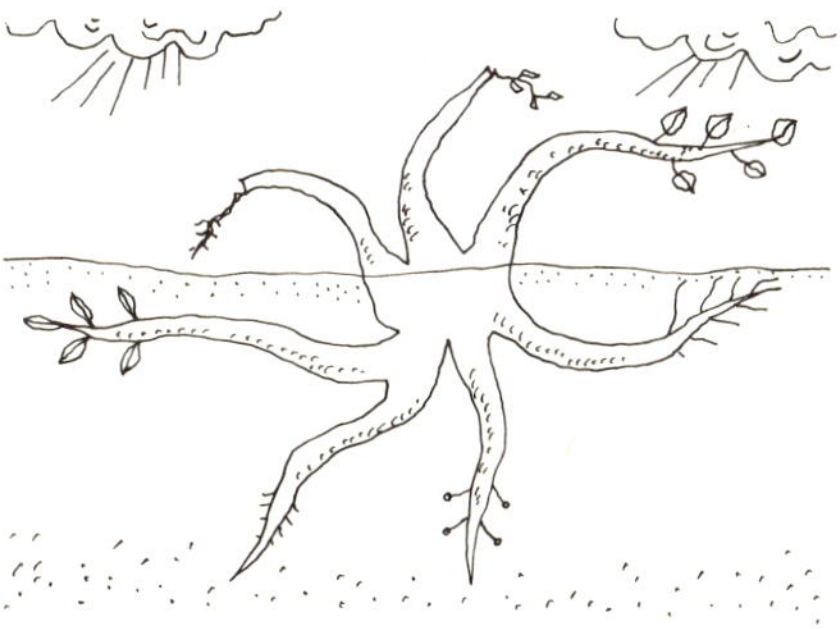

照れ性でひっこみじあんというのはひとつには、自信のなさからくるものなんだな。それともうひとつは、いくらかの精神的余裕がそうさせるんだ。ばくち場で、俺はそのことを知ったよ。俺はばくち場では、のびのびできた。それから、ばくちの足を洗ったとき、他人よりおくれてもう一度、市民社会に入りなおそうとしたとき、方々の会社に履歴書を持って押しかけていくことなんぞ、平気だったね。

だから照れ性という弱点は、俺にとってどうにも動かしようのないものじゃない。必死になれば、できる。

ということは、裏返して、照れ性を売り物に生きていくこともむずかしいということだ。

では、だらしのなさだって、必死になれば治るのではないか。このへんがむずかしいところなんだが、必死といっても、そう毎日必死になっては居られないからね。だらしのなさを改めなければならない、というときに、俺も必死になるんだ。それで勢いあまって、ピュアーになりすぎて息がつまってしまう。そうして少し周囲に慣れてくると、だらしなさの地金が出てくる。出版社に勤めたときなんか、いつもそうだった。

で、これは俺の経験で、俺だけのことかもしれないが、だらしのなさを改めようと必死になったときよりも、だらしなさは放置するかわりに、べつの点でその弱点を埋めようと努力したときの方が、まだいくらか効果があったような気がするね。どちらにしても欠陥車なんだけどね。

弱点はまだ無数にあってね。意志が弱い。努力が苦手。しかしこれは、キャラクターになりえないからね。病気でいうと、死に至る病なんだから、当然、自分でなんとか治さなくちゃならない。意志の弱いことを売り物にして生きてはいけない。

俺の場合、努力型じゃないといっても、自分でえらんだコースなら、凝るということとなんだ。怠け者というのはたいがいそうで、嫌《きら》いなことをやらないというだけなんだな。だから、このタイプのポイントは、いかにして自分に合ったコースをみつけるか、ということだね。好みが表面にあらわれている場合もあるし、まだどこかにひそんでかくれている場合もある。

そうしてコースをみつけたら、そこへの執着は、意志を強くして持ちつづけなければね。平均的に意志が強くなることはむずかしいから、せめて自分の極《き》め球だけは大切にしよう。そこでは必死に努力すること。

どんな怠け者でも、意志薄弱でも、場合に応じて、ツボにはまれば、必死になれる能力は備えていると思うよ。

たとえば、体力がない、などという弱点は、これははっきりしてるね。体力をむりやりつけようとするより、体力がないために湧《わ》いてくる特長を、プラスの方向に伸ばすことの方がいい。

眼のわるい人が、聴覚が発達するように、弱点というものは、べつの長所を産むものなんだな。では、眼がいいと耳は駄目《だめ》かというと、そうでもないんだけれど。

どうも、長所というものは、自分ではよくわからないことが多いね。うすぼんやりとはわかっていても、きちんと認識して、武器として自在に使うなんということがむずかしい。

それにくらべて、弱点の方は、わりに目立つんだ。ときどき自分で思いこんで、弱点を大きく思いすぎたりはするけどもね。

だから弱点から入った方が、自分を認識しやすい。そうして、始末しなければならぬ弱点、始末をつけやすい弱点、始末するよりもべつの点でカバーした方がよい弱点、この三段階くらいにわけて考えていくんだな。

弱点をカバーするために、どうしても発達させなければならなかったべつの地点、これが普通は、その人の長所として定着するんじゃないかな。

つい先日もね、高校一年生だという若い人が、

「ぼくは映画が好きだから、映画の世界に進みたいんです。裏方だってなんだっていいから映画に関係していたいんだけど、それには学校へ行ってるよりも、早いところ専門のコースに入っちゃった方がいいんじゃないかしら」

というんだね。

「そう思うんならそれもよかろう。だけど、映画が好きだってことを、自分でよくたしかめたかい。二、三年したらゴルフをおぼえて、こっちへ行きゃアよかった、なんて思うんじゃないのか」

彼はあいまいな表情で、

「後悔しないと思うんだけど――」

そりゃそうなんだな。現在は映画が好きなんだけども、どのくらい好きで将来もその気持ちが変わらないものかどうか、はっきり計れない。だから不安で他人に相談したくなる。

反対にね、自分にはこのコースは向いてない。駄目だ、というものを消していってみるんだね。弱点の方がはっきりしてるから、努力しても無駄なコースは行かない方がいい。どの道だって、プロなんだから、努力して人並みになるくらいの才分じゃ通用しない。

それよりも、ツボにはまったところで努力する。ずっと消していって、残りのコースがすくなくなると、やっぱり自分でも必死になるからね。ここでなくちゃ生きられない、という思いの方が、道をひらくと思うな。

最高の生き方――の章

つい先日、唐《から》十郎の芝居を新宿の赤テントに観《み》に行ったのだけれど、ラクの日で日曜日のせいもあって、ものすごい若者たちの群れだったな。なんでもあのせまいテントに千六百人つめかけたらしい。普通の日でも千人以上は押しかけてたらしいがね。

場内整理係が、

「もっと詰めてください。下の畳が見えなくなるように」

汗だくだくで、身体《からだ》を密着させるように坐《すわ》って、じっと芝居のはじまるのを待っている。

五十男の俺《おれ》なんか辛《つら》かったけどね。なァに、戦争中のことを思えば、焼夷弾《しょういだん》が上から降ってこないだけ、まだましだ、なんてね。

そういえば、戦争中は、わずかに焼け残った劇場で、押し合いへし合いしながら、二時間近くも開幕を待たされたもんだなァ。ほかに娯楽がないせいもあるけれど、戦時態勢で、従順にするほかなかったから、客も皆おとなしかったね。

びっくりしたのは、今の若い客たちが、ちょうど戦時中とおなじようにおとなしいんだなァ。校内暴力の話なんて嘘《うそ》みたいだ。

敬愛する唐十郎と状況劇場だからかね。それにしても、ちょっとおとなしすぎるな。

いつの時代にも、誰だってみんな、内心に不充足（満ちたりない）を貯《た》めこんでいて、それが明日のバネになったりするんだけれど、今の若い人たちには、その気配があまり感じられないね。

一応、平和だからかね。

それとも、俺が、若い人の深い胸のうちを感じとれなかったのかな。

不充足というものはね、理に沿ったものばかりじゃない。むしろもっと自分勝手な感情の方が多いよ。それに、不幸の量に比例するともかぎらない。他人との比較で定《き》まるというものでもない。

人は誰でも、意識するしないにかかわらず、本当は、きわめてぜいたくでわがままな望みを内心に抱いているはずなんだ。もうひとつの理性でセーブしているだけで、何事によらず満足していない。

この世に満足できるものなんか、本当はないはずだよ。満足してるとしたら、いいかげんのところで手を打ってるんだ。

若い人たちは、たとえば偏差値とか、家庭とか、手近なところの不充足だけを問題にしていて、大筋の方ではいいかげんのところで手を打っているみたいだね。

不充足というものは、ぜいたくでわがままなものでもあるけれど、同時に当然の望みでもあるはずなんだね。人は誰でも最高の生き方をするために生まれてくるんだよ。

もちろん、最高の生き方といったって、ひとつじゃない。人それぞれによって内容はちがうだろう。それから、最高の愛、最高の仕事、最高の倫理、最高の遊び、最高の食物、なんにだって最高がある。

それでね、ここが大事なところなんだけれど、最高のもの以外はそのものじゃないんだ。そう思った方がいい。

たとえばね、俺、今は小説書きということになっているけれども、それは世間がお世辞でそういってくれてるんでね。なんらかの意味で、最高の小説を書かなけりゃ、小説書きとはとても自分からはいえないよ。二流三流は、無いのも同じなんだ。

ばくち打ちだって、この世で一番強い奴《やつ》のことをいうんで、あとの奴はいつか負けてコロされてしまうんだからね。

ただ、俺にもおぼえがあるんだけれども、そのことがはじめはなかなかよくわからないんだね。それで年齢《とし》をとっていって、わからないままにあきらめて、人生とはこんな程度のものだろうと思ってしまう。

それから、あんまり自分の身近のことばかりに気をとられていると、最高のものがあることを、うっかり忘れちゃったりする。

少年よ大志を抱け、というのはそこなんだね。どのコースをいくんでも、目標は最高のところにおきたい。なるべく、最高とはどんなことなのか、それがわかっていた方がいい。

そうなると、当然、不充足が生じるだろう。今の自分に対する不充足は、大切にしようね。将来のバネになりうるから。

ここでね、これまでくどいくらいに記してきた九勝六敗のセオリーを、もう一度思い出してもらいたいんだ。

あれは、主としてバランスと持続のためのセオリーだったんだが、もうひとつ意味があるんだな。

いいかい。勝、負、勝、負、といりまじってくるだろう。そのことが、勝ちとはどういうものか、負けとはどういうものか、それを認識させるんだなァ。

勝っているばかりだと、若いうちは特に、勝つこと、負けること、どちらもよく認識できないんだよ。こういうものは、観念で、意味で、わかったってしようがないからね。

勝ちも、負けも、両方を味わうことで、つかめてくるんだね。ひいては、勝つコツ、負けるコツ、それがわかってくる。負けるコツというと変にきこえるけれどね、これは重要なんだよ。負けるときに大きく負けない。フォームが崩れるような負けをしなくなるんだな。

だからね、若いうちは、連敗だけを気をつけること。連敗さえしなければいい。あとは、勝ったら負けろ。負けたら勝て。それで九勝六敗目標。

そのフォームがだんだんできあがっていって、おいおいに年齢をとってきたら、体力気力が少しずつおとろえてくるから、勝ったら負けろ、という余裕はひとりでに無くなるね。やっぱり勝ち目標でいって、結果的に九勝六敗ならよろしい。

でも、コツを呑《の》みこんだあとでも、連敗だけはよくないんだよ。ツキが離れていくこともあるけれど、負け続けるとね、感性がにぶくなって、負けを負けとして認識できなくなる。これが怖いんだ。勝ちも負けも、ちゃんと心得ているつもりでも、やっぱり身体の方の反応がちがってくるんだ。負ける状態が普通のように感じられてくるのでは、これはまずいんだな。

連勝は、連敗よりはよいけれども、これも勝つことが普通の状態のようになってしまうとね、その次に大穴に落ちこむ可能性がでてくるからね。

普通というのは、どういうことか。

連敗も、連勝も、けっして普通じゃないんだな。これだけはいつもきちんといいきかせておかないと、自信を失ったり、いい気になってしまったりして、いずれにしても現実認識がおそまつになるんだね。

これは実人生でもそうだよ。

人が生きている場所というものは、そのときどきの力でいって、そう大差があるものじゃない。アラスカの人はアラスカで生きるように、アフリカの人はアフリカで生きるように、身体がそうなっているね。だから、勝ったり負けたりするのが普通なんだ。そこで九勝六敗になればいいんだ。

いつかも書いたことがあるけれど、正反対のものを、すくなくとも二つやってみることだね。勉強したら遊べ。遊んだら勉強しろ。

スポーツをやったら、坐禅《ざぜん》を組んでみろ。都会に住んだら、田舎に行け。大酒を呑んだら、禁酒してみろ。殺人をしたら、人のために死ね。これはちょっと極端だな。勝ったり負けたりとはそういうことだよ。そうしているうちに、両方の最高がわかってくる。

一方向だけでは、それが普通のように思えてしまって、なかなかヴィヴィッドな認識ができない。プラスとマイナスとをやって、マイナスしたらすぐに切ッ返す。この切ッ返しができるのが、強い奴なんだ。

野良猫《のらねこ》の兄弟――の章

　まだ街に空襲の焼け跡が、チラホラ残っていた頃《ころ》の話なんだけれどね。

　持ち主がまだ疎開から戻《もど》ってこないとか、いろいろの事情があって、焼け跡がまだ空き地のままになっているところがあってね。そういうところに、不良仲間が、自分の土地でもないのに乞食《こじき》小屋みたいなものをだまって建てて、強引に住みついちゃう。

　そこへ俺たちのような無宿者が、水がたまるように寄ってきて、泊めてもらうんだ。天井と囲いがあるだけで、地面の上にむしろなんか敷いて、破れ布団《ぶとん》に身体を突っこんで、焼酎《しょうちゅう》呑んでごろ寝をしてしまう。

　誰《だれ》かが電気ごたつを持ちこんだりして、じめじめしてるけどけっこう暖かいんだな。

　それで俺たちが街をうろついている間は、野良猫が布団の中を占領してしまう。誰だって入れるんだからね。それで最初は俺たちが戻ってくると足で叩《たた》き出したりするけれど、追っても追ってもくるから、そのうち一緒に寝ちゃったり。

俺たちだって野良猫だって、ほとんどちがう点はないんだから。だからね。ばくちで勝ったりした夜なんか、魚屋でアラを貰《もら》ったり煮干を買ったりして、猫たちにもおすそわけをする。小屋のまわりにまいておくとあちこちの茂みから七、八匹飛び出してきて、競争で食う。

野良猫たちを観察していると、一匹ずつ顔もちがうし、気質もちがうんだな。一緒に産まれた牡《おす》同士の兄弟がいてね。兄の方は、なかなか戦闘的で、なおかつ開放的、俺たちにもよく慣れて一緒に寝たりするんだが、弟の方が、どうにもひっこみ思案でね。

産まれたばかりの頃、よその大人に足で蹴《け》っとばされたらしいんだ。それがショックだったのか、まったく警戒心ばかりで生きている。

食い物があっても、一番最後まで食べないね。他《ほか》の奴《やつ》が食い終わって、なんでもないのを見届けてから、ようやくこわごわ口を出す。俺たちの手足が届くところには寄ってこない。

一度、寝ているすきを狙《ねら》って、頭に手をおいたら、飛びあがって逃げていったね。

野良猫は事故や猫捕りに捕まったりして、どんどん新陳代謝（新旧が交替すること）していくからね。

はじめ、俺は、警戒心の強い臆病《おくびょう》猫は生き残るんじゃないかと思った。積極的な猫は、危険なことにもたくさんぶつかるはずだからね。

ところが、ちがうんだ。臆病猫は、長生きできなかったよ。どうして死んだかしらないが、とにかく災厄《さいやく》に出遇《であ》ってしまったんだな。

それで人なつこい兄の方は、何年も元気に飛び廻《まわ》っていたがね。

俺はその頃、ばくちをやっていた頃だからね。猫たちを見ていて、ふうんと思ったな。

危険を避けているだけじゃ駄目なんだねえ。やっぱり、聡明《そうめい》でなけりゃねえ。

バランスということを、これまでたびたびしゃべってきたけれど、一見、バランスをとって、堅実にやっているように見えて、実はただの守り腰になっていることが多いんだ。再々いうように、守り腰だけでは勝てないんだからね。

で、チャンスを見とって攻めて出る勇気も必要だし、物事を大きく正確につかむための広い心も必要になるね。バランスというのは、自然の風にうまく自分を乗せることだからね。だから人生はむずかしいねえ。

もうひとつ、野良猫から教わったことがある。なににつけても積極的な兄猫の方だがね、これがとても楽しそうに、のびのびと生きてるんだ。

親代々の野良猫というのは、きびしい状況の中で生きているから、たいがいはもうこすっからくなって、守り腰だけになっているんだね。ちょうど弱いばくち打ちのように。彼等《かれら》は孤立に甘んじていて、何かと提携するということをしない。もっともこれは彼等の責任じゃないけどね。

その兄猫は、そこがちょっとちがって、もっと明るかった。といって、おっちょこちょいじゃないんだよ。闘争心もほかの猫に劣らないし、じっと立ちどまってこちらの動静を眺《なが》めているときもある。

一度、大きな犬がのそりと入ってきたことがあったが、そのとき一番早く立木の幹をのぼって避難したのは彼だった。

それから、俺たちの顔のそばで寝るのも彼が一番早い。

俺たちだって気持ちが荒《すさ》んでいるからいつも優しい友だちでいるわけじゃないんだけどね。

そこいらの見わけ方が、彼はすばやい。俺たちの気配で、寄ってきたり、離れていたり。

そんなことも含めて、なんだか楽しそうなんだ。天空海闊《てんくうかいかつ》（のびのびしていて度量が広いこと）というのかな。楽々と生きている感じなんだな。

それで、小学校のときなんかを思い出すんだけれども、クラスの中で、一番楽しそうに、楽々と日を送っているのは、成績のよい子なんだな。怠けて遊んでいる子じゃないんだ。

不思議だね。俺なんか劣等生だったから、身にしみて感じているけれど、怠けて、自分の好きなことばかりやっていて、それはそれなりに面白《おもしろ》いんだけれども、なんだか気が晴れないね。晴れ晴れとしている優等生が、どうもうらやましい。それで俺もあんなふうに晴れ晴れとしてみたいと思っても、怠けちゃったあとじゃ、追いつくのは大変なんだね。

チェッ、学校の成績ばかりが尺度じゃねえや、といったって、それは攻めこまれた者のいうことだからね。

多分、優等生も、最初のところで、勉強しなくちゃ、と自分にいいきかせている間が、ちょっと難儀なんだろうね。ところがそのあとは、スーッとそのペースで行けばいいんだから。

物事をちゃんとできた、なんていう心持ちは、とてもいいものなんだろうと思うな。ちょっと足を動かしても、自信にあふれて、すっすっと動くなんという気分が、一番楽しいことなんだろうな。

俺はめったにそんな気持ちになることがないんだけれども、楽しそうに、楽々と生きるというのは、最初のちょっとしたリードの仕方なんだ。

学校の成績そのものは、ちがう物差しだってあるだろうと俺も思うよ。そうだけれども、学校なり会社なり、そこへ行った以上は、楽しくやらなきゃ損なんだな。

野良猫を見ているとね。ある日、いっせいに居なくなるときがあるんだ。多分、猫捕りのせいだろうと思うんだけれど、彼等にとって大変な災害が、ときどき起きるんだねえ。

例の兄猫は、人なつこいところがあるし、好奇心も強くて、いつも先頭に立って事にあたるから、今度はやられたかなァ、と思ってると、ひょっこり顔を出してくる。

それがなんだか自分のことのように嬉《うれ》しくてね。

俺たちだって宿なしで、猫捕りに捕られたって不思議ないんだから。

俺がその乞食小屋に三カ月くらい、戻らないことがあってね。

それでひさしぶりに、小屋に行って寝かせてもらおうと思って、近くまで来ると、俺が歩いてくる横を、いつのまにか例の兄猫がついてきているんだね。道の端っこを歩いたり、塀《へい》にかけのぼったりしながらね。

よう、元気だったかい、といいながら来てみると、小屋がこわされてしまってもう無いんだ。まァ俺はどこで寝たっていいし、猫の方もあいかわらず屈託がなさそうでね。

あの猫が結局どんな死に方をするか、それが見たかったなァ。

お母さま方へ——の章

いつも、眼《め》の前に若い人がいるつもりで、その人に向かってこの小文を記してきたけれども、今回は女性の方、特にこれから母親になろうとする若い女性の方におしゃべりをしたいと思います。

この欄はお母さま方がよく読んでいただいているようですね。

あのね、世の中の人がすべてそうだというわけじゃないんですけれども、俺《おれ》なんかがね、五十年以上もこうやってなんとか生きてこれたのは、ただもう好運のたまものというしかないんですね。

若い頃は、俺もそうは思いませんでした。自分の力で、それなりに生きているつもりだったんです。

でもね、たとえどんな生き方にしろ生きているのが奇蹟《きせき》のように思えるんですね。

近頃でこそ、交通事故か病気で死ぬぐらいのものですが、俺が育ってきた時代は戦争もあったし、ずいぶんいろいろの災難がありましたから。

俺だってね、まるっきり努力しなかったわけじゃないけれど、俺ぐらいの努力や精進では、とても大きな顔はできません。だって俺なんかよりもっともっと努力している人たちが、早死にしたり、望みを失ったりしているんですもの。

そういう人たちより、俺なんかの方がぬくぬくと生きてる。このところが実に愛《あい》嬌《きょう》のない現実なんですね。いかに生きればよいか、という理くつがいろいろあって、その理くつどおりにしていれば成功するというのなら、わかりやすいんだけれど、そうともかぎらないんですね。

俺はね、つくづく思うんですけれど俺の血の中に貯金があって、それを食って生きてきたみたいですね。

血の中の貯金というのはね、俺の親や、祖父母や、曾《そう》祖父母や、二代も三代も前の人たちの、有形無形の実績が貯金になっていて、それを食っているように思えるんです。

前によく通算打率とかいって、一生のトータルでなければ、結果がちゃんとあらわれないようなことを記しましたけれども、個人の一生だけで、きちんと答えが出てくるともかぎらないようですね。

貯金といっても、財産とか、親からもらった地位とかって話ともすこしちがうんです。俺のいってるのは、運、だとか、幸不幸だとか、ちょっと眼に見えないものについてですね。

俺の親父《おやじ》は、職業軍人でしたが若いうちに退役し、生家の破産に会い、退役後にのぞんでいた仕事も成功せず、なんとなく屈託をかかえて一生をすごしました。

祖父は、大破産をした張本人で、しかしやっぱり若いときから懸命に、自分の思うような生き方をしようとしてそのどれも成功することができず、はじめからおわりまで転げまわるように働いて、花が咲かぬままに死にました。

で、俺には、祖父も、親父も、それなりに自分のしたことの報酬を受けないままに、世の中に貸したまま死んでいったんですね。つまり、貯金とはこういうことをいうのです。

その貯金のために、俺はなんとなく恵まれて生きてきたんですね。眼に見える財産なんかより、この方がずっと大きい。もっとも、俺の場合、その貯金も大きく食ってしまって、もうそろそろなくなりかけていますが。

だからね、俺は、なんだかはずかしいんです。具体的にどう悪いことをしたとかいうのでなくて、自分の力でないものによって恵まれているなんて、世の中に向かって顔向けができませんね。道のまんなかを歩けないような気分です。

しかし、いずれにしろ、俺は貯金を食うだけで、世の中に対して貸し方どころか、借り方にまわっているようだから、俺は子供をつくらなくてよかったと思うんですよ。

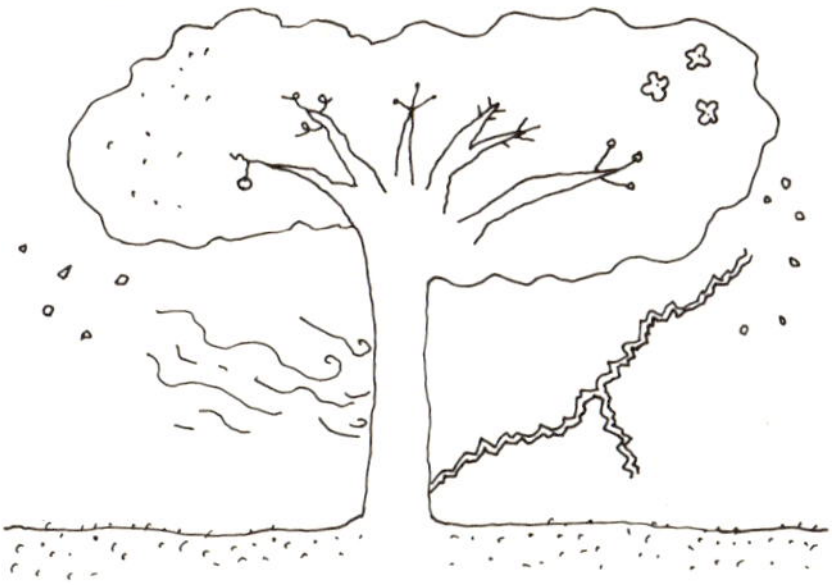

もし俺に子供がいたら、運の貯金はないどころか、親の借りを返すはめになって、子供か、孫か、いずれかの代に不運、不幸な生き方になるのじゃないんですかね。

たとえばね、不運、不幸といっても犯罪をして窮死するようなことは、自分のエラーで招いたもので、運の貯金にはなりません。

けれども仕事の不運、家庭の不運、自分の責任とはいえない不運、こういったものは、次のツキを予想させますね。なにもかもわるいということは不自然すぎますから。全勝も、全敗も、ないのですから。

でも、そのツキが、いつ来るかということは保証がありません。長い眼で見て全敗はなくとも、小さなサイクルだけでいえば、勝ち放しも、負け放しも充分ありうるのですね。

そのサイクルを、個人の一生として受けとらないで、二、三代のトータルとして考えることも必要みたいです。

だから、ご両親や、その前代の方々の一生の運を計ってみて、それらの方々が幸運な一生をすごしたと思えるのでしたら、貴女《あなた》、あるいはその子、孫あたりのところまで、充分注意してください。前代の人々のような幸運に会えるとはかぎりませんよ。

もちろん、運だけが人を左右するのでなくて、実力が占める部分も大きいから、うんと努力して実力を身につけていけばいいのですけれど。

どうも、こういういいかたは、我ながら非論理的で、インチキ占者のような感じになりますが、とにかく、俺は子供をつくらなくてよかった、と本気で思っています。

自分は不運だ、と思っている方、これは反対に、子供をどんどん産むべきだ、ということになりますかね。自分が貸し方にしている運を、そのまま預けっぱなしにして絶やしてしまうのは惜しいです。

実は、この若い人たち向けのこの小文を記しはじめるときから、なんだかむなしい気がしていたのはこのところなんです。

人間は、やっぱり、二代も三代も前からのトータルで考えなければならないし、二代も三代もの長い時間をかけて作られてくるものなんですね。

生まれちゃってから、自力だけでできることというのは、意外にすくないんです。人格形成期、といいますが、それはもちろん後天的に人格というものは作られていくものにせよ、それだけでなく、生まれる前からの養分が大切なんですよ。

中学くらいで、ある日ハッと気づいて、生き方を直そうと思う。努力することは、努力しないよりはいいにちがいありませんが、もうおそい、ということもあるんじゃないか。

人は本質的には、なかなか変えられないのじゃないか。そんなことをいうと、ペシミズムといわれそうだし、俺自身でも、とてもいやな気持ちなんですけれども、いやいやながらそういわざるをえない部分があるんですね。

こんなことをいいだしたら、この小文で前にいってきたことは、残らずひっくりかえってしまいます。他人に向かって、人生をあきらめろ、といっているに近いです。だから、そう思いつつ、いや、やっぱりそれでも、なんとか悔いのない生き方をするために、じたばた努力してみよう、と俺も思うし、他人にもそうしゃべりかけたいのですが。

そうしてね、やっぱりこういうことを記しだしてしまうのは、お母さま方、特にこれから母親になる方に、こう申しあげたいからです。

人間は、二代、三代、長い時間をかけて造っていくものですから、どうぞそのおつもりで、子供を産み、育ててください。

自分の世代、これから造る子供の世代、その子供の世代、リレー作業で、良い体質を造っていく。それがお母さま方の、またそのお嬢さん方の、一番大切なお仕事でありましょう。

桜島を眺《なが》めて——の章

つい先日、鹿児島《かごしま》でとても愉快な数日をすごしたんだけれど、それ以来、俺は鹿児島に住みつきたくなっちゃってるんだ。

行く前はね、鹿児島というと、質実剛健で示現流《じげんりゅう》かなんかやってる人たちという（もちろん極端ないいかただけどね）イメージがあったんだが、それが全然ちがうんだね。

俺の知人とそのグループは、イギリス人の大学教授だったり、ＮＨＫの人だったり、商店主、バーのママ、皆それぞれ定職があって、ちゃんとした人たちなんだけど、いずれもジャズ狂で、遊び好きで友情に厚くて、素敵な人たちなんだ。

どこの街にも趣味人はいるんだけれど、鹿児島は特に面白《おもしろ》かった。俺にはあそこが特別の風土におもえたね。

こんなこと書くと、鹿児島の人たちが気をわるくするかな。でも俺は親愛の情をこめて書いてるんだから、かんべんしてくださいい。それに、俺のつきあった人たちは鹿児島市民の中でも特殊な存在なんだろうと思うから、市民の方々、わるく思わないでください。

それというのも、あの桜島なんだ。あの大火山が、煙を吐いて、にょきッと眼の前にあるんだ。毎日、ドカーンビリビリ、と爆発音をたてる。市民はもう慣れっこになってる。

けれどもね。そういう自然が、いつも身近にあるんだよ。

東京なんか、舗装されて、ビルが林立して、人工の街だからね。いわゆる自然の地《じ》肌《はだ》が見えないんだな。俺なんかの世代では、あの戦争のとき、焼け野ヶ原になって、ああ、地面てえものは泥《どろ》なんだな、ということを目のあたりに見てしまったけれど、それ以後、また人工の街になっちゃった。

自然が刈りこまれて、公園の緑のように、へなちょこなものに見える。

自然というものは、本当は恐ろしいものなんだよ。人間よりずっと大きなものだよ。理くつではわかっていても眼に見えないからね。それで、つい、なめるんだ。

自然ばかりでなく、物事というものをね、なめる癖がついてる。

ところが、物事をなめるから、仕事もできるんだな。お調子に乗って、人工の街を作ったり、人工の文明を作ったりする。その仕事が、はたして人間の将来にとって、いいか、わるいか、それを別にすれば、我々は、物をなめることで、クソ自信をつけ、毎日小いそがしく働いていくことができるのかもしれないね。

それで自分たちより大きいものと比較をしないで、自分たち同士で比較しあって、まァ人生というものは、この程度に働き、楽しめば、まァまァなんだろうと思ったりする。

ほとんどの大人は皆そうだよ。君たちだって、そうなるかもしれない。

ところがね、鹿児島の人たちは、眼の前に桜島があるものだから、いつも自然の大きさ、恐ろしさを眺めているからね。物事というものを、なめることができにくい。

いかに生くべきか、というと、結局は、あの桜島のように生きなくちゃならない、と思うんだな。

だけれども、桜島のように大きな生き方なんて、人間には不可能さ。

だから、どんなふうに生きても、理想に遠いんだ。これは、弱っちゃうんだな。

東京の人間のように、自分たちの小知恵で生きて、これでいい、なんて思えないんだ。

そこで、鹿児島には、絶望の気配があるんだな。人間同士が比較し合わないで、なにもかも、桜島と比較してしまう。ほかの街にはない屈託が、俺をとてもひきつけるんだな。

日本は総体に気候が温和で、自然もまた温和の顔をしていることが多いから、鹿児島のような土地は珍しい。

これは本当に困った条件なんだけれども、実は、当然の、というか、本当の条件でもあるんだな。

他の街は、その条件がかくれていて見えないだけなんだ。

日本人が、勤勉だったり、エコノミックアニマルといわれて、世界の中で今、発展しているように見えるのは、実は、自然をなめる、物事をなめる、そうした結果、自分の眼に入る人間同士を競争相手と思いこんで、動きまわっているからなんだね。

他の、もう少し大きな自然と向き合っている人々は、物をなめることができないで、にっちもさっちもいかなくなってるんだ。

俺は、どちらかというと、にっちもさっちもいかない状態の方が、本来の人間の状態のように思えるんだな。俺みたいな、はずれ者の考えかもしれないけれどね。なめて、スーッと働いて、自分の仕事を信じて生きていった方が、そりゃァ満足できるだろうけどね。

それに人間は絶望したり屈託したりしているだけでは生きていけないからなァ、どこかでジタバタ働かなくちゃならないから、だから、なめるということもなかなか重要なことなんだろうけれど。

でも、なめているからできるんだということをちゃんと知っているエコノミックアニマルがいたら、これもまたすばらしいね。そういう奴《やつ》はきっと、人間が大きくて、精神力の強い奴なんだろうね。

鹿児島で知り合ったジャズ好きの個人タクシーの運転手さんがいてね。どのくらいジャズ好きかというと、ふだんは無口であいそがないんだけれど、ジャズの話になると、眼《め》が輝いてきて、運転している最中なんか、大丈夫かな、と思うくらいなんだ。

鹿児島に来るジャズタレントの、飛行場からの送り迎えなんか、自発的にガソリン代自弁で買って出る。俺も、薩摩《さつま》半島を一周したときなんか、一日つきあってもらったけれども、メーター料金の三分の一くらいしかとってくれない。

特産で、ふつう地元でもなかなか手に入りにくい〝いさみ〟という焼酎《しょうちゅう》を自分の気に入ったプレイヤーに送ったりする。

中村誠一とか渋谷毅《しぶやたけし》とか、ずいぶんたくさんのミュージシャンと濃い交際があるらしい。それで小倉《こくら》や湯布院《ゆふいん》なんかにジャズの連中がくると、車を駆って聴きにいっちゃう。

夜ふけ、ジャズ狂たちが集まって、私的にジャズのビデオなんか見ていると、彼もやってきて、皆のうしろで黙ってのぞいていたりする。

彼の娘さんがまた映画狂で、実にくわしいのだそうだ。戦後の映画はほとんど見ていて、生き辞引のようにくわしいそうだ。個人タクシーなくらいだから、もう相当な年齢《とし》なんだけどねえ。

どうも、まさか、と思うんだね。記憶力がよくて、ジャズにくわしいという人は、わりに多いけれど、東京にはこういう運転手さんは見当たらないな。

文章を世の中に発表する人の大半はインテリだから、インテリについてはうまく書くけれど、魚屋さんとか八百屋さんになると、とたんに概念的になるのね。魚屋さんは魚屋さんらしい、運転手さんは運転手さんらしい人しか出てこない。つまり、専門職業家としての庶民しか出てこないのね。

ジャズ狂で、職業よりも、ジャズ狂のところに生活の軸ができている運転手さんなんて、活字になかなか登場しないんだな。

ひょっとしたら、君も、なァんだ、変わった運転手だな、と思うだけかもしれないけれどね。ところが、人間というのはこれなんだよ。

人間というものは、水平にバランスがとれているものじゃなくて、皆、どこかにかたよっているんだよ。ただ、そのかたよりかたが、仕事と関係のあるところでかたよっていると、変な人と思わない。仕事でないところにかたよっていると、変人だ、ということになるがね。本当は、変人タイプの方がゴツくて確かな肌ざわりがあるね。

球威をつける法——の章

俺《おれ》の友人に、重症の身体障害児を抱えている奴《やつ》がいるんだけどね。もう小学校へ行く年齢なんだが、奥さんが一日かかりきりで面倒を見ているし、まァなにかと大変なんだな。

けれども、親の身になると、そういう子供のかわいさというものは、他人には想像できないというね。母親だけでなく、父親も、手ばなしでそういってる。

父親がね、背丈も重量も一人前に育ってきたその子を風呂《ふろ》に入れてやったりするときに、本当に、このままずっと抱き続けてやりたいと思うんだそうだ。

「この子がいるために、僕《ぼく》は、まちがっても事故にも会えないし、エラーもできませんね」

という。

病人が家内に一人居たって、生活が相当に困難になるという時代に、障害児を抱えたら、一般的には不幸な条件になるんだろうな。

けれども、その友人を見ていると、障害児の存在が、彼を救っているような気がしてしようがないんだね。

俺の友人のくらいだから、彼は遊び好きだし、いわゆる実直な小市民のタイプではないんだけれどね。

ところが、その息子が生まれてからは、寝てもさめても、その息子のことが頭の中から離れない。

で、彼の生き方を律してくるような存在になってきたんだね。

あの子がいるから、最低これだけは稼《かせ》がなければならぬ。

そのためには、どういう仕事をしたらよいか。

その収入を、長期間、ムラなく続かせるために、守らなければならぬことはなにか。

そういうことからはじまって、日常の小さなことまで、いちいち規制されていくわけだね。

たとえば、商売をしたって、危ない橋は渡れない。エラーをしやすい道は行けない。

そういうことがムラの原因になるからね。

無駄《むだ》使いはしなくなる。どちらかといえば、太く短く、という感じだった彼の生き方が、なによりも長生きをポイントにおくようになる。

普通、なにかに規制されるということは、うっとうしくて、特に俺たちのようなはずれ者は、すぐに埒《らち》をはなれたがるんだがね。

ところが彼の場合は、誰かに命令された規制じゃなくて、自発的に、彼の気持ちに即したものだったから、これは守りやすい。というより、これを守ることが生き甲斐《がい》になるんだな。

もし、障害児が生まれなかったら、彼はもっと粗雑な生き方をして、どこかで沈没していたかもしれないね。

沈没しないまでも、張り合いのない毎日になっていただろうよ。

そう考えると、一見、不幸なようでも、実はそうでないことってものがあるんだね。

話が突然変わるけれど、俺なんかね、子供のときに、とてもひどい劣等感を感じていたんだ。というのは、俺の頭が大きくて、ゼッペキ型でね。なんか奇形児のような気がしてしようがないんだな。

学校になじめない、というのも原因の発端はそれなんだな。だからひっこみ思案で、明るくない。特に、あの頃《ころ》は戦争中だったから、一列に並んで皆と同じ行動をとっていくことを強《し》いられるんだ。

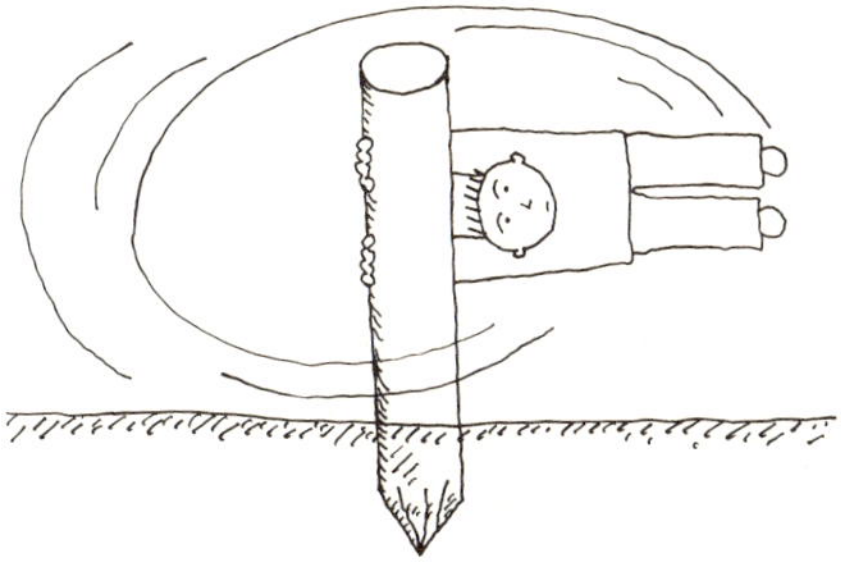

でも俺は、自分は体形的に一人前でないと思いこんでいてね。そういう場合、一人前でない者は、せめて、自分が一人前だなんて錯覚を持たないようにしよう、というのが唯一《ゆいいつ》の美学だからね。

だから皆と一列に歩調をとって、明るく歩けないんだよ。

成人して、ばくち場に行って、頭の形なんか気にしないようになったけれどね。そんな余裕はないし、開き直るよりしかたのない世界だから。

けれども、感受性の癖や、生き方の癖みたいなものは、そのまま残っているんだな。

というより、俺の生き方の髄のようなところに、何か一人前でないという意識があって、それがよかれあしかれ俺を規制してるんだ。

俺はその規制を、うるさがっていないよ。すべていい方向に役立っているわけではないけれど、それがなかったら、俺ももっと粗雑な生き方をしていたんだろうからね。

前述の友人は、障害児という、自分の外の、しかし身近なものを、生き方の軸にしている。

俺は、小さい頃の感性、というか、思考の癖を、自分のモラルのようなものにおきかえて、やっぱりそのことが生き方の軸になっている。

ただ単に、幸福とか不幸とかいうけれど、幸福に属するものならなんでもいいというわけにいかない。人それぞれに固有の望みがあるからね。

ある人は、医者を目指す。

ある人は、科学者を目指す。

医者や科学者にならなくても、幸福になる道はいくらでもあるけれども、一つの目標をおかないと、力を集中できない。

ただ、幸福になりたい、と思っているだけでは、散漫になってしまって、どうやっていいかわからない。

医者になれなければ、死んだ方がいい。

そういう思いつめかたは、料簡《りょうけん》がせまいように見えるけれども、そういうことって、わりに大事なんだな。

人間は、結局、ここだけは死んでもゆずれないぞ、という線を守っていくしかないんだ。

その、ここだけはゆずれないぞ、という線を、いいかえれば、自分の生き方の軸を、なるべく早く造れるといいんだがなァ。

なんだっていいんだよ。あんまり瑣末《さまつ》なことじゃ困るが、自分を律してくるだけの重みのあることならね。

目下は自分にとって重いことだけれど、一週間ほどしたら変わってしまうかもしれない、それでも困るね。

こういわれたから、何かないかなと思って、キョロキョロ探して、それじゃひとまず、これにしておこう、なんてのも困る。

けれども、本当はそういう軸になりうるものが内在しているのに、自分ではそれほどはっきりさせていない、という場合もあるね。

俺の場合のように、自分の欠点を軸にしようとなると、臭いものに蓋《ふた》で、あまりそこは考えたくない、という場合もある。

自分は、どういうふうに生きたいのか。

ちょっと大げさないいかたになってきたがね、この設問は大げさなばかりでなく、具体的な答えを出しにくいんだな。

あまり範囲が広すぎるし、すべて自分の思いどおりに行くものじゃないということも承知してるしね。

自分は、こういう生き方だけはしたくない。

この方が、具体的な答えを、はるかに出しやすい。それでいくつかの答えを出して、消去していくんだ。

そうするとね、次第に範囲がせばまっていって、すこしずつ、軸になるべきものが見えてきたりする。

どちらかといえば、欠点や悪条件の方が、軸として捕まえやすいな。

というのは、今、人の生き方というものに、権威のある筋道が消えかけているからね。だからどうしても、固有のものを材料にして、自分一個の生き方を造らなければならない。

それで、固有の軸というものが必要になってくる。十人の二線級投手よりも、三人の完投能力のある投手の方がローテーションが立てやすい。

自分の軸というものを持つと、同じ行為をしても、球威が出てくるんだ。それで自信も出てくる。スーパーマンではないけれど、ツボにはまると強いということになるね。

おしまいに――の章

気ままにしゃべり散らしているうちに、約束の一年が矢のようにすぎてしまって、今回でおしまいということになった。

どうも、はじめに自分が意図したほど深く突っこめなかったし、まだ大事なことを記し忘れているような気がしてしようがないんだけれどね。でも、なにかひとつくらい、役に立ちそうなことがあったろうか。

なにしろね、役に立ちそうなセオリーというものは、いずれも、むずかしいんだよね。簡単に実行できることなら、皆やってるし、わざわざここに記す必要もないんだからね。

それで、俺は俺流に、自分のパーソナルの方から強引に記してしまったけれど、読む方は、君たちの個性の中にひきこんで嚙《か》みくだいてもらいたい。原理原則は、個人を超越しているものだけれども、それぞれの個性や条件に応じてでないと生きてこない。

この前、俺の若い友人が、面白《おもしろ》いことをいったな。

「どうもレース（競馬）を見ていると人生を連想しますねえ。ぽんと先に立って、あんまり先行してしまうと、走りにくい。皆の目標になって、マークされるし、ペースメーカーになってしまったりするでしょう」

「なるほど――」

「といって、馬ごみの中に入ってしまったんでは、よほどの力がないと抜け出せません」

念のため記すと、馬ごみというのは後続の馬たちが一団になってひしめいている状態のことをいう。この混雑の中にいたんでは、押し合いへし合いして、空いたコースをみつけるのさえ大変だ。

「やっぱり、一団より半歩先に出ているくらいがちょうどいいんですね。だけれども、皆よりいつも半歩ずつ先に出ているというのがむずかしい。どうやっても勝つというのはむずかしいけれど、強い馬はそうやって勝ちます」

ウーン、と俺は唸《うな》ったね。

「先取点が大事というのはこれだな、と思った。でも、自分では半歩先に出ているつもりなんだが、レースの速度はずっと同じじゃなくて、速くなったりおそくなったりするから、半歩先に行ってるつもりでも、速く出すぎたり一団の中にまぎれてしまったり。どうもうまくいきません」

大きくリードをとらないで、しかもいつも皆を半歩リードしていくというのはなるほど実力がともなわなくては持続しない。だから一見、優等生というか、エリートの走り方のように見える。けれども普通の優等生は、ドーンとぶっ千切って走ろうとするタイプが多いのじゃないかしら。

俺の若い友人は、世間的にいってエリートという立場にいない。一回、レースに負けて、次から敗者同士のレースで堅く勝ち上っていく、という恰好《かっこう》なんだな。だからこれはやっぱり劣等生側の論理じゃないかしら。

劣等生が半歩リードしているから、簡単に抜こうとすると、スピードをあげて抜かせない。ではもう少し待機していようとすると、すかさず先行のペースを落とす。俗にいうため逃げだな。

レースは直線に入ったところでダッシュし、ゴールインすれば終わるけれども、人生は長いからね。しまいまで半歩リードしていくのは容易なこっちゃない。

若い友人は、若くしてそのレース運びの髄をさとるだけでなく、そのむずかしさも認識しているところが凡でない。

思うに、彼が、その走り方が最上とさとったのは、ひとつは、人生の途上で、自分が本命印がつくような存在ではなかったことだろうな。誰《だれ》も彼をマークして走らない。皆にマークされてペースメーカーになってしまうのも困るが、誰にもマークされないで後方にいるのはもっといけない。本命でない者の走り方は、勝負を賭《か》けるなら、先に行くことしかないんだけれど、だから先に行きすぎないような形をどうにかして考えざるをえない。

これはもう前に記した、大差のない者同士の勝負は、先取点が重要、ということと同じだね。

もうひとつの利点は、先にしかけた方が、事故にまきこまれたり、自分がエラーしたりする可能性がすくない、ということだろうな。一団の中にいる方が、ずっと不測のことが起こりやすい。

それでね、要するに、劣等生であればあるほど、世間の常識とはちがうかもしれないが、自力で走ることを考えなければいけないと思うんだよ。

劣等生にもいろいろなタイプがあるけれども、普通は、劣等生というものは能力的に劣っているのだから、という理由で、社会の下積みの方にこみやられがちだろう。

俺はそれじゃいかんと思うね。まず誰よりも劣等生自身がそう思ってしまうのがいけない。能力的に劣っているという判定は、主として、社会の本線を形成していくうえで劣等と見られているのだから、下積みだろうと上積みだろうと、もっとも適応しないコースに自分を入れてしまうんだね。そのうえ下積みは数が多いからね。いわゆる馬ごみだ。

だから社会の尻《し》っぽで走っていると尻っぽからも脱落するよ。

社会の本線、つまり組織の中で生きるコースは、優等生にまかせてしまった方がいい。もちろん上積みもだが、下積みの方までもね。

優等生というものは、つまり、五感がそつなく整っていて、バランスがとれている人のことをいうのだろう。バランスがとれていない人は、一時的に優等生でも、やはり通算打率がわるくなるね。

バランスのとれている人なら、馬ごみの中に入っても、なんとかそれなりのコースをみつけるだろうし、事故にも強い。

それにひきかえ劣等生は、欠落が多いんだよね。平均点が駄目《だめ》なんだ。欠落をたくさん抱いて馬ごみに入ったんじゃ、もうおしまいだよ。

だから劣等生は本線を捨てちまう。下積みで、この程度に生きられればいいや、なんて思わないこと。そのかわり、上積みも狙わない。

本線とはちがうコースがみつかるといいんだがね。たとえ本線に所属していても、その中でユニークなコースを見つけること。平均点でしのぎをけずることはしない方がいい。

劣等生は、優等生よりも、自分のキャラクターに依存しなけりゃね。そのためにキャラクターを鍛えなけりゃならない。平均点じゃ駄目なんだから、部分を伸ばし、部分を活用すること。

劣等生だからって、のんきにしてられないよ。劣等生は、優等生とはまたちがう鍛え方をしなくちゃ。

たとえば、大工さんね。もしも大工仕事なら平均点をはるかに上廻《うわまわ》る能力があるのなら、その能力をさらに鍛えて、極《き》め技のようにしていくんだ。その極め技が深まっていくのなら、車が運転できなくたっていい。算盤《そろばん》ができなくたっていい。

俺の伯母さんに、文字が読めるかどうか怪しいという人がいてね。そればかりでなく表現や言葉使いが独特なんで、一見うすばかのように見える。若い頃は嫁に貰《もら》い手があるかと周囲が案じたらしい。ところが結婚してね、ご亭主《ていしゅ》が早死したもので、代わって商売をひきついだんだね。大勢の男を使って全国を股《また》にかけてかなり手広い商売をした。その一族の中で、もっとも魅力的な人だったよ。

平均点は駄目でも、ツボにはまったら起爆力がある。そのツボを鍛えなくちゃね。それは一見したところ不安定な生き方のように見えるけれども、馬ごみの中にいたって、思ったよりも安定はしない。ただ、劣等生は独特の鍛え方をみずから買って出ないと駄目。

それじゃ、な。

解　説

西《にし》　部《べ》　邁《すすむ》

他人の沈黙に接するのは怖いものだが、とくにそれが自分より年配のひとの沈黙である場合、じっと観察されていること請け合いなので、怖さも一入《ひとしお》である。色川武大氏はそういう怖さを私にはっきりと印象づけてくれた。といっても、さる小さな酒場で、たまたま色川氏の近くに坐《すわ》ったことが三度ばかりあるということにすぎない。色川氏が特別に私を観察しなければならぬ謂《いわれ》はなにもなかった。おそらく色川氏は、御自分の心象の赴くところをふくめて、人間一般があいもかわらず醸《かも》し出している雰囲《ふんい》気《き》の微妙な襞《ひだ》を、眺《なが》めていたのであろう。ただその眺め方には、〝堂に升《のぼ》って室に入る〟の感がまぎれもなくあった。自他を眺めることにおける練達がいささか恐ろしげな水準に至っている、と思わずにはおれなかった。

色川氏の作品については、『怪しい来客簿』、『百』そして『麻雀《マージャン》放浪記』しか読んでいなかった。それでも、人生に対する聡明《そうめい》な〝しのぎ方〟、とでもよぶべき色川氏の態度はよくよく読みとれた。人生のかかえる矛盾、逆説、二律背反のただなかにおいて、かくも際疾《きわど》く平衡を保ちえた例を私はほかに知らない。だから先日、酒場ではじめて色川氏と言葉を交すことができたとき、御一緒されていた奥様にむかって、酔ったふりをして正直に、「人間とも思われない方とよく結婚されましたね」といってしまったわけである。なぜこんな物言いができたかというと、あえて大胆にいってのけるなら、色川氏の態度の決め方に親近感を抱くからである。四分類ぐらいで人間を区分けするかぎり、彼我の人生の型は同じカテゴリーに属するのだと僭越《せんえつ》ながらいいつのりたい。要すれば、本格と擬似の差はあるものの、非行者である点に変りはなさそうなのである。

さてこの『うらおもて人生録』は、非行の天才の手による劣等生向けの教育書である。教育書といえば、いかにすれば優等生になりうるかを善行者が訓示するというのが相場であるが、本書にそういう倨傲《きょごう》や偽善は一片もない。「教育の最良の方法は良い手本を示すことである」(ユング)という真実が、それのみが、律義《りちぎ》に語られている。つまり、著者の「どろどろの体験」にさりげなくもとづきながら、劣等生が「生きていくうえでの技術」を「自分なりのセオリー」として「身体《からだ》にしみこませる」ことができるように、諄々《じゅんじゅん》と説いている。その説法は、たゆとうようにみえながらツボを外すことなく、冷淡をまじえつつも愛情あふれる、といった風情《ふぜい》である。「人間なり、世間なりのレベルは手ごわい」こと、そして「真実というものはすべて、二律背反の濃い塊りになっている」こと、これらの事柄《ことがら》を知るのは魂の技術によってであり、ひとたびこの技術を習得すれば、劣等生にも非行者にも、魅力的な人生がありうるのだと著者はいう。

魅力とは「自分が生きているということを、大勢の人が、なんとか、許してくれる」ようにさせるような力量のことである。好むと好まざるとにかかわらず勝負を基調にする世間において、ひとまず敗者の地位にある劣等生は、優等生には易《やす》いこの許しを獲得するために、悪戦を強《し》いられる。迂回《うかい》、沈潜、飛翔《ひしょう》をとりまぜて動員しなければ、「これを守ってきたからこそメシが食えてきた、そのどうしても守らなければならない核」としての「フォーム」に達することができない。この「たたかいのしのぎ」を教えてくれたのは、著者にあって、いうまでもなく博打場《ばくちば》である。

「運の通算はゼロになる」こと、そうであればこそ「運をロスしない」こと、「大負け越しになるような負け星を避けていく」こと、つまりは「九勝六敗ぐらいの星をいつもあげる」こと、こうした様々のセオリーを、「原理原則は愛嬌《あいきょう》のないものだ」と知りつつ、わからなければならない。「わかる、ってことは、言葉でわかったりすることじゃないんだからな。わかる、ってことは、どういうことかというと、反射的にそのように身体が動くってことなんだな」という著者の文句が、博打をふくめて非行のまねごとをいくつかやってみた私の腑《ふ》に、ストンと落ちていく。「苦を自分でひろっていく」こと、「ひとつ、どこか、生きるうえで不便な、生きにくい部分を守り育てていく」こと、つまり「洗練された欠点」を身につけることが大事であって、負けまいとふんばってばかりいれば、怪我《けが》をする。「怪我ってのはどういうことかというと、実人生の場合は、拭《ぬぐ》いきれないようなこと、だね」。これも、まだ怪我の跡の残っているらしい私には、スンナリと了解できる。

しかし、軍事教練で「気をつけッ、といわれると笑っちゃう」ような非行者はどうすれば「わかる」のであるか。実行はむずかしいが、その原理は簡単である。当り前のことを憶《おぼ》えていればよいのである。「大勢の人たちに関心を持つ」こと、「まず白紙の状態に還《かえ》って」、あらゆるものの下につくが、そのかわり、眺めてる」こと、そしてなによりも、「人間とは愚かしく不恰好《ぶかっこう》なものなり」と知ったうえで、「大勢を好きになることで、自分の感性の枠《わく》を拡《ひろ》げる」ことを忘れなければよいのである。

「人を好きになること、人から愛されること」、著者の味わってきた熾烈《しれつ》な人生のしのぎは愛を前提にしている。照れ性の著者にかわって照れずにいってみれば、人生のうらおもてに愛をつらぬけ、これが本書の主調音である。著者がどれほど人を愛したのか、私はつぶさには知らない。だが、「自分が勝てばいい。これは下郎の生き方なんだな」という著者の思いは人並をはるかにこえ、そこから愛の宗教が、より厳密にいえば、そうした宗教が必要だという思いが、語られずとも聞こえてくる。

「新聞の隅《すみ》っこに小さく出た記事があってね。品川の食肉処理場から馬が一頭、逃げ出すんだ。深夜の海岸沿いの道路を、西の方にまっすぐ疾駆《しっく》した。むろん追手《おって》も出たろうし、巷《ちまた》の人も取り押さえようとしたろうが、気丈な馬で、振り切って逃げた。

だが、どこまで走っても、彼の世界はないんだな。とうとう細い道に迷いこんで、とりかこまれて、彼は前肢《ぜんし》をあげて人間たちにむかってきたらしいが、捕まってしまう。

今でも、それに似た小さな記事を見ると、俺《おれ》は息がつまってしまうんだがねえ」

著者は、劣等生や非行者にむかって、うかうかするとこの馬のように捕まってしまうぞ、是が非でも自分の世界をみつけよ、とよびかけているのである。察するに、著者は人間と動物を区別しないのであり、愛の宗教はそうでなくてはならない。「野良《のら》猫《ねこ》の兄弟」の章でも語られているように、「危険を避けているだけじゃ駄目《だめ》なんだねえ。やっぱり、聡明でなけりゃねえ」という真実を著者が学んだのは、「なんだか楽しそうなんだ。天空海闊《てんくうかいかつ》というのかな。楽々と生きている感じなんだな」といった調子の一匹の野良猫からである。

人生論はいまどきの流行ではない。いわゆる「知」とかが人生や体験をこのうえなく侮蔑《ぶべつ》し、人生なしの芸術、体験なしの知識が言葉のショー・ウィンドウに並んでいる。今の時代の優等生とは、このガラスのなかの陳列競争の勝者ということであり、これが時代の本線である。著者は劣等生にたいして、「本線とはちがうコースがみつかるといいんだがね」と静かに誘いかけている。支線をみずから敷設《ふせつ》しようとすれば、やはり、人生の機微を知るか知らぬかが決定的である。私のように、おそらく愚しくも、自分で子供を作ってしまったような人間は、著者のように劣等生の前で平静ではおれない。世間に受け入れられて生き永らえることとそれじたいが幸運であり、そして博打の論理からして、幸運の次に不運がくるのであってみれば、子供らの不運は己れの責任ということになる。嗟乎《ああ》、やんぬるかな。

（『文藝春秋』昭和六十年六月号「私の読んだ本」より再録、筆者は東京大学教授）

この作品は昭和五十九年十一月毎日新聞社より刊行された。

安部龍太郎著
血の日本史
時代の頂点で敗れ去った悲劇のヒーローたちを描く46編。千三百年にわたるわが国の歴史を俯瞰する新しい《日本通史》の試み！

安部龍太郎著
信長燃ゆ（上・下）
朝廷の禁忌に触れた信長に、前関白・近衛前久の陰謀が襲いかかる。本能寺の変に至る一年半を大胆な筆致に凝縮させた長編歴史小説。

安部龍太郎著
下天を謀る（上・下）
「その日を死に番と心得るべし」との覚悟で合戦を生き抜いた藤堂高虎。「戦国最強」の誉れ高い武将の人生を描いた本格歴史小説。

嵐山光三郎著
文人悪食
漱石のビスケット、鷗外の握り飯から、太宰の鮭缶、三島のステーキに至るまで、食生活を知れば、文士たちの秘密が見えてくる——。

嵐山光三郎著
芭蕉紀行
これまで振り向かれなかった足跡にもスポットを当てた、空前絶後の全紀行。芭蕉の衆道にも踏み込んだくだりは圧巻。各章絵地図入り。

嵐山光三郎著
文人暴食
伊藤左千夫の牛乳丼飯、寺山修司の「マキシム」、稲垣足穂の便所の握り飯など、食癖からみる37作家論。ゲッ！と驚く逸話を満載。

井上靖著
猟銃・闘牛
芥川賞受賞

ひとりの男の十三年間にわたる不倫の恋を、妻・愛人・愛人の娘の三通の手紙によって浮彫りにした「猟銃」、芥川賞の「闘牛」等、3編。

井上靖著
敦（とんこう）煌
毎日芸術賞受賞

無数の宝典をその砂中に秘した辺境の要衝の町敦煌——西域に惹かれた一人の若者のあとを追いながら、中国の秘史を綴る歴史大作。

井上靖著
あすなろ物語

あすは檜になろうと念願しながら、永遠に檜にはなれない〝あすなろ〟の木に託して、幼年期から壮年までの感受性の劇を謳った長編。

井上靖著
風林火山

知略縦横の軍師として信玄に仕える山本勘助が、秘かに慕う信玄の側室由布姫。風林火山の旗のもと、川中島の合戦は目前に迫る……。

井上靖著
氷壁

前穂高に挑んだ小坂乙彦は、切れるはずのないザイルが切れて墜死した——恋愛と男同士の友情がドラマチックにくり広げられる長編。

井上靖著
天平の甍
芸術選奨受賞

天平の昔、荒れ狂う大海を越えて唐に留学した五人の若い僧——鑒真来朝を中心に歴史の大きなうねりに巻きこまれる人間を描く名作。

井上ひさし著

ブンとフン

フン先生が書いた小説の主人公、神出鬼没の大泥棒ブンが小説から飛び出した。奔放な空想奇想が痛烈な諷刺と哄笑を生む処女長編。

井上ひさし著

新釈遠野物語

遠野山中に住まう犬伏老人が語ってきかせた、腹の皮がよじれるほど奇天烈なホラ話……。名著『遠野物語』にいどむ、現代の怪異譚。

井上ひさし著

私家版日本語文法

一家に一冊話題は無限、あの退屈だった文法いまいずこ。日本語の豊かな魅力を爆笑と驚愕のうちに体得できる空前絶後の言葉の教室。

井上ひさし著

吉里吉里人（上・中・下）

日本SF大賞・読売文学賞受賞

東北の一寒村が突如日本から分離独立した。大国日本の問題を鋭く撃つおかしくも感動的な新国家を言葉の魅力を満載して描く大作。

井上ひさし著

自家製文章読本

喋り慣れた日本語も、書くとなれば話が違う。名作から広告文まで、用例を縦横無尽に駆使して説く、井上ひさし式文章作法の極意。

井上ひさし著

父と暮せば

愛する者を原爆で失い、一人生き残った負い目で恋に対してかたくなな娘、彼女を励ます父。絶望を乗り越えて再生に向かう魂の物語。

池波正太郎著

忍者丹波大介

関ケ原の合戦で徳川方が勝利し時代の波の中で失われていく忍者の世界の信義……一匹狼となり暗躍する丹波大介の凄絶な死闘を描く。

池波正太郎著

男（おとこぶり）振

主君の嗣子に奇病を侮蔑された源太郎は乱暴を働くが、別人の小太郎として生きることを許される。数奇な運命をユーモラスに描く。

池波正太郎著

食卓の情景

鮨をにぎるあるじの眼の輝き、どんどん焼屋に弟子入りしようとした少年時代の想い出など、食べ物に託して人生観を語るエッセイ。

池波正太郎著

闇の狩人（上・下）

記憶喪失の若侍が、仕掛人となって江戸の闇夜に暗躍する。魑魅魍魎とび交う江戸暗黒街に名もない人々の生きざまを描く時代長編。

池波正太郎著

上意討ち

殿様の尻拭いのため敵討ちを命じられ、何度も相手に出会いながら斬ることができない武士の姿を描いた表題作など、十一人の人生。

池波正太郎著

散歩のとき何か食べたくなって

映画の試写を観終えて銀座の〔資生堂〕に寄り、はじめて洋食を口にした四十年前を憶い出す。今、失われつつある店の味を克明に書留める。

うらおもて人《じん》生《せい》録《ろく》

新潮文庫　い－21－2

昭和六十二年十一月二十五日　発行
平成二十六年七月十日　三十五刷改版
平成三十年五月三十日　四十一刷

著者　色《いろ》川《かわ》武《たけ》大《ひろ》

発行者　佐藤隆信

発行所　株式会社新潮社

郵便番号　一六二―八七一一
東京都新宿区矢来町七一
電話　編集部(〇三)三二六六―五四四〇
　　　読者係(〇三)三二六六―五一一一
http://www.shinchosha.co.jp

価格はカバーに表示してあります。

乱丁・落丁本は、ご面倒ですが小社読者係宛ご送付ください。送料小社負担にてお取替えいたします。

印刷・大日本印刷株式会社　製本・株式会社大進堂

ISBN978-4-10-127002-9 C0195